「夕」は夜明けの空を飛んだ

岩井三四二

集英社文庫

目次

「夕」は夜明けの空を飛んだ

第一章　それ以前の世界

一

明治二十七年七月二十八日　米国マサチューセッツ州

ボストン近郊のハーバード大学構内、オールドヤードの近くにある煉瓦造りの城塞のようなメモリアルホールは、学生のたまり場となっている。

その中にある薄暗いカフェテリアで、木村駿吉は紅茶とクロワッサンを前に、米国人学生とさかんに議論をしていた。

「だからさ、ヨーロッパにも声をかけるのさ。英国だけじゃなくてフランス、ドイツも必要だろう。アジアじゃ日本が中心になってすすめる。全世界組織ってわけだ」

「話は大きいな。でも足がかりはあるのかい。要するに、知り合いはいるのかってことだ」

駿吉の相手をしている金髪碧眼（へきがん）の男は、大きなマグカップを手に、にやにやしながら聞いている。細長い髭面（ひげづら）に丸眼鏡をかけた駿吉は日本人としては長身だが、米国人相手だといくらか小柄に見えた。

「教授が知ってるだろう。ぼくらはその手足になればいい」

「どうかな。うちの教授はあんまり学会活動に熱心じゃないからな。それに君は、もうエールに移る準備をしているっていうじゃないか。教授を説得できるのか」

「ま、エール大学に移ってもやることは一緒だからな。ここにいるうちにやっておこうと思ってさ」

駿吉は紅茶をひと口すすった。内心、どうもこの男は脈がなさそうだと思っている。

昨年、二十六歳のときこのハーバード大学にきた駿吉は、大学院で物理学と応用数学の研究をすすめていた。

日本では帝国大学の理科大学と大学院を卒業しており、院生のときに教官だったイギリス人の教授との共著で、英国の学術雑誌に論文を発表もしている。ハーバードでも入学の一年後には学業優等証を得たほどで、自分の学力には自信をもっていた。

ところが自信満々で提出した論文「外磁力の中で回転する長球体の電磁感応」が、どうも学内で棚ざらしにされている気配がある。理由は不明だが、教授連の怠慢としか思えない。この論文で奨学金を得ようとしていた駿吉には大いに不満であった。

　そこでハーバードではなくエール大学に論文を提出したところ、評判がよくて、奨学金を得られそうになっていた。ならばとハーバードからエールへ移る手続きをとった。私費で留学している駿吉には、ひと安心といったところである。

　いくらか余裕をもった駿吉は学外の活動に目をむけ、四元法（よげんほう）という、自分の研究分野に関係の深い数学理論の国際学会をつくろうとして、あちこちに声をかけているところだった。

「話はわかったけど、ちょっと時期尚早じゃないかな。教授がいうのなら手伝うけど、そうでもないんだし」

　男はそういうと、またな、と握手をして席を立った。

　ひとり残された駿吉は、なに言ってやんでえ、とひとりごちてから冷めた紅茶を飲み干し、つぎは誰に声をかけようかと考えていた。するとそこに、

「おお、木村君、ここにいたか」

　と日本語が聞こえた。

「おめでとう。やったな！」

　と、男――吉村（よしむら）という留学生――は、大袈裟（おおげさ）に手を差しだし、両手で駿吉の右手をがっしりとつかんだ。満面の笑みである。

いやなやつが来たと思いつつ、駿吉はその手を曖昧に握り返した。

吉村は横浜の教会から派遣されて、神学部で学んでいる学部生だ。牧師の卵なのだが、どうも少しおっちょこちょいなところがあって、留学生仲間でも馬鹿にされていた。

それに駿吉は一時、東京ＹＭＣＡの設立にかかわったほどキリスト教に傾倒していたが、ある事情があってキリスト教がいやになり、いまは距離をおいていた。

吉村はそれを知っているはずなのに、牧師の博愛精神を発揮してか、駿吉になんのこだわりもなく声をかけてくる。

「いや、なにもやってないんだが。いま学会の設立をことわられたところだし」

駿吉は答えた。吉村は一瞬、怪訝(けげん)そうな顔をしたが、また晴れ晴れとした顔になって言った。

「なにを言ってるんだ。勝った、勝っただろ」

「ん？　だれが勝ったんだ」

わけがわからず、駿吉は問い返した。

「知らないのか？　わが艦隊が、清国(しんこく)との海戦に勝ったんだよ。巡洋艦三隻が、清国の軍艦と輸送船を撃沈したんだ！」

「ええっ」

思わず声が出た。

祖国日本が清国と戦争をはじめそうになっていることは、もちろん知っていたが、米国から見るとあまりに遠い国々のためか、こちらではほとんど情報が入ってこない。また目先の研究がおもしろいせいもあってつい関心が薄れ、日頃は忘れて暮らしていた。

「知らなかったとはひどいな。新聞、読んでないのか」

といって吉村が見せたのは、地元の新聞である。その二面の隅に、中くらいの大きさでSino-Japan naval battle（清国と日本の海戦）の記事がある。

ひったくるようにして新聞を手にした。

知らずにいてよい話ではない。もし日本が戦争に負ければ、自分の身にも重大な影響が出てくるだろう。とくに海戦となれば、兄の命にも関わってくる。

「いやあ、陸上の戦いならまだしも、艦隊同士の戦いに勝てるとは思わなかったな。これで先の見通しが明るくなったな」

吉村がしきりに言うのには耳を貸さず、一心に記事を読んだ。どうやら朝鮮半島の西側、黄海の豊島沖で行われた海戦で、清国側は二、三隻が沈没、その他の艦艇にも大きな被害が出ているのに、日本側は沈んだ艦はなく、死傷者も少なかったらしい。日本側の勝利、と新聞記事は告げている。

駿吉の目は、参戦した日本側の艦の名をさがして記事の上を走る。

「どんな艦が出たかは、書いてないね」

最後まで読んだ駿吉は、顔をあげた。

「そこまで詳細には出てないな。あっ、そういや木村君の兄上はたしか……」

「ああ、海軍だ。しかも松島に乗っている。この海戦に出たかもしれない」

駿吉の兄の浩吉は、連合艦隊の旗艦となっている巡洋艦、松島で水雷長の任にある。

「じゃあ……」

「いや、いまのところなにも知らせはない。だけど心配だな」

「知らせがないってことは、この際、いい知らせと思っていいんじゃないかな。まあ三日や四日じゃ、知らせもなにもないが。主よ、木村君の兄上を護りたまえ」

吉村は顔の前で十字を切り、駿吉の兄のために祈ってくれた。その上で言う。

「いやあ、とにかくわが祖国は頑張っている。われわれも祖国のためになにかできないかと考えてね、応援集会を開こうと思いついて、みんなに声をかけてるんだ。明日の夜だ。出てくれるよね」

「ああ、そりゃ出ないわけにいかないだろう。ぜひ参加させてもらうよ」

「よし。場所が決まったら知らせるよ。じゃあね」

吉村は早足で行ってしまった。

またひとりになった駿吉は、大きく息をついた。どうやら祖国は非常事態のようだ。

——こんなところで紅茶なんか飲んでて、いいのかね。

そんなことを考えてみる。

米国へ来たのは、まったく駿吉の個人的な事情による。

帝国大学を卒業後、いくつかの教職に就きながらも大学院に属し、研究生活をつづけていた。結婚をして子供もできたし、教職のかたわら物理学の教科書も刊行した。

まず順調に人生航路をすすみはじめていたのだが、明治二十四（一八九一）年、不本意な行き違いがいくつか重なって、つとめていた第一高等中学校（のちの第一高等学校）を非職（強制的休職）になってしまった。

教師として同僚の内村鑑三が起こした不敬事件——当時発布されたばかりの教育勅語の奉読式において、内村の拝礼がきちんとなされなかったと非難された件——で、内村をかばったばかりに、駿吉まで罪を着せられたのだ。

そんな日本の閉鎖性に嫌気が差し、このまま日本にいても仕方がないと思って、米国留学を決めたのである。

昨年、好評だった教科書の版権を売るなどして、ありったけの金をかきあつめて日本を出たときには、まだ戦争の気配はなかった。

いや、世論の清国への反感は大きくなりつつあったが、戦争にまで発展するとは思えなかった。ひとつには清国の強大さを恐れていたせいだった。とくに清国の北洋艦隊には定遠、鎮遠という二大戦艦があり、対して日本はその半分くらいの大きさの巡洋艦しかもっていなかったので、とても勝てないと思われていたからだ。

しかし、どうやら開戦してしまったようだ。

戦争になったと知ると、果たして自分は米国でのうのうと研究生活を送っていていいのか、という疑問が湧いてくる。

だが冷静に考えてみれば、数学と物理の教師だった駿吉が帰国したとて、日本が有利になるわけでもない。

それよりも、自分には学問の分野でやるべきことがあるはずだという気がしている。

「まあ戦争は兄貴にまかせて、こっちは研究をすすめなきゃ」

研究を深めて、世界的な業績をあげたい。そうすれば日本のためばかりでなく、全人類のためになるだろう。それこそいま自分がすべきことではないか。

そんな結論に落ち着いたものの、気分は冴えない。高い理想を掲げていても、いまはまだどこの大学で研究をするのかすら決まっていないのだ。

それ以上に、なにかが足りない、自分はすべきことをしていないのではないか、との思いが頭の隅から消えない。

欠落感と焦燥を抱えたまま、駿吉はカフェテリアの席で貧乏揺すりを繰り返していた。

二

明治二十七年九月十七日　午後十二時五十分

日本と清国とが開戦してほぼ二カ月後——。

黄海の海面は、文字通りに薄黄色く濁っていた。

その凪いだ海面のはるか向こう、水平線上には白い雲が浮かんでいるが、上空には青空が広がっている。風は東寄りの微風。

「おお、撃ってきた」

連合艦隊の旗艦松島で水雷長をつとめる木村浩吉大尉——海軍兵学校九期卒、三十三歳。木村駿吉の兄——は、思わずつぶやいた。

前方の海面に点々と黒い艦影を見せる清国北洋艦隊の一隻から閃光が走り、黒煙があがったのだ。

直後に、北洋艦隊のすべての艦がちかちかと閃光を発し、盛大に黒煙を吐きだした。

開戦を告げる、敵の斉射のはじまりである。

北洋艦隊は巨大な戦艦、定遠と鎮遠を中心に、巡洋艦以下の各艦がくさび形に横並びした梯陣で迫ってくる。

対する日本の連合艦隊は、巡洋艦四隻からなる第一遊撃隊を先に、旗艦松島など六隻の本隊をあとに、各隊が一本の紐のように縦につらなって行動する単縦陣で北洋艦隊にむかっていた。

しばらくして、第一遊撃隊の先頭をゆく巡洋艦吉野の左舷二百メートルほどに水柱がたった。

吉野は昨年イギリスで竣工し、この三月に日本に回航されてきたばかりの新鋭艦である。排水量四千二百トンあまり。主砲として十五センチ砲四門、副砲十二センチ速射砲八門などをそなえる。最大速力二十三ノットと、当時最速の軍艦でもあった。艦首寄りに高い艦橋（ブリッジ）があり、二本煙突を背負う姿は猟犬のように精悍で、いかにも俊敏に航走しそうだ。

「はずれであります、大はずれであります」

と木村大尉の横に立つ水兵が愉快そうに言った直後、吉野の周囲に何十という水柱が生じ、一瞬、その艦影が隠れた。

三十センチを超えるような大口径砲では、清国北洋艦隊の砲数は日本を大きく上回る。その斉射の威力を見せつけられ、水兵たちは沈黙した。

だが水柱が消えると、何ごともなかったかのように前進している吉野があらわれた。

「見ろ、当たっていないぞ」

木村大尉の声がはずむ。

「敵は十隻か」

「ほかに左方に二、三隻が見えます」

水兵が答える。そのころになって、殷々（いんいん）たる砲声が海原をわたって松島にとどいた。

「われらもよき間合いにいたれば発砲せよ」

日本の全艦隊をひきいる伊東祐亨（いとうゆうこう）司令長官は、旗艦松島の前部ブリッジ上に立って艦長に命じた。すると艦長は望遠鏡で北洋艦隊を見ながら、砲術長に問いを発した。

「距離は！」

「およそ六千メートルであります！」

砲術長が答える。

「まだ遠い。当たるものか。四千を切ってからじゃ」

艦長は望遠鏡をおろした。

日本が清国と交戦状態に陥ったのは、明治二十七年の七月二十五日である。

朝鮮に対する影響力を競って対立していた日本と清国は、どちらも兵を朝鮮へ送り込んでおり、いまにも陸戦がはじまるかという緊張状態にあった。そこへ朝鮮近海で両国の軍艦同士が出くわした。

第一遊撃隊の吉野、秋津洲(あきつしま)、浪速(なにわ)の巡洋艦三隻が仁川(じんせん)沖の豊島付近を航行していたとき、清国の軍艦二隻を前方はるかにみとめたのだ。

どちらが先に発砲したのかは、はっきりしない。清国は日本側が先に仕掛けたと主張し、日本は清国が先だったという。

ともあれ砲戦になった。

開戦直後から第一遊撃隊の三隻は、清国の二隻を撃ちまくった。数分のうちに吉野の十二センチ砲弾が敵艦のブリッジに命中、その艦の副長を倒すと、敵艦は白旗をかかげて降伏した。

日本の三隻は残る一隻を攻撃する。その艦は浅瀬にのりあげて擱座(かくざ)、乗員が退去したのち自爆して果てた。

しかしこのあいだに、降伏したはずの一隻が逃走をはじめた。日本側が追跡するうちに、清国の軍艦と輸送船——高陞号(こうしょうごう)という——に遭遇する。先に発見された敵二隻は、この二隻と海上で待ち合わせしていたのだ。

日本側はこの二隻にも向かう。

結局、一隻は捕獲、そして抑留命令にしたがわなかった輸送船高陞号を撃沈して、この海戦は日本側の勝利に終わっている。世にいう豊島沖海戦である。

　このとき撃沈した高陞号には清国の陸兵約千二百人が乗っており、また英国の傭船で、英国旗をかかげて船長以下英国人が操船していた。

したがって日本艦隊は英国船を撃沈したことになり、これが英国で報道されて問題になった。だが英国の法学者が新聞上で、

「日本側の行動はすべて国際法にのっとっており、合法である」

と表明したので、英国の世論は静まった。

　高陞号を撃沈した巡洋艦浪速の艦長は、東郷平八郎大佐。

　小柄で物静かな性格ながら、実戦経験は豊富だった。十五歳のとき薩摩藩士として薩英戦争に従軍したのをはじめ、戊辰の役では新政府軍の春日丸にのり、箱館、宮古湾などで幕軍と戦った。維新後は明治四年から十一年まで英国に官費留学し、国際法を学んだ。二十代をほぼ英国留学に費やしたのだが、その経験がこのときに生きたのである。

　東郷大佐と搭乗艦の巡洋艦浪速は、いま第一遊撃隊の四番艦として伊東長官の前をすすむ。

　日本側の先頭をゆく第一遊撃隊の旗艦、吉野が砲撃を開始したのは、北洋艦隊の発砲から五分後である。距離は三千メートルまで詰まっていた。

　吉野は十四ノットで北洋艦隊の前面を横切りながら、その十五センチ主砲三門と右舷の十二センチ砲四門を北洋艦隊の右翼にある二隻にむけ、盛んに砲弾を浴びせかける。

吉野につづく巡洋艦高千穂(たかちほ)と秋津洲は北洋艦隊の中央にある鎮遠と定遠を、そしてしんがりを進む浪速は右翼の三艦をねらい、砲撃を開始した。

伊東長官は松島の艦橋上で、先をすすむ第一遊撃隊の戦いぶりをじっと見ていた。松島も四千トン級の巡洋艦だが、吉野とちがってフランスで建造された。艦の中央やや艦首寄りの艦橋は小さく、うしろに大きな煙突が一本だけ立つ。艦首側が全体に盛りあがったずんぐりとした姿は、獰猛(どうもう)な猪(いのしし)を思わせる。

艦橋の周囲に手すりはあるものの装甲板も天井もない。敵弾が飛んでくるようになったら下の司令室に引っ込まねばならないが、いまはまだ大丈夫だ。

伊東はこのとき五十一歳。薩摩の名門一族出身で、秀でた額と鋭い目をもつ切れ者であり、幕末には勝海舟(かつかいしゅう)のもとで坂本龍馬(さかもとりょうま)らとともに航海術を学んだ。薩英戦争を初陣として戊辰戦争で幕府海軍と戦うなど、こちらも実戦経験は豊富である。

維新後は海軍に入り、主力艦の艦長を歴任。その経歴と能力をかわれて、日本海軍が初めて編成した連合艦隊の長官をまかされている。

北洋艦隊にくらべて、日本側の砲撃は激しかった。舷側がちかちかとよく光る。北洋艦隊が一発撃つあいだに二、三発撃っているほどの差があった。

日本側の砲は口径が小さいかわりに、速射砲が多いのだ。その十二センチ砲は一分間に五、六発は発射できる。しかも命中精度もよい。射撃開始から数分もたたずに、北洋艦隊右翼の二隻は命中弾をうけ、火災を起こしていた。

「敵さんは右翼が弱いか」

砲撃をうけて炎と黒煙をあげる敵艦を見て、伊東長官はつぶやく。

「そうですな。狙うなら右翼のようですな」

参謀が同意する。その表情は苦々しげだ。

戦況は狙いどおり日本側有利にすすんでいるようだが、じつは開戦前に命令の行きちがいがあった。

敵を発見後、その距離が一万二千メートルになったとき、伊東長官は第一遊撃隊に対し、

「右翼を攻撃せよ」

との信号旗をマスト上にかかげた。

左の方に二、三隻の敵艦が見えたので、そちらにかまわず敵主力に向かえ、との意味だった。

吉野は了解した旨の旗をかかげたので、当然、敵艦隊の中央にある主力の鎮遠、定遠に向かって突っ込んでゆく、すなわち右に曲がるだろうと思って見ていた。

しかし直後、松島のブリッジはざわついた。吉野が左に針路を変じたのだ。

第一遊撃隊では先の信号旗を、

「（敵主力艦隊の）右翼を攻撃せよ」

とうけとり、敵の中央に向かわずやや距離を置いたのである。

海上の艦同士では旗信号しか連絡方法がないので、こうしたまちがいが起こりがちだった。

「何をしておるのか」

伊東長官はむっとしたが、敵艦隊がせまっており、もう進路変更もできない。やむなく本隊も左に曲がり、第一遊撃隊のあとを追った。

しかし今回はまちがいが功を奏したようだ。敵の右翼の二隻は大きな火炎をあげ、その甲板は黒煙につつまれている。

だがその時は本隊も敵の正面にきており、敵弾が松島の周囲にも水柱をたてはじめていた。

砲術長の「撃ち方、はじめ！」の号令がかかり、松島も砲撃をはじめた。

本隊は速力十二ノットで敵艦隊の眼前を右から左へ横切る形になっている。

敵艦隊は、依然としてくさび形に横並びした梯陣で前進してくる。

速力はせいぜい七ノット程度と鈍重だが、その中央にある鎮遠と定遠は七千トンクラスとアジア最大級の巨艦で、主砲として三十センチ砲四門を搭載し、装甲も分厚い。

日本国民は定遠と鎮遠の巨艦二隻に、恐怖と怨嗟（えんさ）の両方の念を抱いている。

この二隻をふくむ北洋艦隊の四隻が明治十九年に長崎へ寄港したとき、無許可で上陸した清国水兵が長崎市内で暴れまわり、制止しようとした警官や市民と乱闘になった。双方とも死者と多数の負傷者を出す事件となったが、清国は日本に謝罪することなく、むしろ高圧的な態度に出て、日本国民の憤激をかったのだ。これは長崎事件として歴史に残されている。

これに対して日本海軍で最大級の松島、厳島、橋立のいわゆる「三景艦」ですら四千二百トン、主砲は三十二センチ砲一門だった。

小国の日本には、定遠のような大きな戦艦を整備する施設がなく、また資金も乏しかった。そのため四千トン級の巡洋艦で妥協せざるを得なかったのである。長崎事件から八年たっていても、個艦の戦闘力では清国側が圧倒的優位に立っていた。

北洋艦隊の戦法は、横一列になって発砲しつつ突撃し、その巨体を利して、船首の衝角を敵艦の横腹にぶつけて撃沈しようという、荒っぽいものだった。

この戦法は、二十八年前にイタリアとオーストリアのあいだで戦われたリッサ海戦で、オーストリア艦隊が横一列になってイタリア艦隊に突撃し、オーストリアの旗艦がイタリアの装甲艦に体当たりして撃沈し、勝利を得たという戦訓にもとづいている。

そしてリッサ海戦以降、艦隊同士の本格的な海戦は行われていないから、いまのところ世界の海軍ではこの戦法が普遍的なものとなっていた。

一方で日本海軍は開戦の前に佐世保に全艦隊をあつめ、ひと月ほど演習としてさまざまな戦法を試した。その結果、複雑な運動をしようとした側は負け、全艦が一本の紐のような単縦陣になってひたすら先頭の旗艦についてゆき、敵に舷側を向けて多くの砲から砲弾を浴びせつづける、という運動をした方が常に勝ちと判定されたので、単縦陣の採用が決まったのだった。

本隊は右舷の砲をすべて使い、北洋艦隊に猛撃を浴びせながらその前を通過してゆく。対して北洋艦隊は、砲弾を浴びながらも前進をやめない。

北洋艦隊が前面の砲しか使えないのに、日本側は片舷の砲をすべて使える上、速射砲も多いので、弾数では北洋艦隊を圧倒している。すでに多くの清国艦が命中弾をうけ、火災を起こしていた。

木村大尉は魚雷発射管のそばで発射の準備をしつつ、敵のようすを見ていた。

そのあいだにも周囲の海面に水柱が立ち、頭上を不気味な音が通過してゆく。

魚雷は敵に数百メートルまで近づかないと発射できないので、こうした大海戦の緒戦ではあまり出番がない。魚雷発射の機会が訪れるのは、撃ち合いによって敵味方の陣形が乱れる後半である。

松島の砲撃開始から数分後、最初に火災を起こした北洋艦隊右翼の二隻は、さらに砲撃を浴びて動きも止まった。一方、左翼の二隻はどうしたことか艦列からはずれ、後方へと引き返しはじめた。

「有利にすすんでいるな」

「そのようであります」

配下の兵卒とそんな会話をしていたときだった。

思わず身をすくめた。

艦尾のほうから、耳が痛くなるほどの破裂音と、金属をぶったたく大音響が聞こえてきたのだ。

ふり向くと、三十二センチ主砲の砲台が煙に包まれている。

「主砲隔壁、被弾！」

「救護兵、救護兵！」

と助けを呼ぶ声も聞こえる。

「被弾したか」

たちまち兵員があつまり、負傷者が担ぎ出された。幸い、主砲そのものは無事のようだ。

「あのへんは厚い鉄板に囲まれているから、大丈夫だろう」

「なあに、敵さんのほうがよっぽど大変だろ。これしきで迷っちゃならねえ」

初の被弾の報告にも、松島の水兵たちは冷静だった。

「敵の隊列が乱れはじめてますな」

とブリッジ上の参謀が伊東長官に告げる。北洋艦隊の一列横隊は乱れて、いまや団子のようになりつつある。

先行していた第一遊撃隊は北洋艦隊の右端を通過したので、左にターンしてまたその前面にまわろうとしていた。

「よし。われらは右にゆく。敵さんのうしろにまわって挟み撃ちじゃ」

伊東長官の命令によって、松島の針路は決まった。

しかしそのとき、本隊の後尾には北洋艦隊が迫っていた。

三

「こりゃあ、あぶないぞ」

本隊の五番艦、比叡（ひえい）の水雷長をつとめる外波内蔵吉（となみくらきち）大尉——海軍兵学校十一期卒、三十一歳。長身で鼻の下に太い八の字髭をはやしている——は、右舷数百メートルまで近づいてきた敵艦隊を見てつぶやいた。

比叡は鉄骨木皮の英国製コルベット艦（小型の軍艦）で、十七センチ砲三門、十五センチ砲六門、魚雷発射管一門を積んでいる。就役してから十六年が経過していて、第一線の軍艦としては通用しない老朽艦だが、貧乏国の日本ではまだまだ貴重な戦力として扱われていた。

もともと機帆船で、巡航時は帆走を主とする設計だったため、三本の高いマストをもつ一方で蒸気機関の出力が弱く、速力が遅い。必死に罐(かま)を焚(た)いても、足を速めた本隊についてゆけない。前をゆく橋立とのあいだが千数百メートルも開いてしまった。

それを見た定遠が、よき獲物とばかりに向かってくる。避けようにも速力がでず、このままでは横腹に衝角をぶち当てられそうだ。

定遠はさすがに大きい。全長はさほどでもないが、横幅がちがう。その上、艦首寄りにある円形の砲室と長い三十センチ砲が目だつ。千メートルほどへだてていても他の艦とのちがいは一目瞭然だった。

こちらが砲撃して命中弾を与えても、七千トンの巨艦はゆるがない。沈めるとすれば魚雷の一撃だが、比叡の発射管は前方に向いており、しかも古い型なので左右に回せない。

「うわっ」

声をあげ、足を踏ん張った。ずしん、と音がして艦がゆれた。

艦の後部に敵弾が命中したのだ。

「防火隊、走れ！」

という声がする。見れば後部マスト付近で煙があがっている。

被害を心配しつつも発射管の前で待機するうちに、艦体が急角度で右に旋回した。

「何をするんだ！」

外波大尉は思わず叫んだ。右に曲がったのでは、敵の隊列にむかって突っ込んでいってしまうではないか。

右旋回した比叡は敵艦隊に正対する形となった。

それで旋回の理由がわかった。敵艦の衝角による攻撃をかわすため、艦首を敵の正面に向けた。その結果として、敵の隊列中に突っ込んでいったのだ。

正面に定遠の艦首が見える。三十センチ砲がこちらを狙っている。ぞっとした。

しかし三十センチ砲はなかなか発射されない。巨砲だけに弾丸の重量は一発で四百キロもあり、弾込めと狙いを付けるのに時間がかかるのだ。

そのあいだに比叡は敵艦隊の中に割ってはいった。左舷に定遠、右舷に別の敵艦を見つつ、両艦のあいだをすり抜けようとしていた。

いい獲物とばかりに、敵艦の舷側にある副砲が砲弾をあびせてくる。が、当初はなかなかあたらなかった。距離が詰まったせいか狙いがうわずり、不気味な音をたてて頭上を通過する砲弾が多い。

しかしそれでも無傷ではすまない。二発、三発と十五センチ砲弾が命中した。煙突に穴があき、中央のマストが半ばで折れた。前部の十七センチ砲も被弾。轟音と衝撃とともに艦上には破片が飛び散り、あちこちで火災が発生、負傷者が続出する。

ふと見ると、敵艦が右舷正横に迫っている。その距離、四百メートルほどか。こちらに向けた艦首上に、小銃や青竜刀をもった兵があつまっている。

艦首をぶつけ、こちらに乗り込んでくるつもりだ。

「機関砲、機関砲、あれを見ろ！」

外波大尉は、ブリッジ上にある機関砲についている兵に怒鳴った。

「あれを薙げ。すぐにだ！」

兵はそれを聞いてはじめて気づいたようだった。あわてて機関砲を回し、迫りくる敵艦の艦首へ弾丸を送り込んだ。

二度、三度と薙射をあびせると、艦首の兵はほとんどが倒れた。

「そんな古くさい戦法が通用するか！」

外波大尉は吐き捨てた。

だがなおも敵艦はせまってくる。と、その舷側が光り、ついで水しぶきがあがった。

白い航跡が一直線にこちらへ向かってくる。

「魚雷だ、魚雷がくる！　転舵、転舵！」

見張り員が叫ぶ。比叡は艦首を右に向け、魚雷をかわそうとする。だが比叡も三千トンクラスの艦であり、すぐには舵がきかない。魚雷は急速に迫ってくる。

外波大尉は命中を覚悟した。

砲撃で構造物を破壊されても、軍艦は沈まない。しかし魚雷によって水線下に穴を開けられれば、大艦でも一発で沈んでしまう。

「そのへんのものにつかまれ。揺れるぞ！」

と兵たちに命じた。魚雷は比叡の艦尾にまっすぐ向かってくる。

外波大尉は目を閉じた。数秒のあいだ、生きた心地がしなかった。

だが爆発は、ない。

外波大尉は目を開いた。

「艦尾すれすれのところを通過していきました！」

うれしそうに報告する兵に、外波大尉は気の抜けたような笑みを返した。

敵中に突入した比叡はその後もたっぷり敵弾をあびたが、なんとか敵隊列のうしろに抜けた。左舷はるか遠くに、敵の右翼をまわってきた本隊の五隻が見えるところまで来た。

やれ助かったと思ったとき、轟音とともに艦が大きくゆれ、外波大尉は甲板に手をついた。

ふりかえると、艦の後部で大爆発が起きていた。後部マストがかたむき、上甲板がめくれあがる。その隙間から猛烈な炎と煙が噴き出した。

定遠か鎮遠が発した三十センチ砲弾が、後部右舷舷側に命中し、薄い外板をつらぬいて艦内で爆発したのだ。

「防火隊、すぐに消せ！」

「救護兵、こっちだ！」

「いや、軍医どのがやられたぞ！」

魚雷発射管の横で、外波大尉はこの騒ぎを呆然と眺めていた。

四

比叡の状況を心配していたのは、艦内の者たちだけではなかった。

「大胆にすぎるぞ」

と険しい声をあげたのは、海軍の軍令部長樺山資紀だった。もともとへの字型の唇をさらにゆがめている。

「敵中に突っ込むとは、いや、やりますな」

と苦笑しているのは、参謀の伊集院五郎少佐だ。奥まった丸い目の童顔だが、英国留学が長い秀才肌の男である。

この日の連合艦隊には、第一遊撃隊と本隊のほかに、仮装巡洋艦の西京丸と砲艦の赤城の二隻が参戦していた。

西京丸は、日本郵船の貨客船に砲をのせて軍艦に改造したもので、甲板上に設けられた多くの客室がその素性を物語っている。樺山軍令部長が幕僚五人とともに、戦況視察の名目で乗り込んでいた。

軍令部は海軍全体の作戦・指揮を統括する組織で、その長である軍令部長は、海軍大臣とならぶ海軍の最高首脳である。

戦場にあっては連合艦隊司令長官が各艦の指揮をとるが、そもそもの作戦目標は軍令部が立案し、司令長官に下命する。

だから軍令部長は戦場ではなく、日本の大本営にでんと鎮座しているべきなのである。しかし日本にいてはまったく戦況が伝わらず、作戦の立てようがないとして、樺山軍令部長は現場に乗り込んできたのだった。

実際、現地からの報告は港からの電信に頼るしかなく、それも艦隊が洋上に出てしまえば途切れてしまう。いったん開戦となれば、軍令部は蚊帳の外におかれる他はなく、指揮も作戦立案もできない。

さりとて艦隊に乗り込むわけにもゆかず——それでは下僚である連合艦隊司令長官の指揮下にはいってしまう——、苦肉の策として仮装巡洋艦に乗り込み、戦場にきたのである。

旧薩摩藩士で幕末には志士として活躍した樺山は血の気の多い男で、海軍大臣時代には国会で、薩長藩閥を擁護し政府批判に反論する「蛮勇演説」をおこない、大混乱を引き起こしたこともある。

一説には、いくらか消極的な伊東司令長官の尻をたたくために乗り込んできたとか、あるいは戦況を質問する新聞記者の攻勢に耐えられず、日本を逃げ出してきたともいわれている。

もちろん実戦に加わるつもりはなく、この海戦でも敵艦隊と距離をおき、安全な本隊左舷の海域に位置していた。

ところが海戦がすすむと、安全だったはずの海域が安全ではなくなってきた。

「敵艦隊、こちらに向かってきます！」

第一遊撃隊につづいて本隊が北洋艦隊の前面を通過したため、左舷の安全な海域にいたはずの西京丸と赤城が露出し、比叡にも逃げられた定遠などの敵艦が、前方に見えた西京丸にむかってきたのだ。

これにあわてたのは、随伴していた赤城である。

赤城は六百トンほどの小さな砲艦で、十二センチ砲四門、四・七センチ砲四門など一応武装してはいるが、装甲はまったくないし、最高速度十ノットと鈍足である。喫水の浅さを生かしての偵察や連絡に使われている艦で、巨弾が飛び交う艦隊決戦には無用の存在のはずだった。

だが軍首脳が乗った西京丸が敵に襲われるのを、座して見ているわけにはいかない。迫り来る定遠、鎮遠の七千トンクラスの戦艦にくらべれば虎と子猫ほどの差があるが、それでも赤城は発砲しつつ立ち向かっていった。

まずは敵の巡洋艦が八百メートルまで迫ってきたが、ありったけの砲火をあびせ、艦橋を破壊してしりぞけた。

しかし赤城もまたつぎつぎと敵弾をあび、甲板上は瓦礫（がれき）の山と化していた。後部砲台の指揮官、前部マスト上の少尉候補生と、つぎつぎに死傷者が出る。

ついにブリッジに敵弾が命中し、艦長まで戦死してしまった。

「艦長は戦死された。今後はおれが指揮をとる！」

先任将校である航海長の佐藤鐵太郎（さとうてつたろう）大尉——海軍兵学校十四期卒、二十八歳——は、そう宣言した。

見れば清国艦が前後から迫り、まさに囲まれようとしている。まずはこの危地を脱しなければならない。

幸い、西京丸はかなりはなれた海面にいて、いまのところ敵に襲われてはいない。
右に転じて敵艦から距離をとろうとしたとき、足許がゆれた。前部下甲板にて爆発が起きていた。敵弾が命中したのだ。それもつづけて二発。

「損害を知らせよ！」

すぐには伝声管に応答がない。さては死傷者が出たなと思い、人を走らせると、

「前部弾庫、損傷、防火隊員四人死亡！　また蒸気管がやぶれ、蒸気が噴き出しております！」

との答えが返ってきた。重大な事態が起きたことを、佐藤大尉は悟った。

「すぐに蒸気管を修理せよ」

と命じ、機関員を走らせた。

「前部砲台に砲弾を揚げられません！」

「送風機に蒸気が来ず、機関が弱まり、速度があがりません！」

つぎつぎに悲鳴のような報告があがってくる。

艦を推進するスクリューを回すレシプロ機関だけでなく、揚弾機や操舵機など艦内のほとんどの機械は、艦底の石炭焚きボイラーから送られる高圧の蒸気で動いている。どこかで蒸気管がやぶれて蒸気圧が下がると、そうした機械がみな使えなくなる。すると艦は動くことも砲を撃つこともできなくなり、砲撃で穴だらけにされて沈むのを待つだ

けになってしまう。

「取り舵いっぱい。機関員、修理急げ」

佐藤大尉は冷静だった。ひとまず敵艦をかわし、時間をかせごうとした。

急に進路を変えたため、追ってくる敵艦をやりすごすことができ、砲弾は飛んでこなくなった。そのあいだに機関員が応急処置をほどこし、蒸気の漏れは止められた。

そこへまた敵艦が追ってきた。

赤城は艦尾を敵にむけ、生き残りの砲を連発して敵をしりぞける。

このころ松島がひきいる本隊は、北洋艦隊の右翼をかすめて背後にまわっていた。先に左転した第一遊撃隊は逆に北洋艦隊の前面にたったから、両隊で北洋艦隊を挟み撃ちにする形になっていた。しかし松島のマスト上に「第一遊撃隊来たれ」の旗信号があがるのを見て、本隊の後尾につくべく第一遊撃隊はふたたび左に転回した。

すでに北洋艦隊の横陣はくずれ、最初に火災を起こした敵艦は一時三十分に沈没、他の一艦は火災を起こしたまま陸地の方へ逃れている。残った各艦は、艦首を目の前にある日本の艦船にむけて円形にかたまっていた。艦隊としての統制を失いながらも、なおも発砲をやめない。

そのとき比叡は、ようやく北洋艦隊の隊列中を突破し、北洋艦隊の後方にまわった本隊の最後尾に近づいていた。

しかしそこで、消し止めたはずの火災が弾薬庫付近でふたたび起きた。

「おい、貴様らも手伝え。いまは魚雷はいい。弾薬庫に燃え移ったら終わりだぞ」

外波大尉は配下の水兵ばかりでなく、哨戒員と機関員以外の水兵をみな消火にあたらせた。

弾薬が供給できぬ上、消火のために半数の人員を割かねばならず、比叡は戦闘不能におちいってしまった。

ために「本艦火災のため列外に出ず」との信号旗をかかげ、南西方向に逃れた。

おなじころ砲艦赤城も、同様に南西の海域へ逃れようとしていた。

しかし二、三隻の清国艦が追ってきて後方三百メートルほどに迫り、盛んに砲撃をあびせてくる。

「ええい、もっと速くならんか」

赤城のブリッジ上で艦長代行をつとめる佐藤大尉はあせるが、もともと鈍足な上に、蒸気管の損傷までうけて機関が十分に動かず、思うように航行できない。

そのとき背後で、何かが布を擦るような音がした。

「うわっ」

轟音とともに身体が浮いたと思ったら、前方に投げ出されてブリッジの壁に額をしたたかにぶつけた。一瞬、意識が飛んだ。

はっと気がつくと、あたりには煙がたちこめ、鉄片やガラスの破片がちらばっている。耳が聞こえない。額は焼けつくように熱く、血が流れ出ている。操舵員も倒れていた。

後方から飛来した一弾がブリッジ付近に命中したらしい。

頭ががんがんし、吐き気がする。血も流れているが、手足は動く。

「だれかかわりに操舵を！　だれかいるか！」

水兵が飛んできて、空転している舵輪をにぎる。別の水兵が佐藤を抱き起こす。

「血が出ています。救護所へ！」

「なにを、これしき」

佐藤大尉は立ち上がるが、すぐに尻餅をついた。めまいがして立っていられない。

「松岡、あとを頼む」

前部砲台を指揮していた松岡大尉にあとを託すと、佐藤大尉は救護所へ担がれていった。

このとき松島以下の本隊は北洋艦隊の後方にまわりこみ、比叡、赤城とははなれていた。

こうした状況を見ていたのは、西京丸の軍令部長たちだった。

「比叡と赤城を救え！」

といっても西京丸では北洋艦隊に太刀打ちできない。西京丸のマスト上に、

「比叡、赤城危険」

という信号旗をかかげた。

これに応じたのは、本隊の後尾につこうとしていた第一遊撃隊だった。さっそく了解の旗信号をかかげると左十六点（左一八〇度）の方向変換をおこない、比叡、赤城と北洋艦隊とのあいだに割って入るべく、速度を増して急いだ。

しかし第一遊撃隊が行ってしまうと、今度は西京丸自身が北洋艦隊の前面に出る形となってしまった。

定遠、鎮遠ほか敵艦三隻が迫ってくる。

「応戦せよ！」

向こうっ気の強い樺山軍令部長が命ずる。数は少ないが、仮装巡洋艦なので砲はある。水兵が艦首と艦尾の砲に飛びついた。

だが砲の数ではまったくかなわない。たちまち敵砲弾が集中し、水柱の林に囲まれた。

そのうち三十センチ砲の一弾が右舷の海面で跳ねると、舷側に穴をあけて艦内に飛び込み、サルーンと機械室のあいだで爆発した。周辺は完全に破壊され、爆風は最上甲板

までつらぬき、舵機を動かす蒸気管を破った。

これで火災が起きた上、舵機を機械力で動かすことができなくなった。

やむをえず「我舵故障あり」の信号旗をかかげ、スパナの親玉のようなハンドホイールを用い、人力で舵を動かそうとつとめた。

そのあいだにも敵艦の砲撃はますます激しくなり、一弾が右舷後部水線部に命中、大穴をあけた。海水が入ってくるのを、水兵たちが必死で塞ぐ。

さらに、最初は北洋艦隊とはなれて左側の海面にいた敵の二隻、それに水雷艇が前方から襲いかかってくる。

水雷艇に砲撃を加えると、艇首を曲げて逃げていった。敵の二隻とは五百メートルほどの距離となったが、砲撃しつつすれ違って事なきを得た。

ほっとしていると、さらに一隻の水雷艇があらわれた。

これも逃げるかと思いきや、ミズスマシのように低く平らな船体がぐんぐん迫ってくる。

「あれを追い払え」

と樺山軍令部長は命ずるが、ふと見ると前部の砲にだれもついていない。

水兵たちは舷側の穴をふさいだり、消火作業や舵を動かすために動員され、砲にまで手が回らないのだ。

「まずいぞ。だれかいないのか」

呼びかけても水兵たちはみな手一杯だ。そのあいだにも水雷艇は迫ってくる。

「これはいかん！」

参謀たちがあわてて砲にとりつく。砲の撃ち方はわかっているが、前部にあるのは大きな十二センチ砲で、操作に時間がかかる。その上、近くを撃つのには向いていない。仮装巡洋艦だけに砲は少なく、水雷艇退治用の機関砲などないのだ。

水雷艇を狙って撃つが、砲弾は上空を通過してゆく。

とうとう水雷艇が魚雷を発射した。白い航跡が伸びてくる。

伊集院参謀ほか、みな命中を覚悟した。

だがこれはわずかにそれ、西京丸の左舷を通過していった。

水雷艇はさらに前進してくる。もう弁髪の乗組員の顔まで大きく見える。その距離、わずかに四十メートル。

また魚雷をはなった。

白い航跡はまっすぐこちらに向かってくる。

この距離で命中しないはずがない。

「みな、甲板に伏せよ！」

伊集院参謀は十二センチ砲からはなれて甲板に伏せ、目を閉じた。

軍令部長以下、海軍の首脳がみな戦死という最悪の事態が頭をよぎった。そうなれば海軍は混乱、弱体化し、日本の勝機は遠ざかってしまうだろう。

だが、しばらくしても爆発は起こらなかった。怪訝に思って目をあけると、

「はは、下を通り抜けていったぞ」

そんな声が艦後部から聞こえてくる。

あまりに近距離だったため、艇上から発射されていったん深く沈んだ魚雷が水面近くに浮上する間がなく、西京丸の艦底下をくぐり抜けていったのだ。

魚雷を撃ち尽くした水雷艇は、大きく舵を切って西京丸からはなれていった。

五

二時三十五分、比叡、赤城を救出にきた第一遊撃隊は、三千メートルの距離で北洋艦隊に向かい、砲撃を再開した。

第一遊撃隊は隊列をととのえて敵を追ったあと、右八点（右九〇度）の方向変換をして本隊の進路と直角にすすみ、北洋艦隊の右翼を攻撃する。

これによって北洋艦隊の隊列はますます乱れた。三時十分、旗艦の定遠は前部に大火災を起こし、前部マストが折れた。

定遠の近くにいた一隻は、第一遊撃隊に向かって単艦で突撃を敢行してきた。しかし猛烈な砲撃をうけて水線下に大穴があき、艦体がかたむく。それでもなお衝角を使った体当たりで一隻でも沈めようと猛進したが、さらに雨のごとく砲弾をあび、ついに転覆して艦首より沈んでいった。

三時二十分すぎには、北洋艦隊は四分五裂となっていた。

艦隊のうち二隻が沈没、一隻は火災を起こして陸地のほうへ逃れていた。その後も逃げだす艦がつづき、数隻が連なって大連湾（だいれんわん）の方角へ逃走していった。

対して日本側は一艦も損ぜず、単縦陣をたもったまま、戦場となった海域を自在に疾駆していた。

第一遊撃隊は逃亡艦を追撃し、松島以下の本隊はなお海域にのこる定遠、鎮遠の二巨艦を攻撃する。

松島の木村水雷長は、魚雷発射の機会を待っていた。

しかし本隊は優れた速力を利して北洋艦隊の周囲をまわり、もっぱら砲撃を浴びせる攻撃に終始しており、魚雷の出番はない。

——出番は、あったとしても夕暮れ時か、それとも夜か。

そんなことを思いつつ、定遠、鎮遠との砲撃戦を眺めていた。

と、おそろしい爆発音とともに艦体が激しくゆれた。

見ると、前部砲台のあたりが煙に包まれている。

白煙の中から赤い火炎が立ちのぼっていた。その高さたるや、ブリッジどころかマストにも達するほどだ。

定遠もしくは鎮遠の三十センチ砲弾が、十二センチ四番砲の防楯(ぼうじゅん)に命中、爆発したのだ。そして付近に積んであった装薬をも誘爆させ、大爆発と同時に大火災を引き起こしたのである。

「これはいかん。助けにゆくぞ」

どうせしばらくのあいだ、魚雷発射の機会はない。木村大尉は水兵たちをつれて、艦前部の中甲板へ救援に駆けつけた。

ポンプで海水をかけ、消火につとめること数分。ようやく火が消え、煙も薄れた砲台が視野に入ってきた。

「うおっ」

木村大尉は思わず声を発した。

人の手足が散らばっている。

手足だけではない。首や腕のない胴体、顔のつぶれた生首、あるいは臓腑(ぞうふ)のはみ出た下半身……。

十二センチ砲台のある舷側は厚い鋼板でおおわれていたはずだが、そこに長さ五メートル、高さ二メートルほどの大穴があいていた。天井となっている上甲板は数十センチもちあがり、支えの鉄柱と鉄梁(てつりよう)は大きく曲がっているほか、電線や通話管、蒸気管などは破断して、蔓(つる)のようにぶら下がっている。

床となる下甲板は六畳間ほどの大きさで陥没している。被害は下甲板の清水タンクに達し、数個を破壊していた。

三十センチ砲弾の破壊力は、すさまじかった。

人員も無事ではいられない。砲台長の大尉をはじめ士官下士卒二十八名が即死し、ほかに数十名の負傷者を出した。散らばっている手足は、それらの者たちのものだ。

この一撃で松島は戦闘力を失い、戦列から離脱を強いられた。マスト上に、もはや旗艦をつとめられぬとの「不管旗」をかかげる。

「第一遊撃隊はどこへ行った！」

伊東司令長官は、松島のかわりに第一遊撃隊に定遠、鎮遠を攻撃させようと、「本隊に帰れ」との信号をかかげたが、遠くまで敵艦を追いかけていった第一遊撃隊には通じなかった。

結局、第一遊撃隊は無傷だった敵艦を追いかけ、砲撃で撃沈してから本隊へもどってきた。時に午後六時近く。

日没によってこの日の海戦は終了した。

敗退した北洋艦隊は根拠地の威海衛に引っ込んだが、翌明治二十八年二月、その威海衛も日本軍によって占領され、日清戦争は日本の勝利に終わった。

六

明治二十七年冬　イタリア　ボローニャ郊外　ヴィッラ・グリフォーネ

ボローニャ市内から十キロほど離れた丘陵地帯にあるヴィッラ・グリフォーネは、小麦とブドウの畑がひろがる豊かな農村である。

遠く離れたアジアの片隅でおこなわれている戦争の影響など、ここではまったく見られない。のどかで静かな時間が流れていた。

この村で手広く農園をいとなむジュゼッペ・マルコーニの家は緑色の鎧戸のある石造りで、県道とは栗の木の植わった並木道でつながっている。ゆるやかな傾斜地の途中にあって、別荘の上方にはブドウ畑が、下方には小麦畑がひろがる。

この家の屋根裏部屋につづく階段を、四人の姉妹が足音をしのばせて昇っていた。

姉妹はジュゼッペの姪たち――妻の姉の子供――で、ふだんはこのヴィッラ・グリフォーネより南西にあり、リグリア海に面して暖かいリヴォルノに住んでいる。

　毎年、冬になるとマルコーニ家の妻と子供たちは、避寒をかねてリヴォルノに遊びに行くのだが、今年は行かなかったので、逆に姉妹たちがヴィッラ・グリフォーネに遊びにきたのだ。

　姉妹たちはそこで、マルコーニ一家がリヴォルノに来なかった理由が、ジュゼッペの次男、グリエルモ・マルコーニにあると知った。今年の夏からグリエルモは何かにとりつかれたようになって、その昔に養蚕のために使われていた屋根裏部屋に籠もり切りになってしまっているという。

「何かおかしなことをしているの？」

　とひとりがグリエルモの母、アニーにたずねた。アニーはアイルランド生まれの英国人で、声楽の勉強にイタリアへきて、ジュゼッペ・マルコーニと恋に落ち、駆け落ち同然に結婚したのだった。

「おかしなことじゃないわ」

　アニーは微笑(ほほえ)んで否定した。

「でも私たちにはわからないことをしているのは、確かね」

　屋根裏部屋の籠城主であるグリエルモは二十歳。技術専門学校を出たのち、ボローニャ大学に通っているが、正式の学生ではなく聴講生という身分だった。

　母のアニーが英国人ということで、英語とイタリア語の両方が話せるようにと家庭での教育を重視した結果、まともに学校に通わなかったため、大学入学資格を満たさず、正式に大学に入れなかったのだ。そのためグリエルモは学生でもなく、はたらいてもいないという、中途半端な境遇に置かれていた。

それでも従姉妹(いとこ)たちとは幼いころから交流があり、中でも末娘のデイジーとはほのかな恋心を抱き合う仲だった。

四人の姉妹の父母は英国人で、父親が軍人としてインドに赴任しているので、イギリス本土より連絡のよいリヴォルノに来ていた。そうした英国人の家庭が、リヴォルノには多かった。

「何をしているのか、のぞいてみてもいい？」

アニーにたずねると、

「いいわよ。グリエルモも喜ぶと思うわ」

という返事だったので、好奇心を抑えきれない四人は勇んで屋根裏部屋に向かったのだった。

階段を昇りきってドアの前に立った。中はしんとしていて、誰かがいるのかどうかすらわからない。

四人は目配せをしあった。ひとりが勇を奮ってドアをノックした。

返事がない。

しばらく待って、もう一度ノックした。

今度は反応があった。部屋の中で足音がして、ドアのそばから「だれ?」とたずねる声がした。

「あたしたちよ。あけて」

と末娘のデイジーが言うと、ノブがまわってドアが少しだけ開いた。

「ああ、なんだ。来てたのか」

と笑顔を見せたグリエルモは金髪で額が広く、薄い眉毛の下には思慮深そうな青い目が光っている。

「ねえ、何をしてるの。見せて」

デイジーがせがむと、グリエルモは一瞬ためらったようだったが、意を決したように、

「見せるものなんて、ないよ」

と拒んだ。

「どうしてよ。いいじゃない。見たいのよ」

とデイジーは食い下がった。二、三度のやりとりの末、グリエルモが根負けして、

「いいけど、散らかっているよ」

と言ってドアを大きく開いた。

四人の姉妹は喜んで部屋の中にはいった。

なにか面白そうなものを見つけようと、四人はさっそく部屋を眺めまわした。しかし中には秘密めいたものは何もなかった。

部屋の中央にテーブルがあり、隅に頑丈そうな工作机があった。ほかにはあちこちに伸びた電線、陶器やガラスの瓶、電線を巻きつけたコイル、木の板にブリキを打ち付けたもの、タイプライター、電池らしきもの、はさみやねじ回しなどの工具類……。工場や実験室というよりは、お片付けのできない子供の遊び部屋というほうが近い、とデイジーは判定した。

グリエルモは寡黙ではなかったが、とくに口数が多いわけでもない。しばらく無言の時が流れた。

「ありがとう。でも、面白く遊べそうなものはないわね」

デイジーが言うと、グリエルモはむっとしたようだった。デイジーはあわてて、

「で、何を作っているの」

とたずねた。小さいころからグリエルモは機械いじりが好きで、デイジーの小さなミシンを改造して肉焼き機にしてしまったことがある。近ごろでは電気がお好みらしく、雷が近づくとベルが鳴る装置を作ったこともある。そんな従兄弟(いとこ)だから、また何か面白いものを作ったのではないかと思っていたのだ。

グリエルモは少し機嫌をなおしたようで、部屋の壁に向いた工作机の上から一本の細

い針をつまみあげた。

「これをこうして吊(つる)すから、よく見ていて」

と言って部屋の中央にあるテーブル上の、逆L字型の支柱に糸で吊(つ)り下げた。それからもうひとつ、船に備えてあるような羅針盤を工作机の反対側の壁にかけた。

「さてお立ち会い。これからこの針と羅針盤を、手を触れずに動かしてみせましょう」

とグリエルモは芝居がかった口調で言い、工作机の椅子にすわった。机の上にはグリエルモが手作りしたと思われる、ウズラの卵ほどの白い球を向かい合わせにした装置と電池、それにスイッチらしきものがあった。

グリエルモがスイッチを入れた。

するとバチバチッと音がして白い球のあいだに青い閃光が走った。同時に風が吹いたように針がゆれ、羅針盤の針も、指ではじかれたように左右に動いた。

だが窓は閉め切ってあって室内の空気はよどんでおり、風などない。グリエルモが息を吹きかけた気配もなかった。

姉妹はしばしだまりこんだが、すぐに姉のひとりが、

「あら、面白いわね」

と言って、つかつかと羅針盤のほうへ歩みよった。そして周囲を手でさぐった。

デイジーもテーブルの上の針に近づき、その上下左右をじっと見た。

きっとグリエルモが透明な糸で引っぱっているにちがいないと思ったのだ。

だが何も見つからなかった。指で周囲の空間をさぐったが、何も触れなかった。

姉たちも交互におなじことをやってみたが、誰も仕掛けを見破れなかった。

「え？　どうしてこうなるの」

「ちょっと凝った仕掛けみたいね」

姉たちはマジックの種を見つけようとはしゃいでいるが、デイジーはこれはマジックではないと直感して、説明をもとめようとグリエルモを見た。

グリエルモは笑いもせず、疲れた表情を浮かべているだけだった。


この年の夏、グリエルモはボローニャ大学の図書館から借りた一冊の雑誌を読んだ。そこには一月に亡くなったドイツの学者ヘルツの、電磁波に関する研究が紹介されていた。


ヘルツは、断続的に火花放電を作り出すことによって電磁波を発生させると、受信機としてループ状にした電線の末端にもうけた小さなギャップのあいだに、同時に火花が散るのを確認した。

電磁波が、空間をへだてていても作用することを発見したのである。

昔から機械いじり、中でも電気の作用に興味をもっていたグリエルモは、この記事を見逃さなかった。電磁波のこの現象を突き詰めれば、離れた場所にあるものに、手を触れずに作用することができる。それはこれまでの世界にない、まったく新しい現象ではないか。

二十歳になっても自分の進路を決めかねていたグリエルモは、ここに情熱のぶつけ先を見つけたのだった。

グリエルモはとりあえず大学で手に入る電磁波に関する書籍を読みあさり、またリーギ教授——ヘルツの電磁波に関する研究を紹介する記事を雑誌に書いた者——の講義を欠かさず聴いた。それでも電磁波の作用は謎だらけだった。

実験をして確かめたいことがいくつも出てきたので、グリエルモは屋根裏部屋に閉じこもり、実験をつづけていたのだった。

この日は従姉妹たちをおどろかせて食卓に話題を提供しただけに終わったが、その一年後には、グリエルモの機器の作用は屋根裏部屋におさまらなくなっていた。

電磁波を断続して送ればモールス信号になると気づいたグリエルモは、実験を重ねて自作の装置に各種の改良をほどこしていった。それによって、家の中どころか一キロほど先までモールス信号を送ることが可能になったのである。

距離が一キロ離れたところとの通信は、グリエルモが家の中で発信し、それを兄のアルフォンソが家の前の畑の中で受信し、成功した証拠に白いハンカチを振るという形で確かめられた。

またそののち、兄を家の裏側にある丘を越えて家から見えないところまで行かせ、送受信の実験をしてみた。兄は受信できた合図に猟銃を一発撃って知らせた。

グリエルモの無線機は、丘をも越えて通信できることが証明されたのだ。

はたらきもせずぶらぶらしていた次男が、どうやら大きな発明をしたらしいと知ったマルコーニ家の両親は、なんとかしてこの発明を世に出してやりたいと願うようになった。

そこでふたりはその地の知識人であり、権威者でもあるふたりに相談をもちかけた。教区の主任司祭と医師である。

相談をうけた司祭と医師は困惑した。前例のないことであり、どうしたらいいのか、まったくわからなかったのだ。

はかばかしい返事をもらえなかった両親は、それでも知恵をしぼり、郵政大臣に手紙を出すことにした。この発明が通信に革命をもたらすものだと思ったからだ。

しかし郵政大臣からは、素っ気ない断りの返事がきただけだった。グリエルモの発明を、まったく理解できないようすだった。

落胆したマルコーニ一家だったが、あきらめはしなかった。つぎに母のアニーは自分の母国、イギリスへ話をもっていくことを思いついた。

無線電信が船の通信に役立つのではないかと気づき、世界最大の海運国、イギリスならば関心を示す者もいるだろうと考えたのだ。

翌年、不安と期待を抱きつつ、アニーとグリエルモはイギリスへと旅立った。グリエルモは無線の機材を入れた黒い大きなトランクを大切そうにもっていた。

このときグリエルモはまだ無名の二十二歳の若者でしかなかったが、のちに無線の発明者として世界に知られ、ノーベル物理学賞を受賞することになる。

グリエルモの発明によって、人類は電波を自在に使いこなす未踏の領域へと足を踏み入れたのだった。そしてその発明品、無線機によって世のありようも変わってゆく。日清戦争に勝ち、アジアの片隅にありながら国際社会で頭角を現しつつあった日本という小さな国も、その変化に無縁ではいられなかった。

第二章　新しい世界を拓け

一

日清戦争の終結から五年後の明治三十三（一九〇〇）年二月二十七日——

西にかたむいた太陽が、地面に木々の長い影を作っている。

隅田川河口近くの築地にある海軍用地には、海軍大学校のほか海軍主計官練習所（のちの海軍経理学校）、海軍造兵廠などがおかれているが、もともと老中松平定信の屋敷の庭園だったため、学校などの建物群から離れた一画には、幕府時代に練習艦を係留していた大池のほか、春風池とか秋風池といった優雅な名前で呼ばれる池や築山も残っていた。

その春風池の近くに建つ古ぼけた平屋の前で、茶色の背広に白いチョッキ姿の男が大勢を前に話をしている。

「なぜこのような現象が起きるのか、と申しますれば」

背広の男はそう言うとひと呼吸おいて、周囲の者たちを見まわした。

そこにいるのは、濃紺詰襟の軍服に軍帽をかぶった海軍将校たちだった。中心にいるのは大臣や軍令部長といった海軍の首脳陣で、みな鋭い視線を男に投げかけている。

「それは、イーサーの振動によるのであります」

背広の男が言うと、イーサー？　という当惑したつぶやきが軍服の群れからもれる。

「イーサーとは、謎の物質であります。ま、光や電磁波を伝える媒体、とお考えください。音を伝える空気のようなものです。この宇宙の隅々にまで満ちあふれているはずなのに、誰もそれを測ったこともなく、どんな物質なのかを解明したこともありません。しかしそれがなければ光も電波も伝わらないので、必ずあるはずなのであります」

軍服の群れは、得々としゃべる背広の男をいくらか不思議そうな眼差しで見ている。

たったいま、ここで無線の通信実験がおこなわれたところだった。

古ぼけた平屋の前に受信機をおき、木立を隔てて二百メートルほど離れたところにおいた送信機から発信した。すると受信機は、「アサヒ」「ユウヒ」「ウメハサイタカサクラハマダカ」といった送信機の発した電文を、見事に受信してみせたのである。

成功裡におわった実験のあとで、製作者である松代松之助技師が無線の仕組みを説明しているのだった。

「イーサーは英語ですが、ドイツ語にするとエーテルとなります。エーテル理論、というとご存じの方も多いかもしれません」

ああ、という声がいくつかもれた。

尉官以上の将校は、みな海軍兵学校を出ている。艦船や兵器をあつかう必要上、兵学校は理系の授業が多く、また卒業後も節目節目で砲術や航海術などの専門教育を受けるので、将校は科学については一般人より明るい。

背広の男はつづけた。

「電磁波は、あたかも音が空気の波となって伝わるように、イーサーの波として伝播されます。そして電磁波は、理屈の上では世界の果てまでも瞬時に届きます。なにしろ光と同じ速さで、秒速三十万キロですからな」

「つまり、電波とは光と同じ速さで伝播される音みたいなもの、と考えればいいのかな」

軍服のひとりが問う。

「そうです。理屈はおなじです。ただし音とちがって、われわれ人間の体は電波を発することはできず、自然に感じとることもできません。ああ、正確に言うと感じ取れるのですが、ごく限られた範囲の、波長の極端に短い電波に限られます。すなわち光です。その光だけは目が感知しますが、無線に使うような波長の長い電波は感じ取れません。そのためにいろんな仕掛けが必要になります」

そう言って、畳ほどの広さの机にならんでいる、多くの電線でつながれた怪しげな機器の群れを指さした。

「こちら側が受信機、あちらの机にあるのが送信機です。中でも肝心なる機器は、送信機側にあってはインダクションコイルと放電球、受信機側ではコヒーラ管です」

男は送信機側にある、直径十五センチほどの樹脂製の筒を指さした。インダクションコイルである。

「電池が発する電流を断続器で交流にしたあと、こいつで電圧をうんと上げます。何十万ボルトという高電圧にして、その勢いでこの放電球のあいだに火花を飛ばします。その火花によって電波が発生するのです」

と説明し、つぎに受信機側の、掌（てのひら）におさまるほどの細いガラス管が横倒しにセットされている機器を指さした。

「こいつがコヒーラ管といいます。これが発明されたことによって、飛んできた電波を検知して電流に変えられるようになりました。電流になるのなら、あとは有線の電信とおなじように扱えばよろしい。電波を区切ってトンとツー、つまり長符と短符さえ作り出せば、組み合わせてモールス信号にして、ＡＢＣでもいろはでも送信できます。すなわち、電波で森羅万象を表現できます」

コヒーラ管は、細長いガラス管の空気を抜き、中に金属粉を詰めたものだ。ふだんは電流を通さないが、電波がくると金属粉が固まって固体のようになり、電流を通しはじめる。それで電波がきたとわかるので、検波器（けんぱき）と称されている。

ここまでくると、ふんふんとうなずく者が多い。

「なるほど、考えたものでごわすな」

軍服の男たちの中心にいた男が言った。

「こいつをフネに積めば、ずいぶんと便利になりもんそ」

薩摩弁の男は、海軍大臣、山本権兵衛である。

二十日ほど前の二月初旬、海軍内に「無線電信調査委員会」が立ち上げられていた。

無線は、いま世界最先端の技術である。

その原理は三十年ほど前に英国のマクスウェルが解明、電波の存在を予言し、そののちドイツのヘルツが実験で確かめた。そこまでは論文が出ており、世界中に知られていたが、あくまで実験室内の知識にとどまっており、実用化には至っていなかった。イタリアのグリエルモ・マルコーニが世界で初めて実用に耐える無線機を作ったのが、つい五年前だ。

マルコーニが英国で発表した無線機は、画期的な発明として世界中に報道されていた。その通信距離も報道されるたびに伸びており、もはや無線が実際に使える機器であることに疑いの余地はなかった。

英国駐在中の海軍将校や技術者などから、海軍も無線を取り入れるべしとの意見具申がつづいたこともあり、無線の実態を調べるべく、軍令部が委員会を発足させたのである。

指名された委員たちがあつまって相談した結果、まずは海軍大臣や次官にあたる総務長官、軍令部長など海軍首脳陣へ無線をお披露目しよう、そのほうが話が早い、ということになった。委員会に招聘した逓信省の松代技師が、すでに無線機の試作と実験を終えていて、見せられる機器はあったのである。

かくして今日、大臣以下の海軍首脳がここに参集したのだ。

「しかし、数百メートルほどの距離なら、旗やら手旗信号で十分じゃが」

山本大臣のとなりに立つ男が、送信機と受信機の置かれた場所を交互に見ながら言う。諸岡軍務局長である。予算をあずかる軍務局としては、開発にかかる経費と効果の兼ね合いが気になるらしい。

「いえ、欧米では五十海里離れておっても届くと報告されております」

松代技師の横から外波内蔵吉中佐が答えた。

日清戦争でコルベット艦比叡の水雷長だった外波中佐は、戦後に海軍大学校に入り、卒業したあとは軍令部第一局に所属するとともに、教官として大学校につとめていた。

外波は新発明として世に紹介された無線電信に関心を持ち、いち早く試作品を作りあげた松代技師の一般むけの講演を聴いた上で、これを軍艦や望楼の通信機として採用せよと海軍首脳部に強く具申した。そのためいまは調査委員会の委員長を仰せつかっている。

外波の発言に「五十海里か」とおどろきの声があがる。

一海里は約一・八キロだから、五十海里は約九十キロメートル。東京から熱海あたりまでの距離である。そんな遠方と電線もなしに連絡ができるとは、まさに魔法のようではないか。

「いまこの機材でも、一海里程度なら届きますよ」

と松代が言うと、軍務局長はだまった。

委員長となった外波はまず逓信省にかけあい、無線を共同で調査開発しようともちかけた。松代技師が逓信省に所属していることもあり、技術的なことなら逓信省が進んでいるだろうと思ったのだ。

すると逓信省側は、無線が実用化できたとしても、どうせ艦船のあいだの通信にしか使い道がないだろうから、海軍が主体となって調査研究をするのがよろしかろうと答え、松代技師を海軍に出向させてくれたのである。

「数海里でもずいぶんと便利になる。フネ同士どころか、陸とも連絡がとれる」

「夢のような話だな」

そんな声が軍服の群れからもれる。

実際、無線電信機は夢の機械かもしれなかった。

陸上では五十年以上前から、電線をつないでの有線通信が行われていた。いまでは海底ケーブルもあり、世界中に電線網が張りめぐらされ、東京とロンドンのあいだでも電報で即座に連絡ができる。

だが海洋をゆきかう船に、電線をつなぐわけにはいかない。

軍艦であれ商船であれ、互いに見える範囲内ならマストに掲げた旗や手旗信号で連絡できるが、少し離れてしまえばそれもできない。もうすぐ二十世紀になろうというのに、大海原を航行する船は、通信については大航海時代のコロンブスやマゼランとおなじ状況におかれているのである。

それが、この無線電信で一変する可能性があるのだ。

「それでも軍艦に積むのはどうかな。その火花を出すやつ、火災の原因になるのではないかな。そいつはなくてはならんのか」

送信機を指さして問う者がいる。

送信機はスイッチがわりの電鍵と電池、直流を交流にするための断続器、電圧をあげるためのインダクションコイル、放電球、それにアンテナ（このころは垂直線と呼んだ）から成っている。電鍵を押すとそのたびにふたつの放電球のあいだに青い火花が飛ぶ。

「いえ、これが電波を作りだしているのでして。なくてはならぬ装置です」

松代が答えると、さらに質問が飛んできた。

「火花が電波を作るとは解せんな。どういう仕組みになっておるのかな」

すると松代はひと呼吸おき、首をかしげつつ答えた。

「じつはその理論ははっきりわかっておりません。ただ、ここから電力のエネルギーが放たれていることは確かで、これがなければ通信に使える電波が出ないことは、実験で確かめています」

わかっておらんのか、と呆れたような声がもれた。つづいて、

「その垂直線（アンテナ）というものは、どういうはたらきをするのかな。火花が飛んで電波が出るのなら、それだけで十分な気がするが。わざわざ垂直線なるものをつける必要があるのかな」

という問いが飛んだ。松代は即座に答えた。

「ええ、垂直線は受信と送信の双方に重要な役割を果たします。これがあるとないとでは、電波の届く距離が格段にちがってきます。放電球で作った電波を発信し、またその電波を受信する装置とお考えください」

「発信するといっても、ただの銅線がそんなはたらきをするのかね。見たところ一端しか回路につながっていないようだが、それで電気が通じるのかね。どういう現象なのかな」

質問者は電気にくわしいと見えた。

「じつは、そこも理論的にはよくわかっていません。ただ、この垂直線こそが、無線を実用化したマルコーニの新発明のひとつなのです」

松代は苦笑いを浮かべながら答える。すると一瞬、場はざわついた。なにやら不審なものだ、ごまかしがあるのでは、という雰囲気になった。

「新しいものだけに、まだまだわからないことが多いのです。でも、実際に遠距離でも通じることは事実なのです」

と言う松代に助け船を出すように、山本大臣がたずねた。

「あちらではすでにフネに積んでおりもすか」

欧米では軍艦に積んでいるのか、との問いである。これには外波が答える。

「実験的でしょうが、英国などはすでに積んでいると聞いています。他国はわかりませんが、いずれどの国も積んでくるでしょう」

「もし本当に五十海里も届くのなら、海戦の様相が変わるな」

伊東軍令部長が嘆息するように言った。

日清戦争で連合艦隊司令長官をつとめた伊東は、戦後すぐに軍令部長に就任していた。いまや子爵で海軍大将である。

「清国との黄海海戦のときにこれがあったら、もっとうまく指揮がとれて、さらに多くの清国艦を沈めておったろう。樺山さんも敵の水雷艇に追いかけられて危機一髪、ということもなかったろうに」

その発言に忍び笑いが起きる。

血の気の多かった樺山前軍令部長は、ここにはいない。戦後に海軍をはなれて初代台湾総督に転じ、いまは日本にもどって文部大臣になっている。

「散らばったフネを即座にあつめて、戦力を集中して敵を叩く。そんな戦い方ができるようになる」

「味方同士で連絡をとりつつ、敵を囲んでしまうこともできるでしょう」

将校たちの声はつづく。

「いやはや、大変なものでごわすな。おいなどは、旗の読み方も忘れたちゅうのに」

山本大臣の戯れ言に笑い声があがる。山本大臣は海軍兵学寮——兵学校の前身——の一期生で、生粋の海軍軍人である。

「で、ロシアさんは、どうかな」

誰かの声に、一同はしんとしずまった。

「まだわかりません。しかし、ロシアさんのほうが進んでいると考えたほうがいいでしょう」

外波中佐が答える。

「あちらにはポポフがいますから」

と言ったのは、松代技師だ。

「ポポフとは？」

「ロシアの技師です。この機器はイタリアのマルコーニという男が考え出した機器の配線図から組み立てたのですが、ロシアのポポフという男は、マルコーニとほとんどおなじ時期に、つまりいまから五年前ですが、似たような無線電信機を作ったとか。であればもう軍で実用化しているかもしれませんね」

一同からため息がもれる。つぎに戦うとすればロシア、は軍人たちの、いや軍人だけではなく多くの国民とも共通の危機感だったから、ロシアに軍備で劣ることはなんとしても避けねばならない、とみな思っている。

「わが軍も、早急に実用化せねばと考えております」

「できもすか」

山本大臣の問いに、外波中佐はしっかりと顎を引いた。

「は。一年いただければ。一年を目途に八十海里（約百四十キロメートル）に届く無線電信を、作り上げたいと思います」

「八十海里か。それが委員会として適切と思うちょりもすか」

「ええ、必要十分な通信距離と考えております」

山本大臣はちいさく幾度もうなずいた。

「外波さん、よか心意気じゃ。じゃっどん、新しいことじゃ。なかなか一年ではいきもはんぞ。三年でできれば上出来じゃ。そう思ってやったもんせ」

山本大臣は外波中佐の肩をたたき、

「頼ンましたぞ」

と言った。海軍が無線電信を、それも独自開発して導入することが事実上、決した瞬間だった。

受信機と送信機を前にして記念写真を撮ったあと、首脳陣は立ち去った。居残った委員たちはほっとしたようで、くだけた調子で立ち話になる。

「三年で八十海里とは、いい目標だね。やはり一年じゃ厳しかろう。そのへんの機微、大臣はどうしてわかるのかな」

「勘がいいのでしょう。でなきゃ、戊辰のいくさを生き残って大臣にまでなれません」

外波中佐は、見学にきていた木村浩吉中佐と話している。

木村中佐は日清戦争で旗艦松島の水雷長をつとめたあと軍令部に出仕、第三局員をへて海軍大学校の選科学生となり、卒業後のいまは海軍大学校の教官をしている。

「しかしなんとか一年で目途をつけたいと思っております。あらかたはもう出来ていますから」

「そうは言っても、ありゃ逓信省のものだろ。海軍のはこれから作る。フネに載せても大丈夫なように頑丈な造りにせにゃならんし、八十海里もむずかしいぞ」

「たしかに。松代くんも逓信省から借りているだけですし、これもまだ実験装置というか、おもちゃみたいなものですしね」

外波中佐の言うように、いまのところ無線に関して海軍にあるのは調査委員会だけで、機材も技術も人間もまだなにもなかった。

それを思うと、外波の肩にずしりと重荷がのしかかってくる。内外の情勢を眺めれば、日本には荒波が打ち寄せつつある。うまく説明できないが、海軍がこの機器を装備できるかどうかが近い将来、国の存亡を左右することになる、という予感がするのだ。

そもそも八十海里も遠方に届く無線機など、本当に日本で造れるのか？　三十年ほど前にやっと世界に対して国を開いたばかりで、いまでもまともなネジ、いや、鉄すらろくに造れないこの国が。

「となると、弟君の加入が待ち遠しくなりますな」

重い気分を振り払うように、外波は明るい調子で木村中佐に言った。

「駿吉か。役に立つといいけどな。頭は切れるが、軽躁（けいそう）なところがあるからね。しっかり手綱を締めてやってくれ。文部省と話はついたのか」

「ええ。頭の固い役人どもも、新聞は読んでいるようで。お国の危機だと説いたら、なんとか認めてくれました。そろそろ辞令が下りるはずです」

ふたりは言い合わせたように北の方角を見た。

二

仙台の城址の近く、広瀬川の岸辺にある第二高等学校の物理学教室で、ふわっくしょん、と大きなくしゃみをする者がいた。

「おっと失礼。風邪をひいたかな」

鼻をすすりながら、木村駿吉教授は教壇の上から学生たちに詫びた。すらりとした長身をいくらかくたびれた背広で包み、鼻の上に丸眼鏡をのせている。目立つのは顎一面に生えている漆黒の髭で、このために顔が長く見えた。

「やはり仙台は寒いよ。口ばかり大きくて腸のねえ江戸っ子にゃ堪える。ってことで、今日はこのへんでお開きにするか」

駿吉は、アルファベットと数字、Sの字が伸びたような記号が交じる数式がいっぱい書かれた黒板を、せっせと消しはじめた。すると学生から声があがった。

「あ、先生待ってくだせ。まんだ書き写し終わってねえ」

「なんだ早くしろ。光速や音速とは言わねえが、せめてカタツムリの移動を上回る程度の速度で書き写せ」

駿吉の冗談には誰も反応せず、鉛筆を走らせる音だけが教室に響く。駿吉は一瞬、渋面を作ったあとでつづけた。

「あー、試験の範囲はここまでだからな。それと、僕は今期で学校をお払い箱になると決まったから、日数がない。追試はないぞ。試験は一発勝負だ。よく勉強しておくがいいぜ」

ええっ、という声を無視し、駿吉はさっさと教室を出た。

夕刻、家に帰った駿吉を、子供たちが「パパさまお帰りなさいませ」といっせいに出迎えた。子供は男の子ひとりに女の子が五人。

「よしよし。いい子にしてたか。寒くないか」

しばらく子供たちと遊んでから、駿吉は背広を脱ぎ、着物に着替えた。

「辞令が出たよ。三月七日付で海軍大学校の教授になる」

着替えを手伝う妻の香芽子(かめこ)に、駿吉は告げた。

「あら、ずいぶん忙しいこと。では東京へは」

「ああ、僕がひと足先に行くことになるかな。家を探しておくから、あとから荷物とともにおいで」

「あの子たちの学校もありますし、三月中には引っ越ししないと」

「そうだな、すぐに探すよ。なんなら兄貴に頼んで見当だけでもつけてもらうか」

「そのほうがようございましょ」

「ママには迷惑かけるが、頼むよ」

「いいえ、パパさまのほうこそ無理なさらずに」

二歳下の妻は駿吉の仕事には理解がある。家族を残しての洋行にもだまって耐えてくれた。今回も、二高の教授という安定した職場を捨て、先のわからぬ職場——海軍大学校の教授といっても、臨時雇いのようなものだ——に変わるのに、文句ひとつ言わない。家庭には恵まれていると思う。

——ともあれ、これで明るいところへ出られるな。

窓際の籐椅子に腰掛けて紅茶を飲みながら、駿吉は思う。

教師という仕事には飽き飽きしていた。

大学院を出たあと教師をしながら、ハーバード大学とエール大学で学び、博士号を得た。日本人で海外の大学で数学の博士号を得たのは、なんと駿吉が二人目だという。

意気揚々と帰朝したが、仕事は留学前とおなじで教師しかない。結局、この仙台へきて物理を教えることになった。

むさ苦しくて遠慮を知らない十代の学生たちとの付き合いには面白いこともあったが、自分の目指すものとはちがうという感じがぬぐえなかった。

教壇で教えるのではなく、もっと実際的な、手応えのある仕事をしたいと思う。脳髄の限界まで使って、この世に衝撃を与えるような仕事を。できれば自分の手で世の中を変えるようなことをしたいと願っていた。

そこに海軍大学校で教官になっている兄から、海軍で無線電信を開発するからやってみないか、という誘いがあった。

駿吉は自分でも無線に興味があり、ドイツから教育用の無線機をとりよせて学生たちと実験をしたりしていたから、一も二もなく兄の話に飛びついた。こんなに大がかりで挑戦的な仕事を逃す手はないと思ったのである。

マルコーニの無線機は実験に成功しているが、どこまで使えるものか、いまのところ朦朧（もうろう）としている。ことに軍艦で使えるかとなると、各国が軍事機密にしているのか情報がなく、まだ見通しがきかないという印象である。

とはいえ、できることがはっきりとわかっているなら、実業家が工場で造ればいいのであって、調査研究をする必要はない。何だかわからないという、朦朧とした環境こそが科学者の活躍の場なのだ。

日清戦争中に留学先の米国で感じた欠落感を埋めるには、ぴったりの仕事だとも思った。

しかし海軍も二高もおなじ政府機関なので、勝手に移籍するわけにはいかない。異動を希望して海軍からも申請してもらったが、二高もその上の文部省も、洋行帰りの博士さまをおいそれとは放してくれない。海軍と文部省の折衝が長引き、無線調査委員会の発足には間に合わなかった。だがようやく話がついたらしい。

「好きな道で食っていけるんだからな、こりゃ乗るしかないぜ」

紅茶のはいった茶碗を手に、そんなことをつぶやいていた。

辞令が出た二日後、駿吉はひとりで先に上京した。

仙台を早朝に出発した汽車は、日が暮れて暗くなったころに上野駅に着いた。

「おお、尻が痛え」

と駅を出た駿吉は不平を言ったが、それが贅沢な話なのはわかっていた。十年前ならば、仙台から上京するには馬車で数日がかりだったのだ。となれば尻の痛みは今日の比ではない。政府が大車輪で鉄道網を全国にひろげてくれたおかげで、この程度の痛みですんだのである。

駿吉は人力車を雇い、ひとまず土手三番町の兄の家へむかった。

途中、澄んだ鐘の音が響いた。お寺の鐘とちがい、もっと高い音だった。

「あれも変わってねえな」

「ねえ、おっかないこって」

車夫が相づちを打つ。駿河台のニコライ堂の鐘が、時を告げたのである。

ニコライ堂はロシア正教の教会で、このご時世であることから、教会の聖職者までがロシアのスパイ視されている。遠くまで響く鐘の音を、ロシアの威嚇と受けとる市民もいると聞く。

着いてみると、兄の浩吉はまだ帰っていなかった。

「海軍さんってのは、そんなに忙しいのかな」

兄嫁に尋ねると、いつものことだと言う。

「へえ。軍人が忙しいってのは、いいんだか悪いんだか」

「おや、駿吉さんも軍人になるんでしょ」

兄嫁は言うが、駿吉は首をふった。

「いいえ、僕は軍人じゃなくて軍属ですよ。海軍に臨時に雇われた技術者、ってところですかね。兄さんみたいに海の上でドンパチやるわけじゃありません」

実際、駿吉は海軍に骨を埋(うず)めるつもりはなかった。やりたい仕事ができれば、所属先はどうでもいいと思っていた。

「ところでおやじは元気ですか」

兄嫁の返事も聞かず、駿吉の足は奥の離れへとむいていた。

「ただいま帰りました」

と敷居の前で頭を下げた。

「駿吉か、帰(けえ)ったか。入(へえ)んな」

中からしっかりした声がした。襖(ふすま)をあけると中は薄暗い。

「ただいま仙台からもどりました」

「おう、元気そうでなによりだ。あっちはさぞ寒かったろう」

父の声は温かかった。

「ええ、まあこちらに比べれば」

「今度は海軍で無線をこさえるんだって？　また不思議なことをやらかすもんだな」

「ええ、まあ」

父は無線をどこまで知っているのか、と駿吉は一瞬、説明をしようかと戸惑った。それを察したのか、父は微笑みながらつづけた。

「いや、無線ってのは、ちょっと前に新聞で読んで知ってるだけだ。電信でさえ最初はびっくりしたのに、銅線もなしに連絡できるたあ、また不思議この上ねえこったな」

「あれの原理は物理学でもまだよくわからないところがありましてね。一応、それなりの説明はできるんですが」

「おう、今度、暇なときに教えてくれ。もっとも、近ごろは物覚えが悪くなって、とんといけねえ。こないだも下手な絶句を見て、どこのとんかちが作ったのかと思ってたら、三日前に自分で作ったやつだったぜ」

父は今年七十になるが、まだ矍鑠としている。隠居して芥舟と号しているが、維新の前は木村摂津守と名乗る幕臣だった。

代々、浜御殿奉行をつとめる木村家の嫡男で、若いころから英明をうたわれ、浜御殿奉行をふり出しに老中らに重用された。長崎で伝習所取締もつとめ、幕府の開明派のひとりとして欧米人とも付き合った。

そして万延元（一八六〇）年、咸臨丸の司令官として勝海舟らとともに渡米。帰国後は軍艦奉行に再任されて幕府海軍を創設した。いまの海軍は幕府海軍を引き継いでいるから、父は海軍創設者のひとりといえる。

維新のときは勘定奉行になっており、江戸城引き渡しの処理をしたあとで奉行を辞任、一時は江戸を引き払って山奥に籠もった。東京にもどったあと、明治政府から出仕の誘いもあったが、すべて固辞して隠居を貫いた硬骨漢でもある。

維新後は貸家を建てて生活を支え、子供たちを養育する一方で、幕府瓦解前後のことや海軍創設のことなどを書き記したり、漢詩を作ったりしてすごした。

明治政府には出仕しなかったが、海軍卿となっていた勝海舟とは交遊がつづき、海軍に仕官したばかりの浩吉と帝大の学生であった駿吉をつれて、勝邸を訪問したりもした。

また実業界で活躍する福沢諭吉――咸臨丸で渡米したとき、従者として連れて行った——やかつての部下たちとも交流がつづいていて、隠居といってもさほど世間は狭くない。

「おめえらも大変だな。喧嘩(けんか)の相手が外国だからな。おれのころの相手は薩長だ。たかが知れてたが、外国となると図体(ずうたい)がでけえからな。喧嘩もよく考えてやらねえと」

「はあ、たしかに相手はでかくて、しかも金をもってますからね。油断ならねえっちゃ、そのとおりで」

そんな七十翁の父でさえ、ロシアとの開戦が近いと感じているようだ。

日清戦争の勝利によって、日本は莫大(ばくだい)な賠償金と清国の一部、遼東(りょうとう)半島を手に入れた、はずだった。

その遼東半島を放棄せよと、ロシア、フランス、ドイツの三カ国が日本に圧力をかけてきた。日本が大陸の一部である遼東半島を領有すると、朝鮮の独立をおびやかし、清国の安全も危うくなるゆえ、東洋の平和のために日本は放棄せよ、と迫ったのだ。

この交渉に一番熱心だったのはロシアで、増強しつつあった極東艦隊を背景に、日本が拒否すれば一戦も辞さないという態度に出た。フランスはロシアと軍事協定を結んでおり、ドイツもこの機会にロシアに接近しようともくろんでいた。

清国との戦いで国力を出し尽くして疲弊した日本が、三カ国を相手にしてかなうはずがない。言われたとおりに日本は遼東半島を放棄した。これを怒った世論が激しく反発したが、どうなるものでもなかった。

三カ国のしたことは一見、清国に親切な行為に見えるが、恩を着せた上でやったことはひどい。遼東半島は結局、二十五年の期限つきながらロシアが租借することになったし、ドイツは膠州湾を九十九カ年間租借することになった。日本を追い出しておいて、かわりに自分たちが居すわったのである。

干渉の主役であるロシアは旅順に艦隊をおいただけでなく満州にも勢力をひろげ、極東を軍事的に抑えようとの野望をあらわにしていた。ロシアに満州を奪われればつぎは朝鮮、いずれは日本まで侵略されると、日本国内の世論は悲観に傾いていた。

そしてロシアに負けぬ戦力を造ろうと、臥薪嘗胆の合い言葉のもと、公務員の俸給一割返上などを実施し、新鋭戦艦六隻、巡洋艦六隻からなる「六六艦隊」の建造にかかっていた。当然、増税等で国民の暮らしは苦しくなったが、それほど苦情は出なかった。ロシアへの恐怖感がまさっていたのだ。

父と話していると、兄の浩吉が帰ってきた。兄嫁に聞いたのか、軍服姿のまま離れに入ってきた。

「よう、つつがなくご帰還、か」

「駿吉三等水兵、本日もどってまいりました。明日から海軍のお世話になります」

駿吉は五歳上の兄に不細工な敬礼をした。兄とのあいだには姉がふたりいて、駿吉は末っ子である。

「朝一番で築地へ行くがいいさ。行けばみなわかるようになってるはずだ。海軍はそういったところはきちんとしている」

そう言う浩吉と父を見比べると、背格好といい丸い顔といいそっくりで、親子であることがはっきりわかる。対して駿吉はふたりより頭半分ほど背が高く、また面長で顎髭も貯えているので、ぱっと見ただけでは父子とは見えない。母親似なのである。

「調査は、どこまで進んでいますか」

「機器は一応、あるんだ。逓信省の研究者が造ったのを借りたんだ。そいつで大臣にお披露目をした。林を越えて立派に無線が通じたぜ。そのときはせいぜい二、三百メートルってところだったが、そのあと横須賀までもって行って、軍艦に積んで試験してみた」

「へえ、どうでしたか」

「三海里半までは、なんとか通じたそうだ」

「ふうん、三海里半か。それでも日本に無線機があるってだけですごいんだろうな」

「そいつを八十海里にするのが委員会の役目だとさ」

「八十海里……か」

「むずかしいのか」

「いや、去年だったか、マルコーニの無線機がドーバー海峡を越えて通じたって報道がありましたからね。ってことは二十海里ぐらいはいくんでしょう。うわさじゃあ、英国海軍で五十海里までいったって話もある。世界の最先端は、そんなところでしょうな」

「ま、その相談は外波とやってくれ。あいつが言いだしっぺで、委員長だからな。明日は築地にいるだろう」

ふたりのやりとりを聞いていた父、芥舟がうれしそうに言った。

「せがれがふたりとも海軍か。そんなつもりで作ったわけじゃねえがな」

三

翌朝、駿吉は築地の海軍大学校をたずねた。

「へえ、みんな軍服だね。ま、当たり前か」

駿吉はきょろきょろとあたりを見まわしてつぶやいた。ときどきグレーの作業着を着た工員を見かけるが、ほかはみな濃紺詰襟の海軍の軍服に軍帽をかぶって歩いている。背広姿の駿吉は少々場ちがいな感じさえするほどだ。

校長や居合わせた教授らに挨拶を済ませると、大学校の東にある調査委員会室に連れていかれた。

駿吉には海軍大学校の教授になる辞令が出ているのだが、教壇に立って学生に教えるわけではない。無線電信の調査研究に専従するには海軍に適当な役職がなかったので、一種の便法として大学校に籍を置くことになったのである。仕事は、あくまで無線電信の開発だった。

「これ？　ははあ、これですか」

委員会室の前で、駿吉は声をあげた。春風池と大池のあいだにある木造瓦葺(かわらぶ)きのその建物は、窓が小さく壁板は朽ちており、なんとも貧相で息苦しそうな外観だった。

「昔、練習艦用の倉庫だったそうで」

と案内してくれた係員が申しわけなさそうに言う。駿吉は唇を引き結んだ。

「高校の教室が御殿に思えてくるなあ」

ぼやきながら中に入ると、委員長の外波中佐に引き合わされた。

「駿吉くんか。木村中佐からいろいろ聞いている。これから頼むよ」

駿吉にまさるとも劣らぬ長身で、鼻の下に八の字髭を生やした外波中佐は、軍人にしては物腰が柔らかい。微笑さえたたえて、優しい目で駿吉を見ている。

「は。ご期待に添えるよう、努力いたします」

と短い挨拶の言葉を交わしたあと、外波の口から意外な言葉が出た。

「いまはちょっと急いでおる。なにしろ四月の末に、陛下に無線の実験をご覧に入れねばならんのでな」

「陛下？　陛下って、玉座にましますあの陛下で？」

「ああ。今度の演習で無線機を天覧なさる」

「天覧だって！」

駿吉は思わず大きな声を出していた。

「もう日も少ないから、いまはその準備で大忙しだ。早いところ機材を作って浅間（一等巡洋艦）へ運び込まにゃならん」

外波中佐は、落ち着いて応答している。駿吉は手にした帽子を握りしめた。

「そいつは豪儀だ。ってことは御前でご進講なんてことになるのかな」

「なるかもしれん」

「おう、そりゃみんな張り切るわけだ」

駿吉は内蔵吉から目をはなし、部屋の中を見渡した。せいぜい十坪ほどの狭い中にいくつもの机が置かれ、下士官と見える男三人が、ふたりに目もくれず機械を組み立てている。

「ま、あまり喜んでばかりもいられんが」

外波中佐の髭が動く。

「四月の演習では、こいつと下瀬火薬をご覧に入れることになる。下瀬火薬は知っているか？」

「いや。なんですかそりゃ」

「威力が桁違いの新型の火薬だ。機密だからおれも詳しくは知らんが。そいつはもう完成して工場で造っている。しかし無線はまだまだ頼りない。なにしろ日本中に一台しかないからな。下手をすると陛下の前でとんでもない恥をかいて、切腹せにゃならんかもしれん」

「一台あるだけでもたいしたものだと思いますがね。で、これを作ったお方は？　ご尊顔を拝し奉って、ご挨拶しなきゃ」

「松代君はまだ逓信省だ。夕方にならんとこちらへは来ない」

「ははあ、掛け持ちか」

「逓信省が放さない。いまは海軍嘱託という形で来てもらっておる。ま、才能ある者はどこもたやすくは手放さんさ。金の卵を産む鶏だからな」

「コケコッコーって鳴きながら築地まで飛んでくるのかな」

駿吉は笑いながら言った。

外波中佐はそれを聞き流し、

「そんなわけで、すぐに作業にとりかかってもらいたいが、とりあえずは松代君が来てからかな。打ち合わせをしないと手をつけられんだろう。それまで図面でも見ていてくれ」

外波中佐はひと束の図面を駿吉に手渡し、部屋を出て行った。駿吉は近くの椅子をひきよせ、図面を机の上に拡げた。

「ふうん。そうなのか」

顎髭をなで、ときにひとりごとをつぶやきながら、駿吉は図面を見てゆく。

松代松之助が顔を見せたのは、あたりがとっぷりと暗くなってからだった。

「これはこれは。初めて拝顔の栄をこうむります。どうぞよしなに」

駿吉の芝居がかった挨拶に、明るい鼠色の背広を着て山高帽と鞄を手にした男は、

「お噂はかねがね。こちらこそ光栄の至りです」

と如才ない口ぶりで返してきた。中肉中背、髪を七三に分け、丸顔で愛嬌のある小さな目。薄く口髭を生やしているので、ちょっと見は狸のようだ。話すうちに駿吉と同い年の三十三歳とわかった。

「しかし、これは例のエレクトリシアンの回路図から作ったんですか」

駿吉はさっそくたずねた。渡された図面の中に、見覚えのある回路図があったのだ。

「ええ、ご覧になりましたか」

エレクトリシアンというのは英国の電気技師むけの雑誌で、これにグリエルモ・マルコーニが作った無線電信の回路図がのった。

マルコーニはイタリアからイギリスへ渡るとロンドンに居を定め、まず無線機の特許を申請した。そしてプリースという有力者の後援を得ることにも成功し、特許の許可を得たころには、公開実験によって無線機の有用さを世に広く知らしめていた。

エレクトリシアン誌にのったのは、この特許の内容を説明した記事である。

そののちマルコーニは会社を設立し、無線の研究を深めるとともに、商用無線開始への道をひた走っている。

「見ましたよ。でも自分で作れるとは思わなかった。部品はどうしたんですか。リレー（継電器）やインダクションコイルなんか、いいのはなかなかないでしょう」

「試験所にあるものを使い、ないのは作りましたよ」

「コヒーラ管も？」

「ああ、コヒーラには苦労しました。ガラス細工の得意なやつがいましてね。最初はうまくいかなかったけれど、試験所の技手と共同で作りました」

駿吉はうなずいた。

「いや、日本にあれを作れるやつがいるとは思わなかった。しかもちゃんと動くとは」

「苦労しましたがね」

松代技師は余裕の笑みを浮かべている。

「いや、たいしたものだ」

エレクトリシアン誌の回路図は正確なものだったが、構成する機器の定格などは記されていなかった。その上、コヒーラ管やデコヒーラ装置など無線機でしか使わない特殊な機器もある。

だから回路図だけから実際の無線機を作り上げるには、必要な機器を手作りでそろえた上で、実験に実験を重ねて機器ひとつずつの定格を決め、全体が動くようにしてゆく必要があった。その、深い専門知識が必要な上に面倒で煩雑な仕事を、この男はやってのけたのだ。

「お、さっそく打ち合わせか」

そこに外波中佐が入ってきた。

「どうしたらこんな偉業を果たせたのか、それを聞き出していたんですよ」

駿吉の言葉に、松代技師は笑った。

「偉業とはまた。まだまだおもちゃのようなものですよ」

「いや、たしかにすごいものだ。買えば百万円以上するしろものだからな」

外波中佐が言うには、以前にイギリスで、日本の駐英大使館がマルコーニの会社――マルコーニ・ワイヤレス・テレグラフ・アンド・シグナル・カンパニー――に接触したことがあるという。

そのころイギリスにいた海軍の技術者が、新聞や雑誌で大々的にとりあげられていたマルコーニの無線に目を付け、ちょうどロンドンのテムズ鉄工所で建造中だった戦艦敷(しき)島(しま)に積んだらどうか、と提案してきた。

これをうけて海軍は英国大使館経由でマルコーニの会社に見積もりを出させたところ、法外な金額をふっかけてきた。機器の代金のほかに、百万円に相当する金額が載っていたのだ。特許使用料のつもりらしい。

それでも必要なら購入するという意見も海軍内部にはあった。しかしマルコーニ社の製品も実績が少なく、まだ性能もはっきりしないので躊躇(ちゅうちょ)していたところに、松代技師の実験成功が伝わって、ならば自主開発を先に検討しよう、となったのだとか。

外波中佐は言う。

「一万五千トンもある戦艦が一千二百万円くらいで買える。船体が九百万で、三十センチ砲四門、十五センチ砲十四門、ほかにも小さな砲や水雷も積んでいるが、そうした武器をすべてひっくるめても三百万円だ。なのに、この小さな機械を使おうとするだけで、いいか、使うだけでだぞ。百万円もとられる。機器の代金はまた別だ」

「なるほど。そりゃすごい。へえ、百万円ねえ。まさに暴利だな」

駿吉は素直に感嘆した。大学を出て銀行につとめると初任給が三十五円程度、駿吉の月給も百円にはとても届かない。日本の国家予算すら二億五千万円ほどなのである。

「無線にはそれだけの価値があるってことだ。科学技術の力はなにものにも代えがたい。

国の存続さえ左右する。だからこいつは是が非でも成功させにゃならん」

外波中佐の鼻息は荒い。

「で、どう思う。どうすれば八十海里まで届くようになるか、図面を見た感じでいい。見通しを聞かせてくれ」

外波中佐が駿吉に迫る。

「ま、ぱっと思いつくのは、発信側では出力をあげて強い電波を出す、受信側では電波を受ける感度をあげる、ってところでしょうか。実際にどうするかってのは、さて」

駿吉は首をひねってからつづけた。

「出力を上げるには電源を強いやつにして、インダクションコイルももっと大きなやつにするぐらいしかないでしょう。受信の感度をあげるのは、ちょっと思いつきませんね。コヒーラ管を改良するんでしょうが、そもそもコヒーラ管の作動原理もよくわかっていないしなあ」

外波中佐は小さくうなずき、横目で松代技師をうながした。松代技師は言う。

「わたしもおなじ考えです。ただね、それが難しいんですよ。電源は将来、艦船に積むことを考えるとやたらと強くできないし、インダクションコイルはいいのがないんですよ。欧米にゃあるかもしれないけど、日本にはない。どこから手に入れるか。欧米から取り寄せていたら、下手すりゃ半年かかりますしね。コヒーラ管もおっしゃる通り感度を上げるべきだが、どこをどう改良したらいいのかわからない。いろいろと、まだ五里霧中です」

なるほどこの人はよくわかっている、と駿吉は認めた。人柄も謙虚だ。これなら一緒に研究しても不快な思いはしないだろう。いい職場に来たようだな、と安堵していた。

「おお、それと」

と駿吉はあることを思い出してたずねた。

「これ、特許の関係はどうなっているんですか。エレクトリシアンに出た図は、特許をとったあとで出たのですよね。となるとおなじ物を作ってはマルコーニの特許に触れませんか」

「ああ、それは私も気になって調べました」

松代技師が答えた。

「マルコーニは英国やほかの欧州の国では特許をとっているようですが、日本ではとっていません。特許の登録がなされていないのです。だから日本で作っているかぎり、特許は気にしなくていいのです」

「へえ、そうなんですか」

「こういう話がある」

と外波中佐も口をはさむ。

「日本の特許は、外国で特許を取得したあと、六十日以内に申請しないととれないそうだ。マルコーニの特許は、その六十日を何日か過ぎてから申請されたらしい。それで当局がはねつけたとか。まあ、うわさだから本当かどうかは知らんが。実際はアジアの一小国など眼中になかったのかもしれんな」

「いや、それなら安心ですね」

駿吉はうなずいた。

「さあ、やることは決まったようだな」

外波中佐は、一枚のメモを駿吉に渡した。

「じつは、いま言ったようなことは少し前に議論していてね、こういう方針になっておる」

駿吉は渡されたメモを読んだ。第四回会議と題されたメモには、多くの箇条書きがならんでいた。

「はあ、なんだ、みんな出ているじゃないですか」

駿吉が指摘したインダクションコイルのことばかりか、安全装置をつけるとか、碍子(がいし)を新調する、などと改良点が十以上も書かれている。

「当面は急ぐから、まずはこいつを潰していこう。さらなる改良は、天覧のあとだ。手分けして担当してもらいたい。やってくれるな」

「わかりました。ただし、これだけじゃつまらない」

「つまらない？」

駿吉の答えに、外波中佐がむっとした顔になる。

「言われたことをやるだけじゃ、わざわざ仙台からきた甲斐がない。僕は僕で研究をすすめて、別の一台を作りたい」

「別に作る？　新しいのをか。天覧は四月の末だぞ。間に合うのか」

「間に合わせますよ。あ、いや、全部を一から作ろうってんじゃなくって、受信機のほうだけですがね」

「受信機を……、どうしようというのかね」

「これ、紙に記録するんですよね、電文を」

駿吉は受信機を指さして言う。

「そうだ」

印字機があって、紙テープにトンとツーの長短の印を描く方式である。

「それだと手間がかかるし、軍艦は揺れるから正確に書き取れないかもしれない。だから音響式の受信機はどうかと思いましてね」

「音響式？」

「トン、ツーのモールス信号を音として聞き取って、それを平文に直すんです。海軍にゃそのほうがいいんじゃないかな」

外波中佐は目を瞠った。考えていなかった提案のようだった。

「ああ、いいかもしれない。有線の電信も、音でやってます。馴れた通信士ならそのほうが速いでしょうね。印字式だとどうしても速さに限界がある。それに音響式だと、コヒーラ管がない造りになるようだし」

「そうなのか」

「ええ。代わりに炭素を使った検波器になるようですね」

「ほう」

外波中佐が感嘆し、駿吉はうなずいた。

「やってみてどちらが便利か、くらべてみればいいと思いますよ」

と松代技師が賛同した。

「ふむ。悪くないな」

外波中佐もうなずく。

「じゃあ、そちらもやってくれ。ただし、この改良の作業と並行してだ。忙しいぞ」

「いいですよ。どうせ四月の末まででしょう。それまでここに泊まって頑張りますよ」

「泊まって？」

「ええ。まだ東京の家が決まってないんで。兄の家に邪魔になるのも気が引けるし、ちょうどいいと思って」

外波中佐と松代技師は顔を見合わせている。もしかするとこの男はけっこうな変人ではないのか、と危惧する顔だった。

四

駿吉が委員会に加わってから、およそひと月後。

調査委員会の一行は蒲田(かまた)駅から馬車に乗り、羽田(はねだ)の穴守稲荷(あなもりいなり)神社近くの海岸で下りた。築地の海軍大学校からは七海里ほど離れているが、どちらも海辺にあるので、少し歩いて波打ち際に出ると、築地の大学校のあるあたりが見晴らせる。ただし遠すぎて、肉眼ではなにも見分けられない。

ここに丸太で組んだ高さ百五十尺(約四十五メートル)の櫓(やぐら)と、その下に掘っ立て小屋がある。周囲は柵で囲まれており、「海軍用地　許可ナク入ルヘカラス」と看板が立っていた。

「これを建てたときには、物見高い江戸っ子が押し寄せてきて屋台店まで出たんだが、特になにもしなかったから、すぐに誰も寄ってこなくなった」

外波中佐が言う。たしかに平屋ばかりの漁師村の中で、高さ百五十尺の櫓は目だつ。

「天覧のためにゃ、二、三海里じゃあぱっとしない。せめて十海里はほしい。こいつはそのための試験場だ」

築地においてある送信機のほうは、インダクションコイルをひとまわり大型のものにするなど、いくつか改良をほどこしてある。こちらには受信機をもってきて、櫓の近くにある掘っ立て小屋に運び込んだ。

「じゃあ、配線をして、と」

技手を櫓に登らせ、てっぺんから地上まで銅線を垂らした。

アンテナは銅線を地面に垂直に垂らす——そのために垂直線とか空中線とか呼ばれている——のだが、その高さが高いほど、また銅線の長さが長いほど遠くまで電波が飛ぶ、とされている。

だから百五十尺もの櫓が必要になるのだ。

受信機の各所に電池を入れ、コヒーラ管の具合をたしかめる。そしてコヒーラ管と結んだリレーの調節をし、リレーとつながる印字機に紙テープを込めた。ここまでで一時間ほどかかった。

「さて、うまくいくかな」

築地にも百五十尺の櫓が建てられ、おなじように銅線を垂らしたアンテナが設けられている。そこから十一時に送信を始めることになっている。

懐中時計の針はそろそろ十一時を指す。みな印字機を見ている。

十一時になった。

印字機は、ぴくりとも動かない。

五分、十分と過ぎても、動く気配がない。

「いかんなあ。調整が悪いのかな」

駿吉はアンテナからの結線をすべて見直し、コヒーラ管をはずしてその具合も見た。見たところ、異常はない。

「リレーかな。こいつの感度が悪いと、なにひとつ動かない設計だからな」

受信機の急所のひとつがリレーだった。アンテナで電波をとらえてコヒーラ管が電気を通すようになると、あらかじめ乾電池の電流を流すよう結線してあるので、その電流がリレーに流れる。リレーはそれを合図に作動し、印字機が動くに足る大きな電流を流す仕組みになっている。

コヒーラ管が電気を通すようになっても微弱な電流しか流れないので、リレーが鋭敏でないとこの電流を感知できない。ところが国産のリレーはそれほど鋭敏ではない、ときている。

送信機との距離が大きいので電波も微弱で、感応するコヒーラ管も十分に導体になりきれず、流れる電流が微弱でリレーが感知できない、という事態ではないかと駿吉は推理したのだ。

　これは予想されていたので、リレーの調整針をいくらか変えてみた。

　しかし、やはり受信機は動かない。

「ううむ。来ねえなあ」

　首をひねりつつ何度か調整をしては試してみたが、受信しない。腕組みをしてしばし考え込んだ駿吉は、ひとりうなずきながら言った。

「あれだな。櫓の上で手旗信号をやってもらうか。むこうにも櫓があるんだし。受信セズ、モット電波ヲ強メヨとか。望遠鏡で見れば読み取れるんじゃないかな。海軍さんなら手旗信号はお得意でしょ」

「おいおい、七海里もあっちゃ手旗など見えんぞ。読めるのはせいぜい半海里（約〇・九キロメートル）としたもんだ。それに手旗信号に頼ったんじゃ、何のための無線かわからんぞ。それじゃ無線じゃなくて無用だ」

「おっ、うまい。中佐、軍をやめて寄席に出てもやっていけますぜ」

　外波中佐は恐い顔になってじろりと駿吉をにらむと、無言で波打ち際に歩いて行った。

「冗談のわからねえお人だぜ。なあ」

　駿吉はそばにいた野俣海軍技手に同意を求めたが、技手は下をむいてだまっている。

駿吉はため息をついた。

「いやいや、七海里ばかりで通じないんじゃあ、天覧で恥をかいて切腹だ。こりゃまずい」

　ぼやきつつあちこち調整してみたが、印字機はぴくりとも動かない。昼をすぎ、日も西に傾いてきた。とうとう匙（さじ）を投げて、

「わかった。こうなったら送信機のほうに問題があるにちがいねえ」

と責任を送信機のほうにおっかぶせて、いったん築地にもどることにした。

　しかし馬車と汽車を使って築地の池のほとりにある委員会室にもどってみると、駿吉は言うべき言葉を失った。送信機は健全で、バチバチと盛んに火花を飛ばしていた。これならあの高々と組んだ櫓のアンテナと相まって、かなり強力な電波が出ているはずだ。

「じゃあ、どうして受信しないのかなあ」

　松代技師とも話し合ったが、要領を得ない。七海里もの距離の通信は誰もが初めての経験なので、はっきりしたことが言えないのだ。

　疲れ果てて、暗くなってから委員会室を出た。月明かりの中で百五十尺の櫓を見上げる。

　ふと気づいた。

　羽田の櫓は木組みだけだが、こちらの櫓には風による動揺を防ごうというのか、羽田にはない鉄線のワイヤーが支線として四方に張られている。そしてアンテナとなる銅線

は、櫓の中央から地面にむかって垂らされているから、鉄線のワイヤーに四方を囲まれていることになる。

駿吉は顎髭をなでつつしばし考えた。

「まさかな。いや、しかしわからんぞ」

金属は電波をさえぎる。アンテナのまわりを鉄板で囲えば電波は出て来られない。

それはわかっているが、いまアンテナを囲っているのは鉄線のワイヤーであって、鉄板の壁ではない。鉄線が電波をさえぎっているというのか。

「ま、鉄線ならば電気が流れる導体だよな」

そもそも電波とは電界と磁界が交互に生じて進行してゆく現象なのだから、中央に垂らされたアンテナの銅線が電波を発すれば、あのワイヤーは電界と磁界につつまれる。すると鉄線が感応してそこに電気が流れてもおかしくない。電気が流れればそこに電界が生じるから、その電界がアンテナから発する電波になにかいたずらをしているのかもしれない。

だがただの鉄線がそんな強い反応をするだろうか。

わからない。

わからないが、改造にさほど手はかからないから、やってみてもいいか……。

「明日でいいから、あれ、なんとかしないか」

松代技師と相談し、アンテナとなる銅線を櫓の中央からではなく、てっぺんから竹竿を羽田の方向に出し、その竹竿の先端から地面にむけて垂らすことにした。これで鉄線の影響はなくなるだろう。

翌朝、築地のアンテナを改造しておいてから、羽田にむかった。そして櫓の下の受信機を見ていると、これはどうだ。約束の時間に印字機が動きはじめ、紙テープを吐き出したではないか。

そこには長短の印がついていた。モールス信号である。電波が送られてきているのだ。

「いやいや、こりゃ何とも」

やったことといえば、アンテナを鉄線の囲いから出しただけなのに、こんなに効果があるとはと、一同はおどろいた。

「ま、とにかくうまくいったな」

「ええ、中佐も切腹せずに済みそうで、めでたいことですね」

試験の成功を喜びながらも、駿吉の内心は複雑だった。

鉄線と電波のあいだにはたらく作用とは、それほど強いものなのか。

どのような物理法則を適用し、どのような計算をしたらその作用を予測できるのか。

電界と磁界の関係だからアンペールの法則か、いや、電界と距離の関係はクーロンの法則を使うのか。いずれにしても計算結果が出たとして、それをどう評価するのか。

初めてのことなので、見当がつかない。そもそもアンテナが電波を出す原理がよくわかっていないのだ。仮定に仮定を積み重ねて推論するしかないのだが……。

調査委員会へ来る前に駿吉が得ていた電波に関する知識といえば、ドイツ人ヘルツの書いた「電波」、米国人テスラの「高周波電流」、それに英国人の書いた「無線電信史」という、電波によらぬ無線電信とマルコーニの初期の実験などを説明した書物によるものだけだった。それで十分な知識だと思っていたのだが、とんでもないうぬぼれだったようだ。

「呆れたぜ。何にもわかっちゃいねえんだ」

これは手強い相手だなと、駿吉は思った。これからもこんな感じで手探りで改良をつづけていくしかないだろうが、そうだとしたら、その道は真っ暗な茨の道だ。

五

朝は六時に大きな鐘の音で起こされる。

大学校内の調査委員会室から少し離れたところにある、海軍主計官練習所の寮で鳴らされる鐘だ。もう少し美しい響きにならないかと、駿吉は毎朝思う。

木製の台に畳を敷いた即製のベッドから起きると、まず七輪の火を熾す。湯を沸かして紅茶をいれると、浴衣姿のままで一杯喫する。頭がはっきりしたところで洗面をすませ、シャツとズボンに着替える。

しばらくすると、出勤してくる者たちの足音で周囲がざわついてくる。そのころには駿吉は机にむかっていて、図面を見たり紙に計算式を書いたりしている。

「おはようございます」

と一番にドアをあけるのは、下働きの若い雑工だ。

「はい、サンドイッチ、間に合いましたぜ」

と紙包みを渡してくれる。

「おう、ありがたい。二十銭で大丈夫か」

「そりゃもう」

「じゃあ、これだ」

駿吉は十銭銅貨を二枚手渡した。

築地は昨年まで外国人居留地に指定されていたので、ホテルや教会、病院など外国人向けの建物が多い。パン屋もおいしい店があるので、出勤の途中に買ってきてもらうことにしていた。朝食である。

ハムや卵をはさんだサンドイッチは人気で、朝早いうちになくなってしまうことがあるのだが、幸運にも今日は残っていたのだ。

図面と紙を机の隅に寄せると、もう一杯紅茶をいれてサンドイッチにかぶりつく。腹を満たしてしばらくすると、技手たちが出勤してくる。今日は二名。それぞれ茶を一杯飲むと、与えられた仕事にかかる。

「呉(くれ)ってのは、いいところなんだろうな」

作業のあいだには、駿吉からそんな軽口も出る。

「そりゃあもう。海軍の町ですからね、遊ぶところはいろいろと」

委員会付きの立石(たていし)上等兵曹が薄笑いを浮かべつつ答える。下士官だから海軍の年期は入っている。

「奴(やっこ)さんたち、うまくやってるかな」

天覧に備える作業は、思ったよりも大変だった。

羽田との通信試験など、さまざまな実験にひと月ほどを費やし、その結果をふまえてアンテナの銅線を撚線(よりせん)から単線にし、受信機はコイルやスイッチを増設するなどこまかな改良のほか、これまでの経験から、となりにある送信機が発する電波を感知しないよう、主要な部品は鉄の箱に入れることにした。

そうした改良の結果、十海里は確実に届くようになっていた。

これでなんとかお見せできるものができたと喜んだのも束(つか)の間、四月の天覧では三隻の軍艦にそれぞれ送受信機を載せて、二、三海里と十海里と、遠近の距離での送受信のようすをお見せすることになったため、ひと月足らずで三組の改良した送受信機を作らねばならなくなった。委員会の実情を知らないお偉方が、勝手に決めて命じてきたのだ。

作るといってもここに工具はないし、図面をひけるのは松代技師しかいない。そのため松代技師は夕方に逓信省からこの委員会室にくると、徹夜で図面をひき、それをできるそばから近くにある海軍造兵廠へもっていって、技手たちが工員を指導して作るという突貫作業になった。

それでようやく三組ができあがったが、つぎの問題はアンテナだった。艦艇のマストを利用して何十メートルという高さに張る計画なのである。

「いまごろはへっぴり腰でマストに登ってますよ。浅間のマストは高いからなあ」

天覧のときに陛下の御召艦になる浅間は英国で建造され、昨年就役したばかりの新鋭一等巡洋艦で、排水量は九千七百トン、マストの高さは三十メートルほどにもなる。ほかに戦艦の敷島と、三等巡洋艦の明石に取り付けることになっていた。明石はまだしも、敷島のマストは浅間より高いだろう。

海軍の大演習は四国沖ですでにはじまっていた。演習の締めくくりとして天皇陛下がご臨席になる観艦式があるので、そこで無線機を天覧に供するのである。

外波中佐と松代技師、それに技手のふたりは、無線機を三隻に据え付けるために、一昨日から呉へむかっていた。

駿吉は音響式受信機の製作が遅れて、外波らの呉行きに同行できなかった。しかし天覧の場には出るよう命じられているので、もう数日したら呉に行く予定になっている。

実験をしていると、何度目かの鐘が鳴った。正午を告げる鐘である。

「よし、メシにしようか」

と言って実験を切り上げ、背広を着て外に出た。海軍大学校の食堂へむかう。身分は大学校の教授なので、食堂を使うのになんの遠慮もいらない。軍服姿がほとんどの中、ひとりで天ぷらそばを食い、また委員会室にもどってきた。

午後からはまた実験にかかるが、今度は頭にヘッドフォンをつけ、なにやらうなりながらその付け具合を試している。

窓の外が暗くなると、技手たちが机の上を片付けはじめる。しかし駿吉はヘッドフォンをつけたまま調整に没頭している。野俣技手が駿吉の正面にまわり、

「もう終業ですので、自分たちはこれで失礼します」

と大声で言い、敬礼した。それでやっと気がついた駿吉は、ヘッドフォンをはずし、

「やれやれ、今日も一日終わったか」

と息をつき、のびをした。椅子から立ち上がると、

「やあ、ご苦労さん。明日も頼むよ」

と技手たちを送り出した。

「なんだか調子が狂うな」

乗合馬車の駅にむかって歩きながら、技手たちはぼやく。

「あれで洋行帰りの博士さまだからな。頭はいいんだろうが、ものになるかね」

「いまのところは、なんとも。いまひとつ冴えないね」

「松代さんの機器をいじくり回しては、調整だとか言いながら端子の間を離したり近づけたり、碍子を取り替えたりとか、ろくな事はしてない。本当は無線のこと、よくわかってないんじゃないか」

「しかし、熱心さにはあきれるね。なにしろ泊まり込みだからな。もうひと月はいるぞ」

「ああ、一番あとから来たのに、もう委員会のヌシみたいな顔をしてる」

そこでひと笑いすると話題が尽きたらしく、技手たちは黙々と駅へむかった。

静かになった部屋の中で、駿吉はしばらく作業をつづけていたが、ひと区切りつくと、「よし」といって伸びをした。立ち上がると紅茶を一杯いれ、ひと息つく。そしてシャツとズボンを脱ぐと、浴衣に着替えた。公務員は洋装すべし、という決まりがあるから仕事中はやむを得ないが、やはりシャツのカラーは窮屈なのである。

ここに泊まり込んでいるのは、別に家がないからではない。すでに下高輪(しもたかなわ)に借家を探し出し、妻子も仙台から引っ越してきて、そこに落ち着いていた。家から通おうと思えば通えるが、その通勤時間が惜しかった。無線機と全力で取り組みたいと思っていたのだ。

駿吉は、学校の教員を長くやっていたので理論には明るいが、実際に手を下してものを作った経験は少ない。そこでまずは、松代技師の作った無線機を手本に、すべて自分で作る意気込みで工作を手がけた。いまあるものを十分に理解し、手の内にいれた上でないと、新しいものは作れないと思っていたからだ。

みずからの手で送受信機のひとつひとつの部品をはずし、機能を試験し、また取り付けて調整してみた。その間には技手たちに工具の使い方を教えてもらったりもした。だから技手たちの駿吉に対する評価は低い。こんなこともできないのか、という目で見られた。

だが駿吉はそんなことはまったく気にしていない。新しいことを知る喜びで打ち震えるような毎日だった。

送信機の電源の電圧を変えたり、アンテナの長さや張り方を変えたりするだけで、電波にちがいがあらわれる。その実験結果をもとにあれこれ推量するのが楽しい。手ごたえのある仕事だと感じていた。

浴衣のまま、ランプの下でまた作業をつづけたが、さすがに疲れを感じ、大きく息をついた。懐中時計を見ると、七時である。

「あ、いかん。メシだ、メシ」

夕食は町に出る必要がある。早くしないと店がしまってしまう。風呂にも入りたい。

駿吉は急ごしらえのベッドの下をさぐり、桶と石鹸を取り出した。その上に手ぬぐいをかける。それから少し迷ったが、浴衣の上に羽織をはおった。妙な格好だが、海軍大学校の用地だけに門に守衛がいる。出入りのたびに敬礼されるので、さすがに浴衣姿でうろつくのははばかられるのである。

「さて、今日は牛鍋にするかな」

下駄をつっかけて委員会室を出た。

銭湯へ寄って汗を流してから夕食だ。そして委員会室にもどると、また作業をつづけるつもりだった。

「楽しいねえ」

駿吉はつぶやく。

「やめられねえな、この道楽は」

と口にした途端、なにか柔らかいものを踏んだ感触があり、下駄の下できゅう、と空気がもれる音がした。駿吉は顔をしかめた。このあたりは池に棲む蛙が多いのだ。春のことだから、冬眠から醒めたばかりで寝ぼけ眼のやつを踏んだらしい。

「南無三。成仏してくれよ」

桶を脇にはさんで合掌し、駿吉は門へむかった。

六

薄曇りの空の下、標的となる台船――艀の上に軍艦を模した木製の艦橋や砲塔が置かれている――が、はるか遠方に浮かんでいる。その距離、およそ四千メートルだそうだ。台船のむこうに青く霞んで見えるのは四国の山々だ。

駿吉は、ようやく完成させた音響式受信機とともに巡洋艦浅間に乗りこんでいた。

ここは神戸沖およそ四十キロ、紀伊水道の真ん中である。風は微風、波は穏やか。しかし外波中佐によれば潮流が少々あって、操艦はさほど容易ではないという。

そのうちに、どおん、と腹に響く音が鳴り渡った。浅間の少し前方にいる戦艦が、その三十センチ砲を発射したのだ。

台船の後方に高々と水柱があがった。その威力は目覚ましいが、はずれである。なんだたいしたことないな、と浅間の甲板上に立つ駿吉は思った。

「一発目からあれだけ近くなら、たいしたものだ」

と外波中佐が、駿吉の思いを感じとったかのように言う。

「大砲の一発目、二発目は距離を測るための捨て弾のようなものだ。三発目が勝負だ。まあ見ていろ」

その言葉の終わらぬうちに二発目が撃たれ、今度は台船の前に水柱が立った。

「あれで距離はつかんだ。三発目は当たるか、当たらずとも至近弾だ」

海軍大演習は、おもに四国沖を舞台に三月から行われていた。そして大演習の締めくくりとして天皇陛下ご臨席の下、明日四月三十日に観艦式が行われる。明治元年の第一回以来、今度で三回目という一大イベントである。すでに海軍のほとんどの艦艇、四十九隻が神戸沖にあつまっていた。

いま天皇陛下はこの浅間に座乗されている。観艦式の前に、海軍の虎の子である下瀬火薬と無線の実際をご覧いただくためである。

外波中佐の言葉どおり、三発目は台船のすぐ近くに落下した。そして盛大な水柱だけでなく、赤黒い炎の球をふくらませ、そのあとに白い煙を生じさせた。

「おや、こりゃまた凄(すご)いな」

爆発音も大きかった。明らかに先の二発とは威力がちがう。

「あれが下瀬火薬だ」

外波中佐が教えてくれる。

「あれが?」

「そう。先の二発は普通の黒色火薬の入った榴弾(りゅうだん)だ。比較のために撃った。三発目は下瀬火薬入りだ。ずいぶんちがうだろう」

「たしかに激しく燃焼しましたね」

「下瀬火薬は爆発力も強いが燃焼温度が高くて、鉄をも焼くと言われている。敵さんもあんなので撃たれたくはないだろうな」

「ふうん。成分がちがうわけだ」

そう言っているうちにもう一発が発射され、今度はみごとに台船に命中。赤黒い炎があがり、破片が飛び散る。煙をあげて台船が燃えはじめた。

「わあ、当たった。はじけた。たまやぁ～」

「こらっ、しっ、聞かれたらあとで譴責ものだ。それより、つぎはわれらの番だぞ。木村委員、無線通信試験、用意方！」

外波中佐に肩を押され、駿吉は艦内にはいった。

すでに一度、外波中佐が艦橋に設けられた御座所に出向き、無線機の写真を見せてご進講をすませていたが、興味を持たれた陛下から、さらにくわしく説明するようもとめられていた。

艦橋下の一室ではすでに松代技師が送信機の前にすわり、緊張した面持ちで控えていた。いつもの背広ではなく、燕尾服にシルクハットを手にする、という出で立ちである。もちろん駿吉もおなじく燕尾服。外波中佐以下、軍人も軍装の正服で、腰に短剣を吊っている。勲章をつけている者もいた。

る。

「用意はいいか。もうすぐご来臨だ」

軍務局長が入ってきて、周囲に目を光らせる。駿吉はヘッドフォンをつけて聞き取りの準備をした。駿吉手製の音響式受信機はなんとか間に合ったのだが、まだ作動が不安定なので今回は実際には使わず、お見せして必要があれば説明だけすることになってい

待つ間に、いやが上にも緊張が高まる。

やがて扉が開き、まず伊東軍令部長が入ってきた。つづいて山本海軍大臣。そして陛下。あとに数名の随員が供奉（ぐぶ）している。

全員が立ち上がり、軍人はいっせいに敬礼をした。民間人である松代技師と軍属の駿吉は深々と礼をした。

「こちらが臨時の通信室になります。では外波中佐、無線のご説明を」

伊東軍令部長の指示で外波中佐がもう一度敬礼をし、

「外波であります。海軍の無線機器開発状況をご覧に入れます」

といくらかうわずった声を出した。

外波、松代、駿吉の三人で相談し、送受信機の見せ方や説明の要領を決めてある。

およその方針としては、無線の原理や機器の仕組みはさらっと説明し、機器の作動状況をおおいに見ていただこう、ということになっていた。そこで先ほどから敷島と明石

とのあいだで交信をつづけていたので、受信機にはかなりの紙が送り出されていた。

「まずはこちらをご覧ください」

外波中佐が送信機を指し示した。松代技師が会釈し、電鍵を押す。すると送信機の二本の角がバチバチッと閃光を発した。おおっという声が、陛下の随員たちから発せられる。松代技師は電鍵を押し、閃光を発しつづけた。

「ただいま送信いたしました。松代技師、なんと送ったのかね」

「ただいまは、さ、く、ら、と送りました」

「さて、無線は敷島と明石にも積まれております。桜と送られて、何と返信してくるのか」

しばらくすると、今度は受信機が動き出した。モーターがうなり、コヒーラ管のガラスが小さなハンマーで叩かれる。それを繰り返すうちに、印字機がカタカタと紙テープを吐き出しはじめた。それを手にした松代技師は、

「トンツー、トンツートントン、ツーツートン、い、か、り、と送ってきました。碇ですね」

「桜とくれば碇。これで一往復の通信が完了いたしました」

外波中佐は、どうだといわんばかりに伊東軍令部長を見た。随員たちから小さな嘆声と、ぱらぱらと拍手が起こった。

「なにか、明石と敷島に送ってみましょうか」

外波中佐がうながすと、

「では明石あてに、『風力知らせ』とやってみてくれ」

と軍令部長が微笑みながら言う。

「はっ。松代技師、送れ」

「了解」

また電鍵が打たれ、放電球が火花を散らす。送信はまたたく間に終わった。松代技師は逓信省出身なだけに通信士としても優秀で、モールス信号のあつかいはお手の物である。

しばらくすると受信機がうなり、印字機から紙テープが吐き出されてきた。それを見た松代技師が言う。

「風力二、ときました」

「ちゃんと通じております」

外波中佐が軍令部長に会釈する。

「これが手作りかね」

「は。マルコーニという者が開発した回路図をもとに、工夫と改良を重ね、わが造兵廠で作ったものです」

「ふむ、なかなか使えそうだな」

伊東軍令部長はうなずき、陛下のほうをむいて申し上げる。

「いかがでしょうか。これは今後、海戦に必須のものとなると存じます。いまはまだ列強の海軍も装備しておりませんが、いずれどこも積んでくるでしょう。最新の機器であります。それを国産で装備できれば、心強いことこの上ありません」

それまでだまって見ていた陛下が、随員になにかささやいた。

「なぜ電線もないのに信号が送れるのか、その仕組みを説明するように」

と随員が言う。

外波中佐はちらりと駿吉を見た。駿吉はうなずき、ヘッドフォンをはずした。

「では電波の理論を、海軍大学校の木村教授よりご説明いたします」

外波がうしろに引っ込み、駿吉が前に出た。深々と一礼する。理論の質問があった場合は駿吉が説明する、と決めてある。長年教職にあっただけに教えるのは得意だろう、陛下にご進講するには駿吉がふさわしい、という外波中佐の考えからだった。

「ええ、電波につきましては、物理学においてもまことに新しい分野でありまして、ただいま学会をあげて知見を蓄えている最中、と申しあげても過言ではありません」

駿吉はよくとおる声で話しはじめた。周囲にはうなずく顔がある。

「その中で明らかになった理論と申しますれば、まずはマクスウェルの方程式からご説明をいたさねばなりません。マクスウェルは電磁波の性質を四つの方程式で解き明かしました。そのうち第二と第四の式から、電波の存在を予言したのであります。これを簡単に述べますれば、まずその第一式はガウスの法則とクーロンの法則からきたもので、電界の強さをEといたしますれば……」

駿吉は二高の学生に講義するように、電界と磁界の関係からはじめ、電波がいかに生ずるか、またその特性を理論を踏まえて説明していった。

駿吉の講義が終わったとき、部屋の中にはひと言もなかった。

数分の短い話のうちに基礎から最新の理論まで盛り込んだ、なかなかの講義だったとひとり満足して一礼し、外波中佐を見ると、なぜか恐い顔をしている。これほど見事な講義をしたのになぜだ、とわけがわからず駿吉がにらみ返していると、

「もう少しかみくだいて説明せよ、とのお言葉である」

と随員のひとりが言う。外波中佐は顔を赤くして激しくまたたき、すがるように松代技師に目をやった。松代技師が立ち上がった。

「ええ、では私のほうから、例えを使って説明いたします。音というのが空気の波であることは、ご承知と思います。電波も波でありますれば、波を伝える媒体、音における空気のようなものが必要となります。これをイーサーと称しております。電波はこのイーサーを伝わる波だとお考えください」

松代技師は海軍の首脳に行った説明を繰り返した。これは受け入れられたようで、それ以上の質問は出なかった。それどころか陛下は、首をかしげている随員にみずからご説明をしている。そしてその説明が的を外していない。陛下は物理学の知見もかなり備えておられるようだ、と駿吉は感嘆した。

天覧はそれで終わり、陛下一行は艦橋の御座所へ引き揚げていった。

気疲れでぐったりしている委員たちのもとへはのちに、最新の無線電信機器に接して深く感銘を受けた、これからも改良発展に奮励せよ、との御講評が寄せられ、委員会は名誉をほどこした。

ただ駿吉は、

「しかし貴様は偉い。わかりにくさで有名なマクスウェルの方程式を、よりによってあの場で陛下にご説明しようとは、ふつうの人間は思いつかんぞ」

と外波中佐から皮肉を言われ、誠実に説明役をつとめたつもりなのにと、首をひねることになった。

第三章　小手先と本質

一

明治三十三年五月。

神戸沖での観艦式が終わってひと月が過ぎている。

築地の委員会室には、委員長の外波中佐をはじめ、委員と委員会付きの技手たちがあつまって議論していた。ここまでの進捗を総括し、無線機のさらなる改良に取りかかろうというのである。

「まず、こんなところですかね」

黒板にずらずらと改良すべき項目を書きつけた松代技師が、手をたたいてチョークの粉を落としつつ言った。

送信機については、インダクションコイルを強力なものとし、それにともなって大きくなる電流や電圧に耐えるよう、細々とした改造をする。

受信機のほうは変圧器を増設したり、リレー（継電器）を鋭敏にした上で二重にする、コヒーラ管につながる電池の電圧を上げる、等々である。

「やはり受信機のほうが繊細ですね。やさしくあつかってやらないと、言うことを聞いてくれない」

「女とおなじか」

「私はそんなこと、言ってませんよ」

外波中佐とのやりとりに、明るい笑いが起きる。

「なにか質問はあるか」

外波中佐が一同を見渡して問うた。と、中佐の目が駿吉のところで止まった。駿吉は右手で顎を支え、目を閉じてなにか一心に考えているようだ。

「木村博士、なにかあるかな」

声が聞こえたのか、駿吉が目を開けた。

「ああ、いや、ありません。やらなきゃならないことばかりで、妥当なところでしょうな。ぼくも音響式のほうを改良しなきゃ。しかし……」

「しかし、なにかな」

「これをしたからといって、通信距離が大幅に伸びるとは思えませんな」

場の空気が、一瞬、凍りついた。いままでの議論が、すべて無駄だと言わんばかりの発言だったからである。

「だってそうでしょう」

駿吉はおかまいなしにまくしたてる。

「そりゃインダクションコイルを強力なものにするんだから、距離は伸びるでしょう。十海里（約十八キロメートル）のものが二十海里、二十五海里になってもおかしくない。でもほかは変圧器をつける、リレーの能力をあげるって、小手先ばかりの改良だ。それで八十海里はとても」

「じゃあ、どうすればいい」

外波中佐が抑えた声でたずねる。

「まず、本質を知らなきゃあ」

「本質とは？」

「原理ですよ。無線機の原理。わかってないでしょう」

「原理は君が説明しているではないか。天覧のときの奏上、あれは無線機の原理を説明したのではなかったのか」

「いや、ぼくが説明したのは無線の原理であって、無線機の原理じゃない」

駿吉は首をふった。中佐が不思議そうに問う。

「無線の原理と無線機の原理？　どうちがうのかね」

「つまりね、電波とは何か。どうして電波が発生するのか。そいつが無線の原理で、マクスウェルが予言してヘルツが実験で確かめている。論文も出ているから、原理は説明できる」

「けっこうなことだ」

「でもね、数年前に世界で初めて無線機を作ったイタリアのマルコーニって男は、学者じゃない。どんな部品を組み合わせた、どんな機器なのかは示してくれたけど、どうしてこの機械で無線通信ができるのか、理論的な説明をしてくれてない。ちゃんとした論文もないから、無線機の原理はわからない」

「具体的に、どこがわからないんだ」

「いっぱいあるでしょう。特にわからないのがアンテナでさ。あんな先端の切れている電線から、どうして電波が出るのか。電気回路ってのは、ふつう閉じてる。閉じた回路で電流がぐるぐる回ってる。でもアンテナは先っぽがちょん切れてて、閉じてない。なのに電波が出るってのが、不思議で仕方がない。誰かこの理屈、わかりますかね」

駿吉はみなを見まわした。誰も返事をしない。

「まあ博士にわからないのじゃ、誰もわからないだろうな」

外波中佐があきらめたように言う。

「それと、どうして火花を飛ばすと電波が出るのかもわからない。これも誰か説明できますか」

駿吉が振っても、みな沈黙したままだ。

「ね。わからないでしょ。もうひとつ、コヒーラ管もわからない。どうして電波がくると中の金属粉が固まるのか。どうですか」

みな首をひねるばかりだ。

「というように、無線機はわからないことだらけだ。理屈がわからないのに改良しようとしても、いまひとつ効率が悪い。そうは思いませんか」

「ふむ。それで、どうしようと言うのかね」

「だから、まずは原理を解き明かしたい。原理さえわかれば、どこをどうすれば受信距離を伸ばせるかも、おのずとわかるでしょうよ」

外波中佐は少し考え込み、それから顔をあげて言った。

「なるほど、一理あるな。で、博士の疑問を解き明かすには、どれくらいかかるのかな」

「そりゃわかりません。ひと月で見えてくるかもしれないし、三年でも足りないかもしれない。こればかりはやってみないと」

「そりゃ困る。三年で八十海里と言われているからな。軍では命令は絶対だ。遅らせるわけにはいかん」

「でも、どっちが近道かわかりませんぜ」

外波中佐は渋い顔になり、腕組みをした。

「じゃあ、両方やりましょう」

と言いだしたのは、それまでだまって聞いていた松代技師だ。

「私は小手先の改良をすすめます。博士は原理を追究してください。私もアンテナの原理は不思議に思っていたのですよ。コヒーラ管もね。無線機の謎が解き明かされれば、たぶん世界で初の発見になりましょう。そりゃ痛快だ。ぜひともやってください」

「おい、ちょっと待った。もちろん両方できればいいが、予算も人も限られているのに、そんな世界的な発見にまで付き合いきれんぞ。軍は研究機関じゃないからな」

外波中佐が心配そうに言う。

「そこはもう、中佐の腕の見せ所でさあ。予算を分捕ってきてください。なあに、敷島みたいなでっかい戦艦を造ろうってんじゃないんだ。こんなちっぽけな機械ですよ。海軍さんなら大丈夫でしょう」

「何を言う。この委員会に予算がないのは知ってるだろう。人は嘱託ばかりで機器も借り物、委員会室も腐りかけのおんぼろだ。金はかけられんぞ」

駿吉は笑顔になり、それから手を振った。

「いやいや、冗談ですよ。ま、ぼくは隅っこで細々と、なるべく予算も人も使わずにやります。まずは松代さんに予算を使ってください」

「いや、私もなるべく逓信省の機材や予算を使いますよ。お互いにやりくりしてやっていきましょう」

駿吉と松代技師はうなずき合った。外波中佐はひとりむずかしい顔をしている。

会議を終えると五時過ぎだった。駿吉は後片付けをすると委員会室を出た。近くの新橋駅から汽車に乗り、下高輪に借りた家に帰るのである。

観艦式を終えてからは、さすがに委員会室での泊まり込みはやめ、家から通っていた。すでに家族も仙台から移ってきて、子供たちも学校へ通っている。いまごろ香芽子が夕食を作って待っているはずだ。

――さあて、どこから手を付けるか。

車内の席に座ると、さっそく無線機の原理を考えはじめた。

いま築地で改造しつつある無線機の仕組みは、おおまかにいって以下のようになる。

まず送信機側から見ると、通信士が電鍵を叩くと回路が開き、蓄電池から直流の電流が流れる。それを断続器で交流に変え、さらにインダクションコイルへと流す。

インダクションコイルは流れてきた電流を一気に昇圧し、何万、何十万ボルトという高圧電流にする。そしてふたつの放電球をそなえた機器に通電する。すると放電球のあいだに火花が飛び、回路ができる。

そうして流れた電流をアンテナに送り、空中に電波を飛ばすのだ。

築地では、軍艦の廃材を使った高さ百五十尺（約四十五メートル）の櫓から銅線を垂らし、アンテナとしている。軍艦ではマストの上に竹竿を立て、そこから垂らした。

これまで幾度か実験をした結果では、地上ではアンテナを高く掲げれば掲げるほど受信距離が伸びる傾向がある。

しかし軍艦の場合はそうとも言えないから厄介だ。

実験では、マストの頂点より半分ほどの高さにしたほうが通じがいいこともあった。どういう理屈になっているのかと、委員会の中でも混乱している。とにかくアンテナはわからないのだ。

送信機側の問題は、アンテナばかりではない。

放電球に流す電流が高圧であればあるほど強力な、したがって遠くまで届く電波を作り出せるので、できるだけ電圧を上げたい。

しかしそれがむずかしいのだ。

インダクションコイルは、ふたつのコイルを重ねた円筒形の構造になっている。内側にあるコイルとそれを包み込む外側のコイルとで銅線の巻き数が極端にちがう。そこに電流を通すと、電磁誘導の作用によって一気に電圧が上がる。数十ボルトの電気を、数万、数十万ボルトにして出力するのである。

インダクションコイルの定格をあらわすのに、何十センチ火花、という言い方をする。三十センチ火花ならば、放電球の間隔を三十センチあけても火花が飛ぶものであり、五十センチ火花なら五十センチの間隔でも火花を飛ばせるほど強力なもの、ということになる。

いままでは十五センチ火花のものを使っていたが、今度は三十センチ火花のものを使うことになっている。電圧が上がるので、通信距離が伸びるのは当然だ。

ならばもっと強力なインダクションコイルを使えばよさそうなものだが、話はそう簡単ではない。

インダクションコイルの原理は単純だが、電圧が極端に高いこともあって製作がむずかしく、値段が高い。五十センチ火花のものだと、ひとつ三百円以上もする。予算不足の委員会にとってはむやみに発注できるものではない。

しかも国内には造れる企業がない。造兵廠での自作も無理なので輸入するしかないが、すると納品まで数カ月かかってしまう。

これが送信機製作の足かせとなっている。

すでに米国に五十センチ火花のインダクションコイルを注文しているが、届くにはあと二、三カ月かかるという。それまでは十五センチか三十センチ火花のもので実験するしかない。どうしても通信距離は限られる。

一方、受信機側で中心となる機器は、コヒーラ管である。

長さ十五センチほどの細長いガラスの管に、銀色の金属粉――ニッケルの粉と銀粉

――が詰めてあり、両端に電極がついている。それだけのものだが、これがあって初めて無線機が成立する、というほど重要な部品だ。

コヒーラはcohereで、「塊になる、いっしょになる」という意味の英語である。フランスのブランリーという人が発明したので、ブランリー管とも呼ばれる。

そのままでは電池につないでも電気を通さないが、電波がくると中の金属粉が固まり、そこに電流が流れるようになる。それで電波がきたとわかるのだ。検波器といわれる由縁である。

なお、そのままではコヒーラ管に電流が流れっぱなしになるので、一度電流が流れると小さなハンマーでこつんとガラスを叩いて、その衝撃で固まった金属粉をほぐし、もとの状態にもどす。この装置をデコヒーラという。コヒーラ管とデコヒーラによって、受信した電波を電流の信号に変えるのだ。

そしてリレーをとおして電流を増幅し、印字機につなげる。印字機はその電流の信号を、長短の線として紙のテープに記してゆく。

こうして電波は、人間に読みとれるモールス信号に置き換わるのである。

コヒーラ管に通じる電波も、またアンテナを通して受信する。

アンテナは送受信ともに大切な役割を果たすが、なぜ一本の銅線が電波を発したり受けたりできるのか、その理由は謎のままだ。

ヘルツなどの学者が使い勝手のいいアンテナを発明していれば、またくわしい論文が発表されていただろうが、あいにくと実用的なアンテナはマルコーニが発明した。これで商売をしようとしている男だから、手の内を明かすはずもない。というわけで理論を解き明かした文献がないから、みずから実験を重ねて考察するしかないのが現状だ。

ではどんな実験をするのか……。

二

「ただいま」

「あらパパさま、遅かったわね。またお仕事が忙しくなったの？」

香芽子が玄関まで出てくる。

「まあ仕事は仕事だが」

駿吉は靴を脱ぎ、鞄を渡した。じつは無線機のことを考え込んでいて品川でおりるのを忘れ、川崎まで乗りすごしてしまったのだ。上りの汽車はなかなか来ず、帰宅が一時間ほど遅れたのである。

子供たちはとうに夕食をすませている。さっぱりした浴衣に着替えると、香芽子とむきあって食べることになった。

「近ごろ大陸のほうがまた騒がしいですわね。そのせいで遅くなったのかと思いましたわ」

お櫃から飯を盛りながら香芽子が言う。今日のお菜は鯖の塩焼きとアサリの味噌汁、カボチャの煮付け、それに走りのオクラの和え物。家で食べるものばかりは、ご維新の前とあまり変わらない。

「いや、ぼくの仕事はさほど時局には影響されないからね。それに大陸なら陸軍のほうだろうな、忙しくなるのは。で、それは新聞を読んだのかね」

「新聞ばかりでもないですけど。北京、危ないんですってね」

香芽子の女学校時代の友達に、夫が外務省勤めで北京に駐在している人がいるという。

「ご主人が先に赴任して、自分も子供をつれて行こうとしたところで、危ないから見合わせたんですって。いまはお百度参りにお茶断ちで無事を祈ってるってお話よ。大変だわ」

いま北京は、外国人排撃を主張する民間の武装勢力に囲まれていた。日本ばかりではなく欧米列強の駐在員は、市内に籠城しているような状態だという。天津の港に入っている各国の軍艦から水兵が警護のために駆けつけたが、それも数百人という規模で、何万人という義和団の兵力の前には焼け石に水といった状況らしい。

「清国はまだ攘夷（じょうい）をやっている。国が大きいから、なかなか変われないんだろうな」

鯖の身をむしりながら駿吉は言う。

「日本も立場が変わって、いまは攘夷される側になってるのね」

「戦争に勝って賠償金をふんだくったから、そりゃ憎まれてるだろうな。しかし日本の上手を行くのがヨーロッパの列強だ。清国は日本に負けるほど弱いと見極めたのか、やりたい放題やってる」

日本に負けた清国には列強が殺到し、租借地や鉄道の敷設権を力ずくで奪ってゆく。そんな列強に憤って蜂起した清国の民衆たちの心情は、わからなくもない。

義和団の掲げるスローガンは「扶清滅洋（ふしんめつよう）」。

つまり清国政府を助けて西洋諸国を滅ぼす、だ。日本も三、四十年前は「尊皇攘夷」だったから、似たような状況だったのである。

「この世間もそうだが、いまの世界は弱肉強食だ。弱けりゃ食われるしかない。神も仏も助けちゃくれない」

清国は、まさにその体を食いちぎられつつあった。日本も、いまは食いちぎる側に回っているが、維新によって近代化するのがあと十年遅れていたら、清国同様に国土を食いちぎられる目に遭っていたに違いないと思う。

「清国もいずれ列強に分け取りされて、跡形もなくなるかもな」

「まあ恐いこと。日本は大丈夫ですわよね」

「どうかな。安心できないぜ。ロシアが清国から満州の地を分捕ろうとしているのは明らかだ。いまやヨーロッパからシベリア鉄道が延びてきている。もう三年もすれば極東の果て、ウラジオストックまで鉄路ができて、兵員や兵器をどしどし送れるようになる。そうなれば清国はもちろん、日本も対抗できない」

列強の中でもロシアの存在は際だっていた。国土は世界の陸地の六分の一を占め、日本の約六十倍にもおよぶ。人口も一億数千万と、列強の中でずば抜けている。

それだけに軍事力も並外れており、二百万の兵を擁する陸軍と、建造中をふくめると二十隻以上の戦艦を有する世界第三位の規模の海軍をもつ。

ただ北辺の地にあるがために、植民地獲得に出遅れていた。それを補おうというのか、フィンランドやポーランドなどヨーロッパの周辺諸国を支配下におく一方、アジアでの勢力拡大に執念を燃やしている。三国干渉をリードしたのも、そのあらわれである。

「わたしたちはどうなるの」

「満州がロシアのものになると、いずれ朝鮮もロシアが支配するだろうさ。清国、朝鮮、日本という極東の国々は、強大なロシアの威勢の前にひれ伏すしかなくなる。日本もいまの清国みたいに港の租借、領地の割譲(かつじょう)を迫られるんだろうな」

実際、食いちぎる側に回ったと思っているのは日本人だけで、欧米列強の目にはまだ日本も食われる側と映っているのだろう。そうでなければ三国干渉などあり得ない。

国民もその危うさを肌で感じているから、暮らしを切り詰めても強大な艦隊を造って自国を守り、あわよくばもっと確実に食う側に回ろうとしている。

「いまの日本は、大きな熊の前でおびえる子猫ってところかな。やがてぼくたちも町でロシア人を見かけると、頭を下げて通らなきゃならなくなるかもね」

「まあ」

香芽子は口を尖らせる。

「そんなこと、いやですわ」

「ぼくもいやだよ。でも下手すりゃそうなる。ま、先のことは誰にも断言できないがね」

話はそこまでだった。駿吉は茶漬けにしてご飯をすませた。

義和団の乱はその後も拡大し、やがて義和団に後押しされた清朝政府は、列強に宣戦を布告した。北清事変である。

これに対して七月、日本政府は一個師団の派遣を決定。日本と欧米列強が組んだ連合軍は八月には北京に突入、北京の各国居留民を解放した。そして降参した清国と日本をふくむ列強とのあいだで、講和会議が長々とつづくことになる。

この義和団事件をきっかけにロシアが満州に軍隊を送り込んだことが、のちに日露戦争につながるのだが、まだそこまで事態はすすんでいない。

三

築地の委員会室では、松代技師が「小手先」の改良をつづけていた。午前中は逓信省ではたらき、午後、ときには夕方近くにおんぼろ委員会室に顔を出して、夜遅くまで実験したり機器に手を加えていた。

駿吉は朝から出勤すると、自分が提案した音響式受信機の改良をすすめるかたわら、「原理」の探究をつづけていた。

音響式のほうでむずかしいのは、コヒーラ管にかわる検波器として何を使うかという点である。

一般には炭素粉を使うが、駿吉は鉄粉やアルミの粉なども試していた。

あまり文献もない分野なので、わからないことは自分の手で実験をして確かめてゆくしかない。手間と時間ばかりかかって、なかなか成果はあがらなかった。

一方で「原理の探究」のほうは、悠々としたものだった。

時々アンテナの電流や電圧を測ったりするほかは、静かに外国の文献を読んで過ごすことが多かった。時には腕組みをして目を閉じ、じっとすわって一日を終えることもあった。

要するに、あまりはたらいているようには見えない。

外波中佐は、自分の仕事の合間に委員会室に顔を出しては、そんな駿吉の姿を見ていたが、文句を言うことも急かすこともなかった。

「なあに、あれはあれで真面目にやっております。なにしろ世界の先頭を切ろうという話ですからな。急いては事を仕損じる、ってところですか」

と、他の委員や上司から駿吉のようすを問われるたびに答えるのだった。とはいえ気にはなるので六月のある日、

「どうかね、原理探究のすすみ具合は」

と軽い調子でたずねてみた。駿吉は目をあげて答えた。

「まだなんとも。実験結果はあつまりつつありますが」

「どんなようすだ」

「は。アンテナの原理に関しては、まず送信機から電波として放出されるエネルギーを測定しようと思いましてね」

「ほう」

外波中佐の目が輝く。

「エネルギー不滅の法則がありますから、送信機側の蓄電池から出た電気エネルギーは、回路の抵抗によってジュール熱となる以外は電波になっているはずだと思って、アンテ

ナの電流や電圧を調べてみたのですが」

「ほほう。で、どうなった」

「あまりうまくいきません。そもそも火花が出て電波が発生するのは短時間ですし、どうもあの送信機、いつもおなじ大きさの電流を流すわけではないようですな」

送信機が火花を飛ばして送信するたびにアンテナに流れる電流と電圧を測定したのだが、変化があまりに速くて、測定しにくいという。

「蓄電池から出る電気エネルギーはけっこうな大きさだよな。それがジュール熱となる以外は電波になるのなら、かなり大きなエネルギーがアンテナから発出されていることになる。なのに測定できないのか」

外波中佐の問いに、駿吉は手を振って答える。

「測定できないというか、正確な測定がむずかしいんです。なのでエネルギー量の計算もできません。それでも総じて見ると、アンテナの根元のほうから先端にいくにつれ、電流が減じているようで。ということは、やはりアンテナ全体に電流が流れ、そこから電波を出しているのでしょうな」

「電流が流れねば電波は出ないはずだから、そうなのだろうな」

外波中佐の顔が曇る。わかりきったことを言うな、と言いたそうだ。

「いまのところは、そこまでです。どうして電流が流れ、先にゆくにつれ減じるのか。

電波となるエネルギーはどれほどか。まだわかりません。そこにアンテナの秘密がありそうな気がするのですが」

外波中佐がむっとして口を閉じた。ややあってゆっくりと問うた。

「あとのふたつ、火花放電がどうして電波を生むのかという謎と、コヒーラ管の謎はどうだ」

「ああ、そちらはまだ手がついていません。おいおいとやりたいと思っていますが」

そう言ってむずかしそうな顔をするのだった。外波中佐は何か言いたそうだったが、だまって首をひねりながら引き下がった。

駿吉が悠々と考察をすすめるかたわらで、委員会付きの技手や下士官たちは忙しそうに荷造りに走りまわっていた。

通信距離が伸びるのにあわせて、羽田の穴守稲荷近くにたてた櫓を撤去し、さらに遠い横須賀の軍港内に送受信施設を新しくもうけることになったのである。

六月中には横須賀への移設が終わり、軍港内にアンテナのための櫓と送受信機をおく小屋が建った。

そして松代技師が改良した三十センチ火花のインダクションコイルを使った無線機は、築地と横須賀のあいだ、およそ二十五海里での通信に成功したのである。

松代技師のほうは着実に成果をあげていた。対して駿吉は、音響式の改良をすすめるほかは原理の探究に沈潜していて、これといった成果をあげられずにいた。
駿吉にむけられる委員会の人々の目がしだいに厳しくなってゆく。

その日、海軍大学校にいた外波中佐の許に、駿吉が突然訪ねてきた。面食らっていると、いっしょに来てくれないかと言う。

「いやじつは、いいインダクションコイルがあったのですよ！」

と宝物でも見つけたように言う。なんでも米国からの輸入を頼んでいた業者に督促すると、昨年、似たような五十センチ火花のインダクションコイルを輸入したから、急ぐならそれを借りたらどうかと言われたとか。

「で、どこにあるのかね」

「それが病院なんですよ、帝大の」

エックス線の研究のために、東京帝大の医科大学教授が購入したらしい。エックス線も電波の一種だから、発生させるには高い電圧が必要なのである。というより、いま売られている大型のインダクションコイルは、ほとんどが医療用だった。無線にはそれを流用しているのだ。

「……そんなもの、貸してくれるのか」

「そこを頼み込むんでさ。無線がうまくいきゃ、軍艦は有利に戦える。治療をするより怪我人を出さないほうが先でしょうって」

医科大学の教授相手では、自分だけでは重みが足りないから、海軍を代表していっしょに行ってくれという。かなり無茶な話だったが、駿吉の剣幕に押されて、外波中佐も本郷の医科大学まで談判に出かけていった。

教授に会いはしたものの、もちろん断られた。しかし駿吉はあきらめない。「何度でも押しかけてやる」といい、実際に翌日も、その翌日も本郷へ出かけていった。何か恨みでもあるのかと思うような執拗さだった。

あとで聞いたところでは、駿吉は物理学の博士論文を帝大に提出した——米国で取得した博士号は、数学のほうだ——ものの、たらい回しにされて結局、ボツにされてしまったらしい。やはり帝大に恨みはあったのだ。

それと、松代技師とちがってなかなか成果を出せない中、悠々と構えているように見えても、それなりにあせりもあるのだろう。外波はそんな目で駿吉を見ていた。

医科大学の教授にとってはいい迷惑だっただろう。とうとう根負けしたのか、短期間ならということで貸し出しを承知してくれた。

駿吉は喜んで、人足を頼んで大八車に積み、そろそろと築地まで運んだ。

「やりましたね。さすが帝大出の博士はちがいますね」

と松代技師にも喜ばれて、駿吉は鼻を高くしていた。

これで強力な電波を出せる、距離を伸ばせるぞ、と張り切って送信機から三十センチ火花のコイルをはずし、借りてきたものを取りつけた。

実験にかかる。

「おお、強力だねえ」

放電球間に飛ぶ火花が太い。明るさもちがうし、バチバチという音も盛大だ。

委員会室にいるみなの顔が明るくなる。

「もう少し間隔をあけてみようか。なにしろ五十センチ火花だからな」

三センチ程度だった放電球の間隔を、五センチにした。やはり強力な火花が飛ぶ。十センチ、十五センチと広くしてゆくと、だんだん音が大きくなる。

三十センチ程度にすると、バン、ババンと爆音のような響きとなり、みながのけぞった。突然の火花に熱せられた空気が急膨張して出る音だ、と駿吉は言う。

「いいねえ。これなら三十海里はおろか、四十、五十海里といくだろうな」

しかし数回試験したところで、急に放電球から火花が飛ばなくなった。

「おかしいな。蓄電池が切れたか」

と松代技師が言ったとき、焦げ臭いにおいがして、インダクションコイルから薄い煙がすっと立った。

「あっ、コイルが焼けた」

「うわあ、借り物があっ」

駿吉は青くなり、インダクションコイルに駆け寄った。

「そうか、走った電流がちょっと大きすぎたかな。回路が三十センチ火花のコイルにあわせてあるからなあ。回路計算をしなおさなきゃいけなかったか。うーん、貴重な経験だな」

松代技師は腕組みをしてうなずいているが、駿吉はそれどころではない。

「これ、直るかな。ここの絶縁物を取り替えればいいのか。焦げた跡はどうにもならんか。そもそもこれとおなじもの、あるかな」

インダクションコイルを眺めながら、ぶつぶつ言っている。

分解したところ、内部のエボナイトの絶縁物に小さな穴があいていた。流れた大電流に絶縁物が耐えられなかったようだ。

困惑して業者に相談したが、国内では直せず、販売元のドイツに修理に出すことになった。医科大学の教授は怒り心頭だったが、平謝りして勘弁してもらった。

「どうやら医療用のインダクションコイルってのは、無線には不向きなようだなあ」

駿吉と松代技師はそんな結論に達した。

医療用ならば、連続して使うことはあまりない。エックス線を発するレントゲン写真を撮るにしても、一分間に何十枚も撮ることはないだろう。一回に一枚か、せいぜい数枚撮ってひとやすみ、という使い方になる。

ところが無線の場合、一分間に二十文字を送るとしても、一文字に平均三回は電鍵を押すから、一分間に六十回もインダクションコイルが活躍することになる。百文字の電文ならば三百回だ。それほどの連続使用に耐えるようには、医療用のものは造られていない。

「といっても無線用のインダクションコイルなんてのは、まだ世の中にないからな」

いまのところは、医療用のものをだましだまし使うしかないのである。

そんなことをしているうちに、米国から直径四十五センチもある大きなインダクションコイルが届いた。これで五十センチ火花が自前のコイルで実現できる。

さっそく送信機に取り付けると、送信の電波が強力になるのがわかった。

「やはりこいつだな、鍵は」

外波中佐と松代技師はうなずきあっている。駿吉は、不満そうに言った。

「でも外国から取り寄せていたんじゃ不便でかなわない。国産化しないと」

高価なばかりか、発注から到着まで半年かかり、その上に荷物のあつかいが乱暴なのか、到着した荷をあけてみたところ、壊れている物もあった。

「そうだな。輸入はできるだけ減らしたい」

と外波も同意する。

「しかし海軍の造兵廠では造れそうにない。どこかの業者に造らせるしかないが、そんな業者、あるかな」

こうしたことにくわしいはずの松代技師も、心当たりはないという。

「まあ課題のひとつだな。おいおいさがしてゆくとしよう」

そうして松代技師が改良を重ねているうちに夏がすぎ、秋風が吹きはじめた。

駿吉は八月に音響式受信機を完成させ、印字式の受信機と同等の性能をもつと評価されていたものの、無線機の原理探究は行き詰まっていた。

「どうも面妖なやつだなあ」

駿吉は、今度はコヒーラ管を手にして眺めまわしている。

電波でコヒーラ管の中の金属粉が固まる理由は、説明できそうでできない。電波のかわりに磁石を近づけたりしてみたが、反応はなかった。また炭素の粉末や鉄粉などに変えてみたが、これまたいい結果は得られなかった。

おそらく電波と金属粉の関係は単純なものではなく、何段階かの反応をへて金属粉が固まるのだろうと駿吉は推測している。しかしいまのところは、その一段階目もわからない。

「アンテナより難物かもな」

そんな感想しか浮かばない。

原理探究はつづけられたが、ほとんど進展がないまま秋がすぎ、冬が迫ってきた。

駿吉は毎日熱心に実験や計算をしていたが、その仕事ぶりはかなり悠々としたものに見えた。そのせいか、無線開発のほかに、他人が開発した新式の羅針儀を評価するよう命じられもした。駿吉も手抜きを知らない性格だから、それに応えて分厚い評価書を作成し、「海軍ってのは人使いが荒いね」などとぼやきながら提出した。

外波中佐も、無線ばかりに没入していたわけではない。専門の水雷のほうで曲行魚雷という、あらかじめ設定した曲線の航路を通って敵艦にむかう魚雷を設計したりしていた。

そうするうちに外波中佐が、

「無線をあつかう兵の教育訓練をはじめるぞ」

と言い出した。十一月のことである。

「無線機ができあがった暁には、操作する兵員が必要になる。いまのうちから手をつけておかないとな」

というのだ。

「まだ肝心の無線機ができてない。教えるったって実験用のものしかないんだから、むずかしいでしょう」

と駿吉は首をかしげたが、外波中佐は本気だった。

「三年でものにせよという命令だが、そのあいだにロシアと始まっちまったらどうする」

「そりゃあ……」

「おれは一年をひと区切りに、多少は機能が劣っても実用化するつもりだ。来年の三月に配備するとしたら、いまのうちから兵の教育を始めないと間に合わない。まったくの素人を通信員に仕立てるんだからな。モールス信号に慣れるだけでも三月や半年はかかるだろう」

そう言われてみれば、たしかに通信作業に習熟するには半年ばかりでは足りない。それにいざ実用となれば何十隻もの軍艦ばかりか、陸上にも設置するだろうから、通信員は百人、二百人と必要になるだろう。

いっぺんには訓練できないから、いまから始めても決して早すぎることはない。

駿吉は外波中佐の先見性と視野の広さに感心したが、原理解明が遅れている自分の尻をたたかれているような気にもなった。

「それに、通信距離もそろそろ四十海里を超えるだろう。あとひと息じゃないか」

インダクションコイルが強力になったこともあって、横須賀軍港の実験室と軍艦とのあいだでは、すでに三十海里を超えても何とか通信できるようになっていた。

「松代技師には機器の操作など実務を教えてもらう。貴様は無線の原理を教えてやってくれ。といっても素人ばかりだから、やさしくな」

「万事承った。長いこと教師をやってたから、教えるのは得意なんでね。まかせてもらいましょう」

駿吉は軽く請け合った。

四

無線機の扱い方を将兵に教える講習は、まず下士卒むけに明治三十四年一月から、そして士官むけは少し遅れて三月から始まった。

生徒としてあつめられたのは、将校も兵士もみな横須賀の水雷術練習所（のちの海軍水雷学校）を出た者、いわゆる水雷屋ばかりである。通信兵は別にいるので、そちらを教育すればよさそうなものだが、そうはならなかった。

水雷術は機雷、魚雷、爆雷をあつかう技術だが、制御に電気仕掛けが多いので電気の知識を持った者が多く、無線に適任ということらしい。

対して通信兵は数が少ない上、主として旗の信号を担当していたので、電気を扱うのは不向きということだが、それは表向きで、実は発案した外波中佐自身が水雷科の出身だからではないか、と駿吉はにらんでいた。

海軍の中でも、砲術や航海術など扱う専門技術によって、派閥らしきものができている。

一番多いのが砲術を専門とする者で、俗にテッポー屋と呼ばれている。ほかに水雷をあつかう水雷屋、航海術を専門とする航海屋などがあり、それぞれがそれぞれの勢力を気にしていた。

そんな中で、水雷屋とは別派閥の通信兵は外波中佐のコントロールが利かず、思うように呼びあつめられないのではないか。また、水雷屋の領域を無線にまで広げようとの思惑もありそうである。

とはいえそれは駿吉には関係のない話だ。命じられたとおりに教壇に立つことにした。

下士卒向けには主としてモールス信号の打ち方や機器の操作方法を教えるので、駿吉は初めの段階で電磁気学の基礎理論を教えるにとどめ、多くは無線調査委員会付の下士官たちが教官となって、打電や機器調整の訓練を実施した。

対して士官向けには原理をみっちり教えろというので、三月半ば、駿吉は張り切って教壇に立った。

「諸君らは士官だから、兵学校や機関学校で物理学は修めてきていると思う」

築地の海軍大学校内に設けられた教室で、九名の少尉や中尉たちを相手に、駿吉はしゃべっている。この者たちはすでに二週間、モールス信号の基礎訓練を受けてきていた。

「であれば電磁気学の基礎は身についているはずだよな。そこでこの時間は、無線の原理を説明する。なぜ無線なるものが成立するのか。そもそも電波とは何か」

そう言って生徒たちを見渡した。兵学校を出たばかりの少尉は二十歳そこそこ、中尉でも二十四、五歳くらいだ。中には赤いにきびを頰に残している者もいる。問いかけに誰も反応せず、むっとした顔で駿吉をにらみつけている。

しかし学力では高等学校レベルの難関である海軍兵学校を卒業しているのだから、理解は早いはずだと駿吉は思っている。

「ええと、世の中は広いもので、無線機なんて影も形もなく、電波なんて誰も知らないころ、理論的に電波の存在を予言した奇特な人間がいた。英国人のマクスウェルというお方だ。電磁気理論の根幹をなすマクスウェルの方程式を作ったえらいお方だから、みんなも知っていると思う」

と言うと駿吉は白いチョークを手にし、黒板にかつかつと音をたてて四つの積分方程式を書いた。

「この四つの方程式にはそれぞれ意味がある。そいつはあとで説明するとして、無線の存在はだな、この二番目の式と四番目の式から導き出された」

駿吉はチョークでふたつの式を丸でかこった。

「二番目の式は、電磁誘導をあらわしている。すなわち磁界、磁束密度（じそくみつど）が変化すると、そのまわりに電界ができる、というんだ。磁石を動かすと、近くにある電線に電流が流れる。発電機ってのは、この原理を応用している。そのへんはみなも知っていると思う」

つぎに駿吉は四番目の式を指さした。

「そしてこの式は、アンペールの法則だ。意味するところは、電界の強さが変化すると、そのまわりに磁界が生じる、ってことだ。わかるな。二番の式と似てるだろう。一方は磁界が変化すると電界ができるといい、もう一方は電界が変化すると磁界ができるといっている。ならばこのふたつを組み合わせるとどうなるか」

駿吉は生徒たちを見た。

みなしんとしている。

「端的に言えば、こういうことだ。電流が流れると、そこに磁界が生じる。ああ、電流といっても直流だと、流れたあとの変化がないから磁界は一回生じれば終わりだが、交流だと電流はプラスからマイナスへと時々刻々と変化するから、磁界は生じつづける」

駿吉は黒板にむかい、横に線を引き、電流Iと書いて右方向に矢印を描いた。そしてその横線と矢印を包むような円形を追加した。

「電流が流れてこのように磁界が生じると、今度はそれに対して電界が生じる。こうだ」

磁界を示す円形の上に、直交するような円形を描く。

「電界が生じれば、そのまわりにはまた磁界が生じる」

　またさらに円形が黒板上に加わった。

「そしてまた磁界のまわりに電界が生じ、電界のまわりに磁界が、と電界と磁界が交互に生じてゆく。それがこのふたつの式からいえることだ」

　駿吉は生徒たちにむき直って言った。

「そう説明するとずいぶんとゆっくりした動きに聞こえるだろうが、実はこの作用はとても迅速に行われる。どれだけ迅速かといえば、光の速さとおなじだ。秒速約三十万キロメートル。一秒間に地球を七回半回るほど速い。だから磁界と電界の変化の連鎖は、いったん起きれば瞬時に遠方までとどく」

　駿吉はチョークをおいて手をはたいた。

「こいつが電波の正体だ」

　駿吉は生徒たちを見て、つづけた。

「そこで電流を長短のモールス信号の間隔にして発生させると、それによって生じる電界と磁界の変化も長短の間隔ができる。それを離れたところで感じとると、立派なモールス信号になっている。だからそいつを読み解けばいいんだ。こうして無線通信のできあがりってわけだ」

　さっと手をあげた者がいる。

「あのう」

「お、質問は歓迎だ。何だ」

「きのうの講義で松代教官が、電波はイーサーというものを媒体として伝わる波だとおっしゃってましたが、ちがうのでありますか」

「おお、松代くんはそう言ってるな」

駿吉はうなずき、言った。

「あれはたとえ話だ」

「たとえ話……?」

「ああ。わかりやすくていい。しかしいまだイーサーなるものの存在を証明した者はいない。仮定の話なんだ。そしてここだけの話だが、イーサーの存在は数年前に理論的に否定されている。イーサーという物質が存在するのではなく、電界という場が存在する、というのが最新の学説だ」

「………」

「まあ、まだ広くは認められていないから、イーサーがあると言っても大丈夫だが。それに電波を発見したかのマクスウェル大先生も、イーサーがあると信じていたようだしな。しかし、そいつはわかりやすいたとえ話と思ったほうがいい」

「はあ」

「だいたい電波を学理的につかもうとしたら、イーサーなるものが出てきては都合が悪い。正体不明のイーサーは数式にできないからな。だからぼくの講義はこちらですすめる」

駿吉は黒板に描いた絵を指さした。

「さあ、ではマクスウェルの四つの式をその成り立ちから説明していこう。ちょっとむずかしいぞ」

駿吉は白墨を持つ手に唾した。黒板にむき直ると、端から黒板を埋める勢いで数式を書き出していった。

そうして九十分の講義時間のうち、数式まみれの一時間ほどが過ぎた。教室はしんとして、駿吉が走らせるチョークの音とたまに発する解説の声以外、何も聞こえない。

すると突然、

「貴様ら、寝るな！」

という大音声が教室に響いた。

黒板に数式を書いていた駿吉がびっくりして振りむくと、教室のうしろに外波中佐が腕組みをして立っていた。

「どいつもこいつも、舟をこいでやがる」

外波中佐は憤怒(ふんぬ)の表情だ。

「ちゃんと聞いて理解しろ。海軍兵学校の学力はその程度かと思われてしまうだろうが」

生徒たちはひと言もなく、うつむいている。

「ちょっとむずかしかったかな。二高じゃこんな感じでやってたんだが」

駿吉が言うと、外波中佐は首をふった。

「ああ、それでいい。兵学校が二高に劣ると思われちゃ困る。どんどんやってくれ。貴様ら、ちゃんと書き写して、明日までに理解してこい」

そう言い捨てて、外波中佐は教室を出て行った。

五

将兵の教育と並行して、無線機の改良もすすめられていた。

送信機のほうは、強力なインダクションコイルを使うことによる電圧、電流の変化に耐えるようにすることがメインとなっていた。とにかく電圧をあげて力ずくで電波を遠くまで飛ばそうというのだ。

一方の受信機側はリレーを二重化したり、コヒーラ管の前に変圧器を入れるなど、感度をあげるために松代技師が細かな工夫をこらしていた。

そうして五十センチ火花のインダクションコイルを装備した送信機を使うと、もはや二十五海里しか離れていない築地と横須賀だけでは足りず、遠距離の試験地が必要となってきた。

外波中佐が奔走してほうぼうとかけ合い、築地から四十三海里（約七十八キロメートル）ほど離れた千葉県の大山——房総半島南端にある洲崎の近く——に試験所をもうけた。ここにやはり櫓を建て、アンテナを垂らしたのである。

三十四年五月半ばに完成したので、駿吉が出張して築地とのあいだで送受信を試みると、送受信とも結果は良好だった。

およそ四十海里なら大丈夫、というところまでこぎ着けたのである。

ならばというので、つぎはもっと足を延ばし、伊豆大島に出かけた。

といっても無線調査委員会には出張の予算がない。外波中佐が経理部へかけあった。

「予算がなくて出張できないと、日本最高の頭脳である松代技師と木村教授を昼寝させるほかないが、よろしいか」

と、迫力があるのだかないのだかわからない交渉をして、なんとか予算を分捕ってきたのだった。

築地と大山の試験所には、送受信機と教育をしたばかりの将兵を配置しておき、委員会の面々は五月の下旬、横須賀鎮守府所属の水雷艇一隻に、送受信機ほかの機材を積み込んで出航した。

伊豆大島ではまずは三原山にのぼり、櫓を組むのではなく山頂近くで気球をあげた。

これには五十尺（約十五メートル）ばかりの銅線が結わえつけてあるので、高くあがればアンテナになるだろう、という思惑である。

山頂といっても、噴火後の火口は黒い砂地が一面に広がって、まるで砂漠のようになっている。そのへりに立ち、砂漠を見下ろしながらの作業である。

「どうかな」

みなの見ている前で、立石兵曹長がむずかしい顔をして気球の綱を操作している。時に風が強く吹き、たびたび気球が流されていた。

「おお、気象観測実験、といった趣きだねえ」

駿吉はそんなことを言って、楽しそうに気球を眺めている。大島へ来たのは初めてだからか、幾分は物見遊山気分である。

気球があがり、銅線がぴんと張ったところで、末端を受信機に結線しようとした。そのとき上空で突風が吹いたのか、気球が流され、つないでいる綱が強く引かれた。

と、どうしたのか綱は真ん中あたりでぷつんと切れ、気球は銅線とともに上空高くへ舞い上がってしまった。わあ、という悲鳴とも嘆声ともつかぬ声があがったが、気球はおかまいなしに上昇し、早くも視界の彼方（かなた）へ消えようとしている。

「いっちまった。あれ、けっこう高かったんだろ」

「あーあ、知らねえぞ。経理になんて言い訳するんだか。けっこう恐いぞ」

委員たちがぼそぼそ言う前で、兵曹長がうなだれている。責任を感じているらしい。

「仕方がない。別の手を考えよう」

と前向きなのは、外波中佐である。いったん麓の町へ下りて、割り竹と大きな紙を買ってきた。そして器用に大きな凧（たこ）を作りあげた。

「こいつで気球の代わりになるだろう」

「おお、さすがは軍人。機転がききますな」

と駿吉が言ったのは褒めたつもりだったが、外波中佐は返事もしない。

技手のひとりが凧をもち、兵曹長が綱をもって三原山火口の砂漠を走り、凧を揚げようとした。しかしあいにくと風が止まってしまい、なかなか揚がらない。ふたりは凧と綱をもって何度も走った。

委員たちは、立ちならんでこの奮闘ぶりを見ている。ふと見ると、無人だったはずの火口の登り口付近に、数名の人影が見える。物見高い人間は、どこにでもいるようだ。

「気球ならいいけど、凧ってのはちょっと迫力を欠くなあ。科学実験にゃ見えない」

「意地悪い見方をすると、いい年をした大人が凧揚げで遊んでいるように見えますな」

駿吉と松代技師がぶつぶつ言っている。

「そうだよな。海軍さんは何を遊んでんだって言われるな。二、三日したら万朝報（よろずちょうほう）に面白おかしく書かれた記事が載るかもしれねえぞ。だからほれ、そこに余った紙があるから」

　と駿吉が紙を指さした。

「墨でもって大きく書いて、そのへんの松の木にでも貼りつけたらどうかな。『秘密兵器実験中ニツキ立入リヲ禁ズ　大日本帝国陸軍』って」

「わはは、そりゃいいや」

　松代技師が無責任に賛成する。

「貴様ら何を言っている。陸軍さんはカーキ色に長靴だ。ごまかしはきかないぞ」

　濃紺詰襟の軍服姿の外波中佐が、にこりともせずに言う。

　結局、凧は揚がったがアンテナとしては機能しなかった。そこで竹竿を組み合わせて櫓を建て、二十尺（約六・六メートル）ほどの高さから銅線を垂らして、房総の大山との交信に成功した。この一例だけでは断言できないが、どうやらぶらぶらと揺れるアンテナはあまり機能しないらしいとわかった。

　三日間の試験の結果、ほぼ三十海里の大山とのあいだは問題なく通信できたが、六十海里の築地とのあいだは電波が弱く、はっきり受信できなかった。

「もう少しだな」

　多少貧弱なアンテナでも、ともかく三十海里まで通信できたのである。委員たちは試験結果に手応えを感じていた。

さらに改良を重ねたのち、六月には大山と筑波山のあいだで試験を行ってよい結果を得た。そこで八月には伊豆諸島から八丈島まで遠征することになった。目標は八十海里だから、うまくゆけばこれで目標達成、という意気込みである。

前とおなじく大島で試験ののち、三宅島と御蔵島でも試験をした。百海里以上となる築地と三宅島はまったく通じなかったが、ほぼ六十海里の三宅島と大山のあいだでは、はっきりしないながらもなんとか交信できた。

だが陸上で高いアンテナを立てて、という条件付きだし、また距離がおなじ六十海里でも、通じる時と通じない時があった。なぜなのか、と駿吉は松代技師とふたりで首をひねったが、アンテナの張り方と方向などで違いが出るようだ、と推測するよりなかった。

八丈島では山の中腹にテントを張って野営したが、夜中にみなで枕を並べて寝ていたところ、松代技師が突然、悲鳴をあげて飛び起きた。

「い、痛い、何だ、何なんだ！」

あわててランプをつけると、松代技師は股間を押さえて転げまわっている。

「いてえ。金玉が、痛い！」

「おい、誰か医務の経験のあるやつはいないか」

と外波中佐が冷静に問いかけると、ひと息おいて下士官のひとりからおずおずとした声が返ってきた。

「黄海海戦のとき、松島で傷病兵の世話をしました」

「おお、松島なら本物だ。松代技師をみてやってくれ」

七年前の黄海海戦で、清国戦艦鎮遠の三十センチ砲弾を受けて大破、多くの死傷者を出した松島に乗っていたというのだ。

「兄貴といっしょだったんだ」

と駿吉はつぶやいた。

しばらくふたりでごそごそやっていたが、やがて「ナイフ」という声と「うっ」という押し殺した声が聞こえた。そしてすぐ後に、ため息とともに力の抜けた笑い声が起きた。

「どうした」

「ダニですよ。でっかいダニだ。そいつがこともあろうに、技師どのの金玉に食い込んでおりました」

野生の鹿や放牧の牛に寄生するダニが草の中にひそんでいて、たまたまその近くに寝た松代技師の股間にもぐり込んだのだろう、と言う。

「いやあ、金玉からダニを掘り出したのは初めてですよ」

との報告である。テントの中はしばらくの間、忍び笑いで満ちた。

八丈島から帰ってくると、今度は戦艦初瀬(はつせ)と巡洋艦磐手(いわて)に送受信機を積み、東京湾内を航行させて試験した。

実際に軍艦に積むとなると、アンテナの張り方から送受信機の置き場所、アンテナから無線機への銅線の引き込み方など、試してみないとわからないことが多々ある。駿吉と松代技師は議論しつつ、軍艦での試行を繰り返し、最善の方法を調べていった。

通信距離はまだ八十海里には届かず、部品の調達や運用方法など問題は山積みだったが、八月をもって一応の区切りとし、これまでの試験結果をまとめて、調査委員会として大臣宛に終了報告書を提出した。どうやら軍令部から急げとの催促があったらしい。

「ここからは試験機じゃない。もう制式兵器として扱われる。どんどん造ってフネに載せてゆくぞ」

と外波中佐は言う。実際、十月に正式に兵器に採用するという通達が出た。明治三十四年に制式採用されたので、三四式無線電信機と呼ばれるようになる。

「ちょっと拙速なんじゃあないかな」

と駿吉は心配になった。

「六十海里ってのも、条件のいいときに一度は通じた、ってぐらいに考えたほうがいいでしょう。地上の高い櫓を使っても、せいぜい四十海里が実力でさあ。軍艦に積んだらアンテナは低いし動いているしで、四十海里もむずかしいでしょうね」

通信距離も足りないし、軍艦に積んでの試験もまだ十分でないのが気がかりだった。

「そりゃあフネに積んだら、また地上とは使い勝手が違う。不具合がいろいろ出てくるだろう。だからこれからは造りながら、使いながら実用に耐えるものに改造してゆく。まだまだ汗をかいてもらうぞ」

と外波中佐に言われた。

「そうですねえ。八十海里も達成していないし、原理もまだ未解明だ。やることはたくさんある。とても終われませんや」

軍令部が急ぐ理由は、駿吉にもわかっていた。ロシアの動きである。

シベリア鉄道は完成に近づき、満州には北清事変以来、ロシア兵が駐留していた。撤兵が論じられているが、応じるかどうかはわからない。もしロシアが満州を武力で抑えるとなると、朝鮮と日本にとって重大な脅威となる。脅威を取り除くべく、日本が満州に出兵することになるかもしれない。

となると兵を送るために、日本海の制海権が必要になる。すなわち海軍の出番だ。

そのときに、せっかく調査研究した無線が手元にないのでは話にならない。至急実用化して間に合わせろ、ということなのだろう。

秘密兵器、無線電信機を完成させるべく、駿吉らによる試験と試行錯誤がつづく。

「でもって、ここでひとつ、秘策があるんですがね。無線の能力を飛躍させる秘策です。

聞いてもらえますかね」

「おう、そんなものがあるのか。なんだ。言ってみろ」

駿吉の言葉に外波中佐が応じた。

「それはね……」

駿吉が告げた秘策に、外波中佐は渋い顔で応じた。

「同調はいいが、また金がかかるな」

「戦艦を買うことを考えたら、たいしたものじゃないでしょうに。最新の技術ですからね、効果はあると思いますよ。それに敵情視察にもなるし」

「考えておこう」

そして試験と並行して、実際に無線を使用する将兵の教育訓練も、拡大して続行しなければならなかった。無線機はかなり扱いにくい機械なので、使用するためには専門教育が欠かせない。

下士卒向けの教育はずっとつづいていたが、士官向けの教育は、委員たちの多忙のためにに五月にいったん中断していた。それが十一月から、場所を横須賀の水雷術練習所にうつして再開された。受講する士官は十二名。

六

山本英輔(やまもとえいすけ)中尉は二十五歳。

小柄で丸顔固太りの薩摩男児、といっても東京育ちで、言葉に薩摩なまりはない。無線電信の講習に志願し、横須賀の水雷術練習所にきていた。

教壇では、背が高く顎髭が立派で眼鏡をかけた男が、黒板を前にしてしゃべっている。渡されたガリ版刷りの資料では木村駿吉博士といって、海軍大学校の教授だそうな。

「諸君らは、兵学校を出た優秀なる士官ばかりと聞いている。当然、電気理論の基礎は学習していることと思う。そこでこの時間では、無線の原理を教えることとする。なにごとも原理がわかっていての実践だからな」

そう言うと木村博士は黒板に、

電波

と書いた。

「そもそも電波とはなにか、ってことだ。端的に言えば、電流が流れると、磁界が生じるが、磁界が生じると今度はそこに電界が生じて……」

博士はゆっくりはっきりとしゃべっている。江戸っ子なのかなまりもなく、その言葉は明瞭だが、意味はまったくもって不明瞭だった。

電界？　磁界？　そもそもそんな言葉からして、ほとんど聞いたことがない。いったいそれは何だ。

単語の意味がわからないから、その単語が使われた文章も理解できない。しかし博士は立て板に水でしゃべって、どんどん進んでゆく。まったく話についていけない。

——電気なんて、いままでに学校で学んだか？

まずは頭の中で、記憶を呼び起こさねばならなかった。

兵学校で物理の教程はあった。しかし教官は力学や熱力学、原子の構成などは教えてくれたが、電気は水雷術のほうでやるだろう、と言って教えてくれなかった。そして水雷術の教官は、電気の理論は物理のほうでやるだろう、と言って省いた。

山本中尉の年次だけかもしれないが、兵学校出身者は電気についての授業をさほど受けていないはずだ。

日常生活でも電気を使うのは電灯くらいで、それもこの十年ほどのあいだに普及してきたものだ。東京でも下町は、いまだランプを使う家のほうが多い。

軍艦にも発電機はあるが、艦内の照明や灯火信号、そして戦時に砲弾を揚げるエレベーターくらいにしか使わない。馬力の必要な機械は、人力でなければボイラーの蒸気を使って動かすことになっている。

「それでだね、この原理を発見したのは英国のマクスウェルというお人だ。マクスウェルは電磁気の作用を四つの方程式であらわした。マクスウェルの方程式といって、電磁気学の根幹をなすものだ。この四つだ」

そう言うと博士は、黒板にSの字が伸びた記号を含む式を書き始めた。

周囲をちらちらと見てみると、ほとんどのやつが眠そうな顔をしている。中にはまぶたが半分閉じている者、うつむいてぴくりとも動かない者もいる。

教育訓練は二カ月ほどの予定で、今日は三週目に入るところだ。これまでは送信時の電鍵の持ち方、打電の際の正しい姿勢から始まり、モールス信号の仕組みと打ち方、憶(おぼ)え方を習ってきた。

「打電は急がず、ゆっくり確実に」

スロー、バット、ステデーを合い言葉に、一分間に二十四文字を基準に、間違えず打つように教わった。

教官は松代という逓信省の技師で、下士官二名が助手としてついた。実践的なことばかりだったし、電波とはどういうものかという話も、もっとわかりやすく面白かったと思う。

なので理論の座学にも期待していたのだが、これはあまりに難解すぎる。

水雷の専門家なら電気もわかるだろうが、少尉や中尉はまだまだひよっこの見習士官あつかいで、士官が学ぶ水雷術練習所でも初歩の普通科を修めたにすぎない。専門課程となる高等科に入学できるのは大尉になってからだ。

だからここにいる若手で、電気に詳しいやつがいるとも思えない。要するに木村教授の講義は猫に小判、馬の耳に念仏である。

なのに嬉々として講義している木村教授は優秀なのだろうが、いくらか変人なのではないかという気がする。

――新しいものだからな。むずかしいのは当然か。こりゃしくじったかな。

わざわざ講習に志願したことに、一瞬、後悔をおぼえた。

英輔は二年前、英国で建造中だった戦艦初瀬の艤装工事の監督を命じられて渡英、以後英国に駐在していた。

完成した初瀬に乗って今年の四月に帰朝したのだが、この間、陸上勤務をしていたと見なされたため、昇進するには艦上勤務の日数が足りなくなってしまった。これで同期の連中より大尉になるのが遅れた。

兵学校時代は成績優秀とされ、次席で卒業したほどで、おのれの能力には自信があった。しかもいまの山本海軍大臣は父の弟で、つまり英輔は大臣の甥なのである。みっともないところは見せられない、という思いも強い。

それだけに昇進が遅れたのはまことに不本意だが、ならば余分な中尉の日々を送っているいまのうちに、新しいことに手をつけようと思い、無線の訓練を受講したのだ。やる気は満々だったが、講習中は所属が水雷術練習所付になり、その関係でふだん起居する部屋が士官室から士官次室になった。つまり中尉なのに、新任少尉なみのあつかいに格下げされてしまったのである。

それでかなり腐っていた上に、この難解さだ。やる気がずいぶんと削がれた感じがする。

しかし海上で何十海里も離れた陸地や艦と連絡ができる、というのは魅力的だ。

もし実用化されたなら、海戦が根本的に変わってゆくだろう。

たとえば、何十海里も先行した偵察艇から敵艦隊の位置や進行方向の報告を受信できれば、味方の主力艦隊は待ち伏せでも挟み撃ちでもなんでも仕掛けられる。逆に無線連絡のできない艦隊は、目と耳を塞がれて戦うようなもので、不利はまぬがれない。

教壇の博士は、時に説明を交えながら、せっせと数式を書いている。黒板は微積分を使った数式で埋まり、しかもまだ終わりそうにない。

このわけのわからぬ数式から、海戦を変えてしまう威力のある兵器が生まれたということか、と思うとため息が出てくる。しかしまあ砲術の弾道計算でも数学は必須だし、その大砲を載せている軍艦などは科学技術のかたまりだ。高度な兵器に高度な技術が必要なのはあたりまえか。

まあいい。原理がわからなくとも、送受信機の使い方さえ憶えればいいのだ。この講義は理解できなくても問題ないだろう。

そう思うとどこからか眠気が忍び寄ってきて、黒板の数式が壁の模様のように見えてきた。

しばらくのち、数式を書き終わったと見えて、博士は手をぽんぽんと叩いて白墨の粉を払い落とし、生徒たちにむき合った。

「これが電波が存在することの証明だ。よく憶えておいてくれ」

満足そうに言ってから、少し間をおいて付け加えた。

「さて、ぼくの講義は今週で終わりだ。というのも、年の暮れには欧米にむけて出発するのでね」

博士はさらりと言った。まるで東京から横浜へ行ってくる、というような口調だった。

生徒たちもうなずきもせず聞き流している。

「むこうで最新の知識を仕入れてきて、無線機の性能を高めるつもりだ。とくに気になっているのは、同調というはたらきだ。無線機同士で同調がとれれば、通信距離は劇的に伸びるはずなんだ。ああ、同調とは何かってのも、話してなかったな。少しだけ説明しておこうか。電波には波長というものがあって……」

英輔のまぶたが重くなり、博士の声がだんだん遠くなっていった。

のちに無線に深入りして、駿吉の下で無線機の改良に取り組むようになるとは、このときの英輔はまったく思ってもいなかった。

第四章　海上は波高し

一

「こいつはどうにもならない。ひとつ、人生の休暇ってやつだと考えますかね」

と言う駿吉を、外波中佐は険しい目でじろりとにらんだ。

　ニューヨークを出航したときは陰鬱な曇り空で、雪もちらつきずいぶんと寒かったが、この十日間ほどは快晴で汗ばむほど暑い。波もおだやかな日がつづいている。

「休みもいいが、いまのうちに米国での調査報告をまとめておいてくれよ」

　船尾甲板の白いクロスのかかった丸テーブルについた外波中佐は、生ぬるいジンをすすりながら言う。テーブルの向かいにすわった駿吉は、バーボンの水割りをなめている。

　ふたりとも半袖の開襟シャツに白い綿のパンツ、というくだけた姿である。

　頭上にある青い空には陽光が満ちあふれ、凪いだ海の彼方の水平線上には白い入道雲が踊っている。いくらか風もあるが、暑さをやわらげてくれるほどではない。

「報告ってったって、ご存じのようにろくなものになりゃしませんがね。まあ、まとめますよ。仕事ですから」

ふたりは昨年暮れに日本郵船の客船で横浜を出航し、まずはサンフランシスコに上陸。そこから大陸を横断しつつさまざまな機関と接触、無線の調査をすすめていった。

ひと月ほどで東海岸に着くと、ボストンやシカゴの大学や企業をたずね、そののちニューヨークからイギリスのサザンプトンを目指して出航したのだった。

「ああ、報告書がぼくの遺書になるかもしれないな。ま、科学者木村駿吉にはふさわしい遺書だと言われるかな」

「おい、縁起でもないことを言うな。酒がまずくなる」

「洋酒も、どうも好きになれないな。冷や酒で一杯やりてえなあ。肴はするめでいいや」

「貴様、留学してたんだろう。そのあいだは飲まなかったのか」

「留学したからこそ、日本の酒のうまさってのが身にしみるんで」

「ああ言えばこう言う、か。江戸っ子ってのはほんとに口八丁手八丁だな」

「江戸っ子は五月の鯉の吹き流し、口ばかり大きくて腸はなし、ってね。ま、江戸っ子が情けなかったおかげで薩長が勝ち、ご維新がなって、われわれもこうして大西洋に浮かんでいられるんでさ」

「あんまり長く浮かんでいたくないが」

「明日でニューヨークを出てから二十日ですかねえ。もうとうにイギリスに着いているころだけど」

「それを言うな」

この船、エトリューリア号は大型客船だが、現在は船というよりただの箱になって漂流している。あろうことか大西洋の真ん中まできたところで機関が不調になり、おまけに舵まで壊れ、結果、潮に流されるままになっているのだ。救助を呼ぼうにも無線があるはずもなく、手段がない。

文明国の大型客船でそんなことがあるのかと、駿吉たちは呆れたが、乗客連中は呆れるのを通り越して激怒し、何とかしろと船長に詰め寄っていた。

日々、暑くなっているのは、南に流されている証拠だ。このまま嵐にも遭わず、南米かアフリカのどこかに漂着するのなら幸運だ、との話が船内で交わされている。

「どうもねえ、まずアメリカさんへ来たのが間違いだったなって、あん時に思いましたね。ほれ、テスラの会社でしたか」

テスラは高名な科学者で、かつ事業家である。交流発電機を作ったり、百万ボルトまで昇圧できる変圧器を作ったりと、交流電気機器の発明で世界をリードしていた。

無線に関しても、ボートの模型を無線操縦してみせたという新聞報道があったから、ずいぶん研究が進んでいると思って、期待してその会社をたずねたのである。

日本海軍の名前が効いたのであろう、社長であるテスラ本人に会えたものの、こちらが無線電信を研究していると言うと、そんなちっぽけな問題はやめろ、と鼻先であしらわれてしまった。ではご当人は何をやっているのかというと、無線は無線でも信号を送るのではなく、電力を送る研究だという。

こちらは送る電波信号が弱くて困っているのに、信号どころかその何万倍、何十万倍、ひょっとすると何億倍も強力な電波が必要なはずの電力を送るというのだ。

それはたしかに雄大な話だが、どこの国でもそんな研究をしているという話は聞いたことがない。半信半疑でいると、実験装置を見せてくれた。

四方を木の板で覆った窓のない実験室に招き入れられて、ふたりともたまげてしまった。インダクションコイルなどというものではない。その何十倍も雄大な、貨車のような胴体に太い碇綱のような銅線を巻いたコイルが鎮座し、その上にスイカのお化けのような放電球がついている。

何だこれはと呆れているうちにテスラは、よくみていろといって発電機をまわし、ころ合いをみてスイッチを入れた。するとスイカのお化けと二、三メートル離れたところにある黒い丸太のような棒——構造はわからないが電極の一種だろう——とのあいだで、盛大に青い火花が飛び交った。

それは、何十四もの青大将がのたうち回るような光景であった。

これなら電力も送れるかもしれないとおそれ入って謝辞をのべ、酔ったような気分で研究所から出てきたのだった。

あとで他の電気技術者にテスラの評判を聞くと、あれはウィザードだ、電気の魔法使いだと言ってほとんど相手にもしていないありさまだった。

やはり無線送電の実用化は遠いようだ。

「あれだけのものを作り出すんだ。天才なんでしょうが、どうも少し変わった人物みたいですねえ。あれもいつかは実現するかもしれませんが、いまのところ、われわれの無線とは別ものですな」

とはいえ、収穫はあった。

テスラは、電極のあいだを飛び交う青い火花は、高周波電流であると教えてくれたのだ。

あの電流は一方へ流れているのではなく、電極のあいだをものすごい速さで、それこそ一秒間に何千回、何万回という速さで行き交っているのだという。周波数（一秒間に電流がプラスとマイナスのあいだで振動する回数）がひどく大きな交流電流となっており、それでこそ強い電波も発生するのだと。

これには目から鱗（うろこ）が落ちた思いだった。

駿吉たちの送信機でも、もともと蓄電池の直流電流を断続器で交流にして放電球へ送り込んでいたから、放電球のあいだに飛ぶ電流が交流なのはわかっていた。

しかし断続器がつくり出す交流の周波数はせいぜい五十程度である。その周波数が、放電することでうんと大きくなっているというのだ。電流が何千回、何万回も行き交うとなれば、周波数は何千、何万ということになる。

それは知らなかった。なにしろ周波数を測る装置など日本にないのだ。魔法使いといわれているものの、テスラは交流については世界の第一人者である。言うことを信じていいと思われた。

——高周波電流が電波の発生源……、なのか。周波数が大きくなければ、強力な電波は発生しないのか。

駿吉は頭の中でこんな状況を思い描いた。

空中に吊り下げられた銅線、つまりアンテナの中を、プラスからマイナスへとサイン波を描いて振動しながら、電流が這い(は)のぼってゆく。

最初は振動が大きくゆっくりなので、磁界はほとんど発生しない。

しかしだんだんと振動が細かく速くなってゆくと、磁界が強くなってゆく。

たとえば、蒸気機関車の動輪の回転を考えてみればいい。

最初はゆっくり回って機関車の速度も遅いのに、やがて蒸気があがってピストンが激しく動くようになると、動輪の回転もあがってゆく。

交流電流の振動の激しさ、すなわち周波数の大小を、ピストンの動きと考えればよい。

ピストンが速く動けば動くほど力が出るのだから、電気振動も激しければ激しいほど、つくり出す磁界も強くなる、つまり強力な電波を発するようになるのではないか。

これは無線機の原理を理解するのに大きな一歩になるという気がした。

といっても別に世界的な発見ではなく、欧米の科学者たちはとうに知っていたのに、自分たちが理解していなかっただけ、というところが悔しいが。やはり先進国から遠い島国で文献だけを頼りに研究していると、基本的なところでつまずくようだ。

「つぎに行ったラングレーのところもひどかったな」

「ああ、ラングレーね」

駿吉は苦笑いをうかべた。

ポロメーターという電磁波を測る装置の発明者である学者、ラングレー博士をたずねたときは、こちらが無線の研究をしていると言ったのに、飛行機をいかに飛ばすかという話を長々と聞かされた。

ラングレー博士は政府の援助で飛行実験を行っており、飛行機の研究では世界でもっとも進んでいた。世界で初めて人類を空に飛ばすのはこの自分であろうと、自信満々でのたまう（ライト兄弟の飛行は、この翌年になる）。

アフリカまで行って大鷲（おおわし）の飛ぶさまを見てきたが、はじめは駆け足で地上を走り、体が浮いてきたところで翼をはたらかせる。飛行機も鷲と同様に、地上を疾駆してから飛び立つのが順序であると、無線と無関係の話ばかりであった。

さらにこちらが海軍の者であると話したせいか、造ったばかりだという潜航艇のところに連れていかれ、狭く暗い艇内を案内してくれた。水雷屋の外波中佐は真剣に見入っていたが、駿吉はとまどうばかりである。

総じて米国では照明もガス灯ばかりで、電灯をつけているところも少なかった。電波の研究も盛んではなく、ハーバードやエールといった一流大学の先生にたずねても要領を得なかった。

「まったく、アメリカにゃ同調法なんて影も形もねえや」

駿吉たちの洋行の名目は、「同調法の調査のため」となっていた。

「同調法」は無線における新しい理論で、電波を一定の周波数にそろえて送信すると通信距離が伸びる、という発見にもとづく。現在の火花放電式の送信方法では、さまざまな周波数の電波が同時に発生して効率が悪いというのである。

機器の能力向上による小手先の改善ではなく、もっと効率的に通信距離を伸ばすために、駿吉がこれを取り入れようと発案したのだ。だが少なくともアメリカでは無駄足だった。

「ま、それだけ無線は新しい技術ってことでしょうな。苦労する甲斐があるってもんで」

「まったくだ。ただし、こんなところで苦労はしたくないがな」

「やはり欧州ですな、無線の本場は。ああ、せっかく日英同盟が結ばれたというのに、イギリスはあまりに遠い」

昨年のうちから、遠からず英国とのあいだで同盟が結ばれるとのうわさは流れていた。駿吉らは米国に到着した少しあとに、現地の新聞報道で日英同盟締結を知ったのである。

この年の一月末に結ばれた日英同盟は、東アジアにおいて二国が協調して他国との紛争にあたる盟約である。もちろんロシアを意識しているが、ロシアと同盟を結ぶフランスを牽制（けんせい）する目的もある。

「ま、英国が味方になってくれたのは心強い。ロシアさんのような大きな国に日本が単独であたるなど、危険すぎるからな」

「無線のほうにも協力してもらえますかね」

「ああ、期待していいんじゃないか」

「とはいえ、英国のほうが得をしている気もするな。日本の味方になって煽（あお）り立ててお けば、日本は高価な戦艦やら巡洋艦をどしどし買ってくれるし、ロシアの南下を身を張って止めようとするし。なんだか日本は、英国の身代わりにロシアという強敵に突っ込んでいく鉄砲玉のように見えるな」

「そんなことはなかろう。日本にとってロシアの南下は身に迫る危険だ」

「ねえ、かたや日英同盟、かたやシベリア鉄道。どちらが有利になったんでしょうかね」

米国で知ったのは、いい知らせばかりではなかった。日英同盟締結とほぼ同時に、ロシアのシベリア鉄道開通も報道されたのだ。これでロシアは欧州から兵力でも弾薬糧秣でも、鉄道の強大な輸送力を使ってどしどし東アジアへ送れるようになった。日本にとっては悪夢のような話である。

「ま、いまのところは一勝一敗かな。だがロシアさんはもともと強大だからな。兵も武器もどんどん極東に送り込んできて、年数がたつにつれてロシアさんが有利になっていくだろうよ」

そんなことを話していると、金髪碧眼の体格雄偉な男がやってきて、外波中佐に話しかける。

「ヘイ、コマンダー・トナミ、ウジュカムダウンロワーデック、ライトナウ」

「ミスタトンプソン、ワッツザマター?」

発音は日本的なカタカナそのものだが、外波もかなり英語を話す。どこで習ったのかときくと、海軍士官なら英語くらい話せて当たり前だとの返答だった。兵学校では日本語厳禁の英会話の授業があるし、英国人による兵学の授業もあったという。

たしかに船乗りは外国の港に寄る機会が多いのだから、英語の能力は必要だし、また磨く機会も多いだろう。

聞いていると、どうやらまた機関を手直しするから来てくれ、と言われているようだ。故障はどうにもならないと知りつつ、何とかしたいとじたばたする乗客が相談相手にしているのが外波だった。海軍中佐というので、

「ネイビーか、軍人なら緊急事態になれているだろう。知恵を出せ」

というのだ。外波も有能な技術者だから、機関室にもぐり込んではあれこれと修理の案を出しているらしい。

しかし、それで機関が直るきざしはない。

「ちょっと行ってくる」

と外波中佐は腰をあげた。

「無駄骨ですぜ。いくらやったってこんなでかい船の機関、手に負えませんよ」

駿吉は米国人のように肩をすくめてみせた。すると外波中佐はきっとなって言い返した。

「何を言う。貴様、あきらめたのか。おれは絶対にあきらめんぞ。おれたちがいなくなったら、海軍の無線は終わりだ。無線がなくてロシアに負けたりしたら、死んでも死に切れん。だからどうしても日本に帰ってやる。たとえ船が沈もうと、泳いでも帰る。兵学校で遠泳はいやというほど鍛えられたからな」

そう言うと、外波中佐は下甲板へと階段を下りていった。

「おおこわ。軍人ってのは熱いね」

そう言って駿吉はバーボンの水割りをすすった。

漂流といっても食料も水も豊富にあり、当分は飢える心配もなさそうだ。それに大西洋航路は頻繁に船が行き交っているので、漂流中を発見される可能性も高い。

そのためか乗客全員の命にかかわる非常事態にもかかわらず、船内は妙にのんびりとしている。

駿吉は、自分の生死にはどこか達観したところがあった。それは日本を出航する寸前、父の木村芥舟が亡くなったせいかもしれなかった。

「思い残すことはねえよ。おもしろく生きたもんだ。おめえらはこれからが大変だが、まあ精一杯やるんだな。年老いてから、ああすればよかった、こうすればよかったと悔いのねえようにな」

死の数日前、見舞いにたずねた駿吉に、父はそんなことを言っていた。他の者が言えばありふれた説教だと聞き流すところだが、死を前にした父の言葉には重みがあった。たしかにそうだろうと思い、自分にはいま無線というやるべきことがあるのを幸運だとも思った。

幕末維新の激動する世の中を、父は幕府側の当事者として乗り越え、幕府瓦解から三十年以上も生きて七十一歳で死んだ。しかも死の直後に正五位に叙任されたのだから、まずは大往生といえる。

しかし同時に、実の父の死は駿吉に、人間は誰でも死ぬのだという当たり前のことを、わかりやすい形で示した結果になった。いずれ死ぬのが決まっているのなら、死は悲しむことでも不幸なことでもない。淡々と受け入れるしかない事柄である。

「こうなったら、じたばたせずに運を天に任せるしかないんですよ」

バーボンでほろ酔い加減になった駿吉は、そう言って目を閉じた。

二

「どうもいかん。だんだん頼りなくなる」

山本英輔中尉は、二等巡洋艦高砂のせまい通信室で、汗をかきながら三四式無線電信機に向かっていた。

「弱いですね」

と応ずるのは横にすわった高橋兵曹長だ。ともに無線講習を受けているが、艦載の無線機をあつかうのは今回が初めてだった。

「出航してすぐにこれじゃあなあ。まだ三十海里（約五十四キロメートル）もきておらんぞ」

「やはりアンテナですかね。もっと高く張りましょうか。マストの竹竿を上げて」

「やってみるか。何にしても初めてのことだからな、いろいろやってみないと」

ふたりが乗る高砂は、一等巡洋艦の浅間とともに四月上旬に横須賀を出航した。英国王エドワード七世の戴冠式(たいかんしき)に、天皇陛下の名代として参列する小松宮(こまつのみや)親王を送りとどけ、さらに戴冠記念の観艦式に参列するのが目的である。

この二隻は遣英(けんえい)艦隊と呼ばれている。

遣英艦隊は公式の目的のほかに、いくつかの政治的なねらいを秘めていた。

まずは英国との同盟が成ったことを他の列強たちに見せつけて、牽制すること。

ロシアは独仏と同盟しているので、日本とロシアが開戦すると、フランスやドイツもロシアの味方として参戦しかねない。ロシアだけでも手に余るのに、他の列強とも戦うことになったら日本の破滅は確実だ。そうはならぬよう、こちらにはイギリスがついていると知らせる必要がある。世界最強の海軍国であるイギリスを敵に回したい国など、どこにもないはずだ。

またいざロシアと開戦となれば戦費の調達をロンドンで行うことになるので、最新鋭の軍艦をそろえていると日本の軍備をアピールする必要もあった。

だが山本中尉らはそうした政治的な動きとは関係なく、ある使命を帯びて乗艦していた。

両艦ともできたばかりの三四式無線機を積んでいるので、この遠征航海中におおいに使用し、帰国後に結果を報告せよ、と命じられていたのだ。無線機講習を修了した数少ない士官のひとりである山本中尉に、軍令部から白羽の矢が立ったのである。

そのため出航直後から横須賀の無線試験室とのあいだでせっせと試験交信していたが、四時間ほどで電波が弱くなり、受信信号は息も絶え絶えという感じになってきた。

「よし、張り直すか」

ふたりは上甲板に出た。曇り空の下、相模（さがみ）湾の春風が山本中尉の頰を乱暴になでてゆく。速力は十ノット程度か。右手に青く見えるのは伊豆半島である。

高砂は、排水量は四千トンあまりで乗員は三百八十名。二本の煙突と、船体に不似合いなほど大きな二十センチ砲を船首と船尾に一門ずつそなえた、やや釣り合いの悪いシルエットが特徴的な艦だった。最大速力二十二・五ノットの快速を誇り、二十センチ主砲のほかに十二センチ砲十門や七・六センチ砲、魚雷発射管などを備える。四年前に英国で竣工したばかりの新鋭艦である。

海軍の顔は、巨大な砲と重装甲をそなえた戦艦だが、大きすぎて鈍重なため、その名のとおり海戦にしか使えない。

それに対して巡洋艦は使い勝手のいい艦だった。高速が出せ、航続距離も長くなるよう造られており、大砲や魚雷を使っての戦闘はもちろん、索敵や商船護衛、沿岸警備、通商破壊など、軍艦に期待される役目のほとんどを果たすことができた。

今回のような外国への表敬訪問も、巡洋艦の役目のひとつだ。

山本中尉は水雷分隊の分隊長心得として乗り組んでいるが、この航海中に魚雷発射の準備を命じられるおそれはない。軍令部からの指示もあり、もっぱら無線の試験をするつもりでいた。

アンテナは、前部マストの先端から数メートル下に竹竿を船尾方向に出し、そこから垂直に上甲板へおろしている。当直士官の許可を得て、高橋兵曹長がマストへのぼった。竹竿をもっと上部にあげ、斜め上を指すようにとりつけた。これで十メートル近くの高さを稼げるはずだ。

さっそく通信室にもどって交信を試みると、いくらか明瞭に受信できるようになっている。

「やはり高さが問題か」

「すると小さなフネは不利ですね。巡洋艦はまだいいが、駆逐艦なんかだと無理でしょう」

駆逐艦というと、この時節は三百トン程度の大きさで、千石船に毛が生えたようなものである。艦橋は一応あるが低くて、全体に平べったい姿をしており、当然、マストも低い。高橋兵曹長の感想はもっともだ。

「無線は、戦艦と巡洋艦だけしか使えんのか」

それももったいない話だ、と山本中尉は思う。

駆逐艦や水雷艇は船体こそ小さいが、主武器とする魚雷は戦艦などの大艦を一発で撃沈する威力をもつ。多くの場合、闇にまぎれて敵艦に忍び寄り、魚雷を放って一目散に逃げてくる、という戦い方をする。

艦隊同士の決戦にこれを使わない手はない。無線で駆逐艦隊を統率できれば、ずいぶんとおもしろい戦術が生まれそうな気がする。

三十分ほどたつと、横須賀との交信はまったくできなくなった。浅間からの信号ははっきりしているが、前をゆく浅間との距離はせいぜい一キロだから、それも当たり前だ。

「巡洋艦と陸上とでは、せいぜい三十海里だな。八十海里とはずいぶん差がある」

最初に無線の話を聞いたときから、まことに便利な機械だという予感はしていた。今度の航海で実際に使ってみて、艦隊の戦術を一変する可能性をも秘めていると確信するようになっていた。

しかし、それも通信距離の長さによる。出航して二、三時間で通信できなくなるのでは興ざめだ。期待が大きいだけに、この通信距離の短さに失望と焦りをおぼえる。

この事実を軍令部に報告しなければ、と思う。ほぼ八十海里の通信距離をもつ、として制式兵器に採用されているなら、これは詐欺である。手を抜くなよ、と造った者に憤りさえ感じる。

とくにあの木村教授だ。むずかしい数式を、これ見よがしに黒板に書きつけて悦に入っていた。どうも独善的で好きになれない。あんなやつが造るから、こういうちょっと足りない機械になるのではないか。

「もっともっと実験をして、この無線の実力を暴いてやらねえとな。帰国したら改善要望を突きつけてやる」

「そうですね。やりましょう」

山本中尉は高橋兵曹長とそんなことを話しつつ、無線機を操作した。

とはいえ今回の航海は親善訪問が目的なので、二隻の艦隊は日本を離れたあともあちこちに寄港して、ゆるゆると英国に向かう。日本に帰って軍令部に要望書を提出するのは、半年以上先になるだろう。

ロシアとの開戦に間に合うかと不安になるが、心配しても船足は速くならない。とにかくまずは実験を重ねて、改善要望をまとめることだ。

シンガポールをへてマラッカ海峡を通りすぎ、インド洋に出たときには、四月も末になっていた。

そのあいだ毎日、山本中尉は僚艦の浅間を相手に無線を操作しつづけ、送信、受信とも熟達していった。

「なんともあつかいにくい機械だな」

毎日、三四式無線機と格闘した結果の感想は、そういうものだった。

いくつも手を焼くポイントがあった。

最初の試練は、発電機の電気を引くところからやってくる。

電力を発生させるために発電機を回すには、原動機の動力が必要だ。古い艦艇では主動力である船底のボイラーから蒸気を得て原動機のタービンを回し、それで発電していたが、これだと港に停泊して罐を焚いていない時には原動機を動かせないので発電できず、無線も使えない。

その点、新鋭艦の高砂には、専用の原動機がついたジーメンス社製の直流八十ボルトの発電機が三台あった。だからいつでも電気が使えたが、さほど余力のある設計にはなっていないようで、無線機を使っていると、照明がすうっと暗くなることがしばしばあった。無線機は案外と電気を食うのだ。

夕方近くに無線機を使っていると、手元が見づらいと厨房から苦情が出た。そのためにメシが遅くなると全乗組員から恨まれるので、やむなく通信を終える始末だった。

その上に発電機の作動自体がなかなか安定しない。昼間のさほど電力が使われていない時でも、送信をつづけていると送信機の火花の勢いが弱くなってゆき、止まってしまう。やれやれと思って発電機を見にゆくと、故障していて数人がかりで直している、ということがしばしばあった。

「こいつは駄目だな。実戦で使うには、無線機専用の発電機か蓄電器が必要だな」

と高橋兵曹長と愚痴をこぼし合うしかなかった。

さらには、電文を送るために送信機を作動させると、その電波がアンテナを通さずに近くにある受信機のコヒーラに直接作用してしまい、受信機が勝手に動き出す、という現象にも悩まされた。

受信機は電波を遮蔽する鉄の箱に入っているが、操作のためにはその蓋を開けなければならないので、そこから電波を受けてしまうのだ。

もちろん受信機の電源を切っておけばいいのだが、送信と受信を交互に行うことは多いし、時には相手からの送信とこちらの送信がかぶることもある。だから受信機はできるだけすぐに受信できるようにしておきたい。なのに送信時にいちいち電源を切らねばならなかった。まことに不便だった。

ほかにも受信機が突然不調になることも幾度かあったし、手を触れると感電することもあった。どうやら時に思わぬ大きな電流が回路上を走るらしい。

「ここにコイルをかませれば、いくらか安定するかと思いますが」

と電気回路にくわしい高橋兵曹長は指摘するが、そうした回路上の安全策も不十分なようだ。

「この支えも頼りないしな」

受信機、送信機ともに複数の機器が鉄板の上に固定してあるが、その固定方法もビス留めで、支柱なども細くて弱々しい。艦上で起きる大きなピッチング（縦揺れ）やローリング（横揺れ）への対処も、あまり考えられていないと見える。いまのところ順調な天候にめぐまれているが、嵐に遭ったらどうなることか。

「ここの碍子も弱すぎる。こりゃあすぐに壊れますよ」

と高橋兵曹長が天井を見上げて指摘する。アンテナからの銅線を部屋の天井から引き込んで取り回し、受信機につないでいるが、途中、電流が天井に漏れぬよう碍子で絶縁している。しかし艦が揺れ動くせいか、その碍子にひびが入っていた。

「それに、このリレー（継電器）もどうもややこしい」

受信機のコヒーラ管から信号を受けるリレーは、築地で教育をうけたときはひとつしかなかったのに、いつの間にか二段式になっていた。最初のリレーがコヒーラ管からの弱い信号を受けて作動し、ふたつ目のリレーが大きな電流を印字機などに流すようになっているようだ。

「工夫したつもりなんだろうが、どうもなあ」

リレーの感度は舌針（ぜっしん）を動かして調節するのだが、ゆれる艦内では微妙にずれるらしく、半日ごとに調整しなければならない。ふたつになったことで、それが一層むずかしく、時間がかかるようになっていた。

「日本中を探しても、なかなかいいリレーがないって言ってました」

「日本全体の技術力不足か」

そこは仕方がないのか、と思う。欧米より遅れた技術力しかない中で、目いっぱいに工夫してやっているのだろう。

「といって、ロシアが手加減してくれるわけじゃないからな」

この分では軍令部にあげる報告はかなり辛辣なものになるだろうが、遠慮していたら何も変わらない。徹底的にやってやろうと思う。

三

頭上には鮮やかな青空がひろがっている。

海は明るい緑がかった青色。そして風はアフリカの砂漠地帯から吹いてくるせいか、海辺にもかかわらず乾いている。

当直士官のかけ声が終わると、遣英艦隊の旗艦である浅間のメインマストの先端に旗がはらりとひろがって、白地に小さくユニオン・ジャックを描いた、英国の軍艦旗があられた。

すると、どん、と腹に響く砲声がした。他国の軍艦に対する礼砲である。砲声は延々とつづく。二十一の礼砲が終わると、今度は近くの英国艦から答礼の礼砲がはじまった。海軍は儀礼が厳格な世界である。

手空き(てす)の者はすべて甲板に出て整列、表敬せよとの号令がかかっていたから、山本中尉も上甲板に出て後ろ手をし、この軍艦同士の儀礼の交換と港のようすを眺めていた。

港町のほうには、薄茶色の石造りの建物が整然とつらなっていた。中には教会なのか、高い尖塔(せんとう)やドーム形の屋根の大きな建物も見える。これまで寄ってきたアジアの港町とは、風景がまるでちがう。

インド洋と紅海を渡った遣英艦隊は、スエズ運河を通り抜け、地中海のマルタ島にきていた。

いよいよヨーロッパに足を踏み入れたのである。

マルタ島は以前から英国の統治下にあり、また英国の地中海艦隊の拠点になっていた。だから港には英国の軍艦が数隻停泊している。

答礼の空砲が終わるのを待っていたかのように、旗艦の浅間から司令旗をかかげた内火艇が桟橋に向けて走り出していった。艦隊を率いてきた司令がまず上陸するのは、向こうの偉い人への挨拶だろう。

長い航海をへてきたので、乗組員はみな上陸を楽しみにしている。山本中尉も例外ではない。とにかく揺れ動かない地面に足をつけたかった。

半舷上陸の許可がでて、同僚たちが続々と上陸していく。ところが山本中尉には「艦内で待て」という指示が下った。上陸してはならぬという。

「どうしてですか」

と鼻息も荒く上司の少佐にたずねると、

「とにかく待て。これは司令からの命令だ」

というではないか。これには面食らった。司令というのは、艦隊を指揮する伊集院少将である。

「なぜ司令が」

「いまにわかる」

と言われたのでは待つしかない。やむなく士官室のハンモックでふて寝していた。すると昼すぎになって艦長から呼び出しがあった。それも、正服で来いという。あわてて正服を引っ張り出して着替え、艦長室にかけつけると、艦長の吉松(よしまつ)大佐も正服に短剣を吊り、軍装をととのえていた。

「これから英国艦を訪問する。供をせよ」

との命令である。同時に、

「ノートや筆記具ももて。うまくゆけば英国の無線を見せてもらえるぞ」

と言う。なるほど、このための足止めか、と納得した。最新兵器である無線は、どこの国でも軍の機密になっている。それを見せてもらえる機会など、そうあるものではない。

「さっそく日英同盟の効果ですか」

「まあそういうことだ。というより伊集院司令のお手柄だろうな」

伊集院少将は英国に学び、滞在すること十年。英国の海軍大学校を出て、英国戦艦トライアンフにも乗り組んだという、日本海軍きっての英国通である。

日清戦争のときは軍令部の参謀をつとめていた。黄海海戦では樺山軍令部長とともに仮装巡洋艦西京丸に乗り込んで参戦し、清国の水雷艇から至近距離で魚雷を発射されるという危険な目にもあってきた。それだけに、強力な通信手段の必要性を誰よりも痛感している人物でもある。

マルタ島に着くと、さっそく英国地中海艦隊の司令長官、フィッシャー大将を表敬訪問した。そして大将より、わが艦隊は日本海軍に全面協力する、なんでも見たいものは見せよう、という言質(げんち)をとりつけたのである。

伊集院少将は英国通というだけでなく、技術にも明るかった。下瀬火薬の効果を十分に発揮できるよう、伊集院信管という鋭敏な信管を開発した実績をもっている。無線という新技術についても、関心をもって見守っていたのだろう。

――願ってもない機会だ。

山本中尉は、胸の高鳴りを感じた。英国海軍の最新の無線機を見るのは、日本海軍ではおそらく自分が初めてだろう。いまは、自分が日本の無線機を背負って立つ立場にいるのだ。

横須賀を出航してからここまで三四式無線機を使いつづけてきて、その扱い方と限界は知り尽くしたつもりだった。

インド洋で浅間と高砂が離れたとき、遠距離通信の実験をしてみたが、はっきりと通信できたのは二十六海里までだった。地上の大きなアンテナを使うならいざ知らず、アンテナの低い巡洋艦同士ではそのへんが限界なのだ。

さあ、英国の無線は、どんな性能を示すだろうか。

吉松艦長一行を乗せた内火艇は、地中海艦隊の旗艦である戦艦レナウンに乗りつけた。乗艦し、一連の歓迎の儀式が終わると、山本中尉は「無線機を見せてほしい」と頼んだ。対応した英国の士官は、お安い御用だ、と言わんばかりの笑顔を見せ、通信室に案内してくれた。

「貴官は英国に来たことがあるか？」

と褐色の髪に桃色の肌、青い目で長身の英国士官が問いかけてくる。山本中尉は答え

「少し前に一年ほど居た。戦艦ができあがるのを待って、日本へ乗って帰った」

「それは豪勢な買い物をしたもんだな。ロンドンにいたのか」

「いや、ニューカッスルだ。造船所がそこにあったから」

「ニューカッスルの造船所？　アームストロング社だな。あそこの町はごちゃごちゃしていただろう。本艦はウェールズにあるペンブローク海軍工廠で建造されたんだ。ウェールズは美しいよ。だいたい英国は町より田舎が美しいのさ」

士官は若く、山本中尉と年齢も近いと見え、気さくに話しかけてくる。山本中尉は頭の中で英語と格闘しながら、訥々（とつとつ）と答えた。

「いま乗っているフネも英国製だ。英国のフネは優秀だ」

「そりゃそうだ。海軍で七つの海を支配したのだからな」

自信に満ちあふれた言葉が返ってくる。うらやましいかぎりだ。

「近ごろ日本にいいニュースがあったな。ロシアが中国北部から撤兵するんだって？」

満州に出兵したロシアが撤兵するという、日本で露清協約といわれる条約が、四月に結ばれていた。しかし四、五月をほとんど洋上ですごした山本中尉は知らなかった。そうなのかと思いつつ、あいまいな返事をするしかなかった。

「さ、ここだ」

無線機は艦橋の下、中甲板の一室にあった。

「ほほう」

無線機を一見して、山本中尉はうなった。大きな円筒はインダクションコイルだろう。放電球もある。機器の取り合わせは、三四式無線機とほぼおなじと見える。

「マルコーニ社製の無線機だ。世界一優秀な無線だぜ」

士官は得意げだ。たしかにマルコーニ社は世界で最初に無線機を造りだしただけでなく、その後も改良を重ねて、いまも世界の最先端を行っている。これに肩をならべるのがスラビー博士が率いるドイツのテレフンケン社で、そのあとはどこもドングリの背比べ、といった感があった。

「……通信距離は？　何海里くらい通ずるのかな」

「時と場所にもよるが、百海里以上はいけるな」

「百か……」

これが本物の実力かと思った。マルコーニの回路図を真似(まね)て造ったという三四式との大きな差——距離にして実に四倍——に、愕然(がくぜん)としてしまう。

「そちらの無線は、どうなんだい」

「ああ、わが国で造った無線があるが、とても百海里はいかない。せいぜい七十海里だな」

実は二十六海里が目いっぱいだ、とはとても言えない。日本海軍にもプライドがある。

「七十海里ならたいしたものだ。旗艦が艦隊の指揮をするのには十分だし、本国の沿岸なら、本部と連絡をとるのに不自由しない」

「これ、ちょっと詳しく見ていいかな」

「ああ、いいさ。自由に見せるように上から言われている。本当は機密なんだが、なにしろ同盟国だからな」

山本中尉は無線機の前にすわり、ひとつひとつの機器を見ていった。まず送信機では、電鍵の大きさが目につく。一尺（約三十センチメートル）近くある。これは打電する他になにか役目があるのだろうか。ほかにも断続器の形がちがう。最新のものだろう。

受信機では、リレーの大きさが目をひく。三四式がふたつのリレーを使っているのに、大きなものひとつですませている。いかにもどっしりとして、安定性が高そうだ。

そしてコヒーラ管もちがう。大きさはおなじくらいだが、ガラス管の中の仕切りが斜めになっているし、中に入っている金属粉の色や見た目もちがう。これは三四式のものとは別物だ。

そしてよく見ると、アンテナを室内に引き入れる銅線の、天井との絶縁の仕方も念が入っていた。碍子を何重にも重ねてあるのだ。

こうした中に、百海里以上の遠方と通信できる秘密があるのだろう。

——こいつは宝の山だ。

山本中尉の目が輝いた。

四

九月の末、外波中佐と駿吉は、英国の田舎道をゆく馬車の中にいた。

「日本じゃいまごろ、田圃(たんぼ)で稲穂が風にそよいでいるだろうに、稲なんて影も形もないな」

「そりゃそうだ。こっちの連中は米を食わないんだから」

「見えるのは緑の牧場と羊ばかりか。まあ、美しいといえば美しいけれど」

「けれど、なんだ」

「どうも冷たく取り澄ましているようで、親近感が湧きませんなあ」

駿吉たちの乗った客船エトリューリア号は、ひと月ほど漂流した末にアフリカ北岸の島に流れ着いた。船員が上陸し、近くの通信局から海底電信で助けを呼んだ。乗客たちは救助にきた船に乗り換えて、なんとか英国にたどり着くことができたのである。

やれやれと思ってロンドンの日本大使館に出頭すると、大使館付きの武官に、

「この緊急時に渡航にひと月もかかるとは、なんたる怠慢か」

と叱られてしまった。自分たちのせいではないのだが、漂流しているあいだ毎日何もせず酒を飲んでいたのは事実なので、怠慢といわれればその通りだった。理不尽と思いつつも反論はしなかった。

ともあれ予定が大幅に狂ってしまっていた。派遣期間は十カ月と定められているので、急がねばならない。

駿吉は、あらかじめ日本から手紙を出して、研究の紹介を頼んでおいたヨーロッパ各国の大学や研究機関をたずねるべく、いそいでフランスへ渡った。外波中佐はしばらくロンドンにとどまり、英国海軍と折衝して無線に必要な機材の入手に手を尽くす。そののち、ロンドンを離れてフランスとイタリアの海軍をたずね、各国の無線事情を精力的に見てまわる。

そうして夏がすぎた。エドワード七世の戴冠式と観艦式のために日本から浅間と高砂がきたことは知らされていたが、そのころ駿吉はオーストリアに、外波中佐はフランスに出ていたので、乗組員たちと接触する機会はなかった。

九月半ばすぎには駿吉もロンドンへもどってきて、外波中佐と合流した。そろそろ帰国の準備にかからねばならない。

「いやあ、あまり収穫はありませんな」

と駿吉は報告した。フランス、ドイツ、オーストリアへ行って、無線の論文を発表している研究者をたずねたものの、論文に出ている以上の知見は得られなかった。とくに同調法についてはまだ誰もが手探り状態で、実用化に向けての動きさえも見られない。

「まずは周波数を正確に測る装置を考案するところからはじめなくては、というのがみなの言い分でしてね」

おそらくこの一、二年でどうにかなるものではない、というのが駿吉の結論だった。

「まあ、われわれより先に行っている者はたぶんいない、ということがわかったのが、収穫といえば収穫でしょうかね」

どれほど遠くと通信できるか、という機器の性能はともかく、無線機の動きの原理については、新しいものは見当たらなかった。ということは、ロシアもおそらく無線機については日本と大きな差はない、ということだ。

「安心していいと思いますよ。われわれは十分に進んでいます」

外波中佐は、課題であった受信機のリレーについて、いいものを見つけていた。英国海軍の無線機に使われているもので、英国内のジーメンス社の工場で造られているという。

駿吉も見てみたが、弱い電流でも確実にとらえて作動する。しかも耐久性があり、少しぐらいの振動では狂わない。日本ではとても造れない精密で高性能なものだった。

英国海軍の許可を得て、これを何十台と購入し、さらに追加発注の手続きもしておいた。受信機の性能は、これで大きく向上するだろう。

あわただしかったが、一応は欧米出張の甲斐はあったということになる。

「さて、最後になったが、マルコーニはどうする」

と外波中佐は駿吉に問いかけた。

マルコーニはイタリア人だが、イギリスにきて無線機の会社を設立していた。いまもマルコーニ社製の無線機の性能が世界一とされている。その会社を訪問するのかどうか、という相談である。

無線機の情報をたくさん持っているはずだから、ふつうに考えれば訪問して損はないはずだが。

「無駄でしょう」

駿吉は断言した。

「門前払いされて不愉快な目に遭うに決まってまさあね」

「そう思うか」

「そりゃそうでしょ。マルコーニ社にしてみれば、日本海軍には一度はわざわざ見積書を出したんだ。なのに、買ってくれないばかりか、真似しておなじようなのを造ってるってんじゃ、許せないでしょ。その上におたくのを見せてくれって、ずうずうしいにも程があるって言われますって。塩をまかれて追い返されるのがオチでさ」

「ま、そうかもしれんな」

マルコーニ社から買わずに日本で造ろう、と言い出した張本人である外波中佐は、残念そうにうなずいた。

「話じゃあ、マルコーニは七十海里どころじゃなくって、無線で大西洋の向こうと通信したって大法螺を吹いているらしいですね」

「らしいな。大西洋を渡るとなったら、千海里でも足りんだろう。そんなこと、できるのか」

「さあ。無線なんて、まだわからないことだらけですからね、何か秘法があるのかもしれませんぜ。それこそバテレンの魔術、かな」

「本当に大西洋を越えたのなら、まさに魔術だな」

ちょうど駿吉たちが日本を出航したころ、マルコーニはイギリスとカナダのあいだで無線通信に成功した、と発表していた。事実だとすれば二千海里ほどの超遠距離通信である。ただし本当に成功したのかどうかは疑問視する者も多かった。

そこでマルコーニはイギリスからアメリカに向かう船に乗り、船長を証言者にして、イギリス本土と船との交信を記録していった。これで大西洋横断無線通信は証明されたものとなった。

「まあマルコーニ社訪問はあきらめても、ひとつ魔術の種だけでも見てゆきますかね」

「魔術の種？」

「いえね、マルコーニ社は英国とカナダのそれぞれ端っこに、通信用のアンテナを建てているってんですな。そいつで大西洋を越える通信をしようって目論見で。じゃあどんなアンテナなのか、ひとつ見ておこうかと」

「ふむ、なるほどな」

アンテナを高くすれば遠くまで電波が届くことは、実験で確かめている。とすれば大西洋を越えるほどの電波を出すアンテナは、さぞかし高々と、それこそ山のような高さに造られているにちがいない。

「せっかくイギリスまできたんだ。洋行のみやげ話にもなりますさあね。アンテナの謎解きのためにも、参考になるかもしれねえし」

「敵情視察か。悪くないな」

では行ってみようということになり、ふたりはロンドンを汽車で出発した。目指すのはイギリスの西端、大西洋に向けて突き出した角のようなコーンワル半島にある、ポルデューという町である。

ポルデューに着いて、マルコーニ社のアンテナはどこにあるか、と駅舎の者にたずねたら、なぜだか迷惑そうな顔をする。どうやら、地元の者が望んでもいないのにあんなものを造りやがって、という雰囲気のようだ。

「どうもマルコーニって男は、あんまり評判がよくないようですな」

駿吉としても、少々とまどってしまう。

「そのアンテナのあるところは、イタリアの兵隊が守っているって言ってましたね。ここはイギリスだというのに、どういうことですかね」

「わからん。治外法権というわけでもあるまいにな」

「秘密主義ってやつですか。そうだろうな。百万円の価値のある技術だからな」

駅員が言うには、この先、ランズエンド岬といって、まさに地の終わりという名の、大西洋に突き出した岬の付け根あたりにホテルがあるという。そしてアンテナは、ホテルの近くに建てているとのことだった。駅舎からそこまでは森の中の道を馬車で行くしかないらしい。

千海里を越えるほど強力な電波を発するアンテナとはどんなものか、駿吉には想像できなかった。築地に建てたのは高さ百五十尺（約四十五メートル）で、せいぜい七十海里しか届かなかった。もしかすると、築地の十倍の高さの塔を建てたのか。まさか。いや、大西洋を飛び越えるという壮大な計画なら、高さ数百メートルの塔もあり得るかもしれない。

いろいろと思いをふくらませながら馬車に乗っていると、やがて森が尽きた。

岬は英国によくある花崗岩（かこうがん）でできており、白い崖が海面からそそり立っている。観光地なのだろうが、いまは季節はずれなのか周囲は荒涼としていて、売店も何もない。ホテルは石造りで、二階建ての大きな建物だった。その先、岬の突端の近くに、幅百メートル以上にわたる板囲いが見えた。

「あれらしいな」

かなり広い敷地を囲っているのか、中は見えない。

もう夕方だったので、まずはホテルに一泊し、翌朝さっそく、ふたりして囲いに近づき、隙間から中をのぞいた。

「おお」

駿吉は思わず声をあげた。

そこに見えたのは、せいぜい十数メートルの高さの柱だった。

ただしそれが四本あり、正方形を形作っていた。アンテナ線はというと、正方形の中心の地面から四隅の柱の先端に向かって、何本も束になって伸びている。ちょうどアンテナ線で倒立した四角錐（しかくすい）を描いていた。なんとも奇怪な形である。

「まったくちがうじゃないか」

外波中佐はおどろきと怒りの入り混じったような声を出した。

「どうしてあんな形になるんだ。理論はあるのか」

「いや、論文では読んだこと、ないですね」

駿吉は首をひねった。マルコーニ社としてもアンテナの形は機密扱いなのだろう。おそらくこれが遠距離と通信できる要素のひとつなのだ。

「なんであんな形になるのかな。あれ、相互に干渉し合わないのかな」

駿吉の知識ではまったく理解不能だった。しかし無線では世界の最先端をゆくマルコーニ社が、冗談であんなものを造るはずがない。背後には確固とした理論があるのだろう。

わからない。なぜだ。

考え悩んでいると、背後で大声がした。振り向くと守衛らしき男が飛んでくるところだった。腰には拳銃をぶら下げている。

「うるさいのが来たな」

適当に言って追い返そうと思っていたが、さらにそのうしろから駆けてくる数人の男たちを見てぎょっとした。小銃を抱えた兵士たちではないか。

「いや、怪しい者ではない。ホテルの客だ。目の前にへんなものがあったからのぞいただけだ。わかった、わかった。ホテルへもどるから、銃を向けるな!」

両手をあげて銃口をさえぎりながら、外波とふたりで必死にわめいた。結局、ほうほうの体でホテルへと逃げ帰らねばならなかった。

駿吉たちはロンドンへもどり、帰国の準備にかかったが、その少しあとで、日本では海軍の無線に異常が起きていた。

十月半ば、佐世保港を出た日本海軍の巡洋艦は、演習のために東シナ海にいた。

艦隊行動の演習も終わり、あとは飯を食って寝るだけという夕刻近くになって、無線の受信機が動きはじめた。

「いまごろ何かな」

無線係の下士官は首をかしげた。演習はもう終わったので、無線で指令がくることはない。おそらく空電――雷が発生すると、その電波を受信機が感知して動く――だろうと思っていると、印字機から紙テープが吐き出されてきた。

五十センチほど出たところで、下士官は紙テープを手にとった。

「こりゃ空電じゃないな」

そこにはちゃんと長点と短点が記されていた。しかも一字ごとにあいだも開けている。整然とした点の列と打ち出されてくる速さからすると、背後に手練(てだ)れの通信手の存在が感じられた。

「はあ？」

だがそのモールス信号を読んだ下士官は、思わず声をあげた。

「おい、なんだこれは！」

下士官は無線係の兵に紙テープを渡した。

「ええっ」

兵も声をあげた。

「こ、これは……」

「何かの冗談か、それとも暗号が変わったのか」

「いや、そんなはずはありませんが……」

紙テープに記されたモールス信号は、どう読んでも「いろはにほへと」だった。しかもまだ終わっていない。紙テープはどんどん吐き出されてくる。つぎは「ちりぬるをわか」だった。それでも終わらず、「よたれそつね」ときたが、まだ紙テープは吐き出されつづけている。

「暗号簿をもってこい！」

受信した以上は、平文に直さねばならない。それが無線係の仕事である。だが当然のことに、「いろはにほへと」といった暗号はなかった。

「いったい誰の仕業だ。無線の無断使用など、許されんぞ」

下士官が憤り、兵が呆然とするあいだにも、紙テープは吐き出されている。どうやら「いろは四十八文字」すべて打ち終わったあと、二度目の「いろは」にかかっているようだった。

「わかった。敵の妨害電波だ。近くにロシア艦がいるのか！」

「いや……、ロシアさんだったら『いろは』はないでしょう」

十五分、三十分と過ぎても、「いろは」のモールス信号はつづいた。無線担当の士官もやってきて、大騒ぎになった。

結局、その日は夜になっても受信機は動きつづけ、印字機は紙テープがなくなるまで「いろはにほへと」を打ち出していた。

五

駿吉と外波中佐は、明治三十五年十月の末に日本郵船の定期船、備後丸（びんごまる）で英国を発し——もう一便早い船に乗ろうとしたが、予約がいっぱいで断られた——、インド洋を渡って十二月十一日に日本に帰ってきた。

ほぼ一年にわたる出張のあいだに、日本の中でもいろいろと変化が起きていた。

海軍の無線電信調査委員会は正式に解散しており、新たに横須賀兵器廠の中に「無線電信改良調査事務所」と「無線電信試験所」、「無線電信機械製作所」が建てられていた。

昨年、出国する前に外波中佐が、無線をあつかう場所と組織を横須賀にまとめるよう建言していたのが認められたのだ。今後はそこで無線機の開発と製造を並行してすすめることになる。そのため駿吉の職場も横須賀に変わっていた。

駿吉が横須賀に出勤したのは、正月があけてからだった。十二月半ばには東京に帰り着き、海軍大学校には顔を出していたものの、旅の疲れで少し寝込んだり、荷物の整理、報告書の作成などに追われているうちに横須賀に行く日がなくなり、そうこうしているうちに正月休みになってしまったのだ。

横須賀は低い山並みにかこまれ、波静かな湾に面した港町である。

駅に着いてみると、改札口から出てすぐのところに港が広がっていた。

「いや、こりゃ静かでいいが、不便っちゃ不便だな」

駿吉の感想はそういうものだった。実際、下高輪の自宅から横須賀兵器廠は遠い。

鉄道は、十年ほど前に通じていた。汽車が品川を出ると、横浜までは町屋も多いが、保土ケ谷(ほどがや)をすぎたあたりから田園風景がひろがる。鎌倉の近辺には家が建っているが、その先は茫々(ぼうぼう)たる野山になる。長い乗車時間に飽き飽きしたころ、トンネルをいくつかくぐる。するといきなり海と高いマストをもつ軍艦が見えてくるのだった。

新橋駅から横須賀駅までは二時間十分かかる。朝六時十分に新橋発、八時二十分に横須賀着の汽車があるから通えないことはないが、通勤時間が無駄だ。

ここが職場となるならば、早めに近くに家を探さねばと思った。

無線電信改良調査事務所は、看板だけが新しく、本体は古びた建物だった。なんでも不要になった外国人教師用の官舎を移築したらしい。

「無線は中古の建物と縁が深いね」

ひとりごちながら、駿吉は中に入った。

「どうぞ本年もよろしく」

と、そこにいた者たちににこやかに新年の挨拶をしたのだが、なにかがちがう気がした。将校たちは険しい顔をしているし、下士官や技手たちも、どこかよそよそしい。

なんだろうかといくらか身がまえていると、外波中佐に呼ばれた。外波は無線電信試験所の所長格となり、すでに自分の部屋を確保していた。

「よお、殿さま出勤だな」

新年の一発目から皮肉か、やはり風向きが悪いな、と駿吉は警戒した。

「すみません。ちょっと体調を崩してまして……。中佐はお元気ですね。さすがは軍人、頑強なもんだ」

「こういうものが出ている」

駿吉の返答を無視して、外波中佐は机の上にのっていた書類を押してよこす。駿吉はその数十枚の手書きレポートを手にとった。

「去年の遣英艦隊での無線電信実験の結果と、マルタ島で見たという英国海軍の無線機の詳細が記してある」

外波中佐は、静かに言った。

「インド洋上では、浅間と高砂のあいだで二十六海里しか届かなかったそうだ。触れ込みの七、八十海里とはずいぶん差がある、と文句を言われた」

「そりゃまあ、アンテナの差でしょうね。陸上の大きなアンテナ同士と巡洋艦の小さなアンテナ同士では、それくらい差が出てあたりまえでしょう」

レポートをぱらぱらとめくりながら、駿吉は答えた。外波中佐が言う。

「英国艦に積んである無線機はマルコーニ社製で、百海里以上届くそうだ。ロシアさんはマルコーニではなくテレフンケンのようだが、テレフンケンの性能もマルコーニに負けず劣らずだから、おそらく百海里は優に届くだろう、と英国士官が言っていたらしい」

駿吉はだまった。外波中佐がつづける。

「上の方がこれを読んで、危機感を抱いた。無線の性能でロシアに負けていては大ごとだとな。それともうひとつ」

外波中佐は、そこでひと息入れてからつづけた。

「わが国でもライバルができた」

「は？　ライバルって」

「逓信省（ていしんしょう）だ。長崎と台湾の基隆（キールン）のあいだで無線通信の試験に成功したそうだ。六百三十海里もある長距離通信が、できたというぞ。去年の秋のことだ」

「ほほう、それは松代君の仕業ですか」

「いや、佐伯（さえき）という技師だそうだ。松代君は関わっていないらしい」

「そりゃもったいない」

「とにかく、六百三十海里だ。ただし夜間だけだそうだが。なぜか夜になると通信が届くようになり、夜明けとともに通じなくなるとか。そこで昼間も届くようにと一日中試験をつづけていたんだと。それでこっちの無線が悲鳴をあげてな」

「悲鳴？　悲鳴ですか」

「ああ。東シナ海で演習をしていた艦の受信機が、ひっきりなしに紙テープを送り出してきてな、それを読んでみたら、いろはにほへと、だとよ」

「は？」

「逓信省が試験として、『いろは』ばかりを打電していたらしい。それが昼も夜も切れ目なく延々とつづいたのだそうだ。受信機がいろは四十八文字ばかり打ち出してくるんで、無線の担当者が悲鳴をあげたって話だ」

「はは、そりゃ大変だ」

「笑い話じゃない。そのいろはがつづくあいだは、こっちの無線はまったく通じず、送信も受信もできなかったんだ。強力な電波に押されたんだな。逓信省の強力な武器の前に手も足もでなかった、と言われたぞ」

「………」

「長崎の送信設備を見てきた者がいてな、そいつが言うには、馬鹿でっかい発電機に馬鹿でっかいコイルがいくつもつながっていたそうだ。当然、アンテナも馬鹿でっかくて、とてもフネには乗せられないってことだがな」

「まあ、そうでしょうな」

「とにかく、これじゃ演習もできんというんで、逓信省にねじこんで当面のあいだは試験を見合わせてもらったそうだが、そういう例もある。やりようによってはわが国の技術でも六百三十海里もとどく、とな」

「ああ、そいつは……」

「で、三四式の再調査を命じられた。もっと使えるようにしろというのだな。そこで貴様が出勤してきたらいっしょに出頭しろと言われておる」

「いつ言われたんですか？」

「去年の暮れだ」

なるほど、それでみんなの視線が冷たかったのか、と駿吉は合点した。

「叱られるんですかね」

「おれがずいぶんと叱られたから、もうガスはだいたい抜けていると思うがな、まあ覚悟はしておいたほうがいいな」

「あのう、あの三四式は、どちらかといえば松代君の作品ですが、松代君は……」

「もう逓信省にお返しした。逓信省の人間なのに、ひとり二役でよくやってくれたと、海軍の中でも評判は高い。責任逃れの告げ口をしようとしても無駄だぞ。それとな、海軍では言い訳は一切許されない。肝に銘じておけ」

はあ、と駿吉はため息をついたが、すぐに背筋を伸ばして言った。

「わかりました。じゃあ断頭台に行きましょう。そういうのは早いほうがいい」

「いや、もう十分に遅いんだが。まあ、そう言うならいまから行くか。気乗りはせんが」

ふたりはさっそく横須賀線の汽車に乗った。行き先は東京の艦政本部。

少し前に海軍内部で組織変更があり、兵器など軍の装備品は艦政本部の所掌ということになっている。無線を担当するのは艦政本部第一部だという。

「この山本という大尉――英国出張中に中尉から昇進した――は憶えがありませんが、ずいぶん切れ者のようですね」

汽車の中でレポートを読んだ駿吉は、外波中佐に話しかけた。

海軍用箋五十枚以上にわたって、細かい文字でびっしりと書かれたレポートは、三四式無線機の短所と限界、改善要望、そして英国のマルコーニ社製無線機と三四式とのちがいが、数値とスケッチをまじえて具体的に描き出され、まことに説得力があった。

「権兵衛大臣の甥っ子だ。血なんだろうな。かなり優秀で、兵学校の席次も二番らしい」

「ふうん。そんなやつ、いたかな」

無線講習で教えた若手将校たちの顔を思い浮かべたが、わからない。人の顔と名前を憶えるのは苦手だ。

「こっちに引っ張ったらどうですか。大尉になったばかりならまだ専門もかたまっていないんですよね。無線を専門にしてくれる将校さんも、これからは必要でしょう」

「ああ、それはおれも考えていた。手は多いほうがいいからな」

新橋駅で降りて、皇居のある方角へと歩いた。艦政本部は霞ケ関の海軍省内にある。海軍省の建物は、鹿鳴館を設計した外国人の手になる煉瓦造りの二階建てで、窓は円形に縁取られ、屋根飾りもついている。そのモダンさが海軍には似合うな、と駿吉は思った。

海軍省の中へ入るのは初めてだった。二階の大部屋で外波が係官に部長への面会をもとめているあいだ、駿吉はついきょろきょろとあたりを見まわしてしまった。

部屋の中は何十という机が整然と並べられ、みな書類と取り組んでいる。白いシャツ姿の者やタイプを打っている女性もいる。まさにお役所で、軍服が目立つのをのぞけば、とても軍の組織とは思えない。

しばらく待たされてから、個室に呼び入れられた。第一部長は、白髪が目立つ少将である。顔を合わせた早々、

「貴様が木村か。おい、いまの時勢を何だと思っておる！」

とさっそく雷が落ちた。

国民が一丸となって節約し、税金で高価な軍艦を買いそろえ、兵たちも猛訓練に明け暮れているというのに、大金をかけて開発した兵器が使い物にならぬとは、なんたることか。たるんでおるぞ。それではこの日本はロシアの軍門に降り、国民はみなロシア人に奴隷として使役されるようになる。そんな絶望的な未来を考えたことがあるのか。国のことを思うなら、命がけでやれ。

駿吉は外波中佐とともにうつむきながら聞いていた。反論したいことは多々あったが、口を挟むと余計に面倒なことになると思い、だまっていた。

「で、八十海里の目途はついたのか」

ひとしきり怒鳴ったあと、部長は椅子にふんぞり返ってたずねた。

「は。欧米をまわり、新しい理論をさぐり、また有用なる部品を調達してまいりました。かなり改善できると思います」

駿吉は答えた。

「それで八十海里いけるのか」

「やって見せます」

「よし、そのひと言が聞きたかった。無線が有用なのは、みなが指摘しておる。そして海軍で無線を造れるのは、君しかおらんのだ。日本国を救うのは自分だと、そういう気概でやってくれ。わかったな。よし、今日は帰っていいぞ」

最後は「貴様」が「君」に昇格していた。ガスが抜けたせいかな、と駿吉はぼんやりと考えた。叱責と同時に期待を匂わせるのが海軍流の叱り方なのかとも思った。

「ところで、どうして五十でも百でもなく八十海里なんですか」

海軍省の玄関を出ながら、駿吉は外波中佐にたずねた。

「なんだ、貴様、知らずにやってたのか」

「ええ、たしか一度も説明してもらったことはありませんよ」

「ま、艦隊の運用や艦の速度、無線機の限界などいろいろ考えた末だが、一番の理由はだな、海峡封鎖のためだ」

「海峡封鎖？」

「ロシア海軍と戦うとなれば、海戦の場所は日本海となる。われらは日本海の制海権をとらねばならない。でなければ、大陸に兵を送れないからな」

それはわかる。駿吉はうなずいた。

「そのためには、すでに日本海にある敵艦は仕方ないとして、新たに敵艦が日本海に入ってくるのを防ぎたい」

「ははあ、ロシアはヨーロッパにも艦隊があるから、それを回してくるかもしれないってことですな」

「そうだ。ロシアはな、大国だけに艦隊を三つももっている。旅順にあるのが太平洋艦隊だが、ほかにバルト海と黒海にもひとつずつ艦隊がある。どれもわが日本海軍の全兵力と同等以上の規模と能力があるとされておる」

「はあ、豪勢なもんだ」

「そのうち黒海艦隊は、国際条約があって黒海から動かせないから、おそらくこちらへは来ないだろう。だがバルト海のバルチック艦隊は動かせる。だから日露開戦となれば、こちらへ回航してくるにちがいない」

「そりゃ大変だ。敵さんの戦力がたちまち二倍になっちまうってことだ」

「そういうことだ。で、日本海には入り口が四つある。間宮海峡、宗谷海峡、津軽海峡、そして対馬海峡だ。このうち一番幅が広いのが対馬海峡の東水道で、対馬と福岡のあいだがおよそ七十海里ほどある」

「ははあ、わかった。八十海里に届く無線を積んだフネを対馬海峡に浮かべておけば、入ってこようとする敵艦を見つけてすぐに通報できるってことですか」

「そうだ。フネから陸上の通信局に一報が届けば、あとは有線の通信網ができているから、どこへでも連絡できる。連絡が来れば、わが艦隊を敵艦退治に向かわせることができる。だから少なくとも七十海里、余裕を見て八十海里はどうしてもほしい」

「なるほど、そういうことか」

軍人というのは、まことに実際的な考え方をするなと感心した。同時に、それまで抽象的だった目標が、切実な要求に裏付けられているとわかり、急に生々しく致命的なものに感じられてきた。

——こりゃあ、やらにゃならんな。

駿吉の胸の中に熱いものが湧いてくる。日本を救うのは自分だと？　かなりオーバーだが、それは真実だろう……。

頭が熱く混乱したまま新橋駅にもどり、汽車に乗る。駿吉は品川で降りたが、すでに横須賀の官舎に引っ越しているという外波は、そのまま車内に残った。

「じゃあ、明日からは兵器廠で待っておるぞ。いいか、もう海軍には無線を開発するやつは貴様しかおらんのだからな、頼んだぞ」

と言われて、駿吉は走り去ってゆく汽車を無言で見送った。

第五章　神は細部に

一

駿吉と外波中佐の、横須賀での奮闘がはじまった。

「要するにだな、三四式を軍艦の中で使える兵器にしてくれ、ってことだ」

外波中佐は言う。

三四式は通信機器ではあるものの、兵器としては不十分、というのが将兵たちが使ってみての見解だった。

「通信距離を伸ばすことはもちろんだが、四六時中連続で使っても壊れず調子が狂うこともなく、波や艦の機関の振動、砲撃による衝撃にも耐えるほど頑丈で、なおかつ調整すべき箇所が少なくて、専門家でない水兵でも扱いやすいものにせよ、ってことだ。まあ無理もない要求だよな」

実際に使用する兵たちの三四式への不満は、通信距離が短いというだけではなかった。長時間使用すると、強大な電流のためにコイルなどが焼けたり壊れたりする。また使用に際して調整する箇所が多く、使い始めるのに時間がかかる。さらには調整したあとでも、艦の揺れなどで簡単に狂ってしまう。

受信から送信、送信から受信へと移るときにいくつかの手順を踏まねばならず、手間と時間のかかることも不評をかっていた。

そうしたものもすべて、今回の改造でなんとかしなければならない。再調査せよとは、兵たちの要求を満たすべく研究改良せよという意味である。

「じゃあまずは、改良が必要な点を洗い出してゆきますか」

駿吉は山本大尉のレポートをもとに、他の使用経験者の意見もまじえてひとつひとつ書き出していった。すると優に百項目を超えるリストができた。

「こいつをみな潰すのか」

リストを前にして、駿吉は厳粛な気持ちになった。

以前、小手先の改善などと、やや馬鹿にしたような言い方をしたことがあった。しかし技術の進歩というものは、目覚ましい発見による大ジャンプは稀(まれ)なことで、こうした細かい改良による、地道で小さな前進の積み重ねが大部分を占めるのだと気づいていた。

それをこれから自分がやってゆくのだ。

原理を究める気持ちは捨てていないが、いまや松代技師もいないし、悠長なことは言っていられない。

さらに築地のときとちがって、横須賀では改良試験をするだけでなく、一応できあっている三四式無線機を兵器廠で大量に生産することになっていた。

「三四式じゃあ力不足なのはわかっているが、ないよりははるかにましだからな」

兵たちに使い方を憶えさせる必要もあるから、出来しだい艦艇に据え付けろという命令である。そのため試験所には作業棟が併設されており、ここに生産ラインを立ち上げねばならなかった。

経験のない駿吉はとまどったが、兵器廠の技師や技手たちが、外波中佐と話し合いながらあれこれと動いて、何とか生産ラインらしき形を作っていった。そして十数人の職工と技手たちが三四式無線機を生産しはじめた。できたものを戦艦、一等巡洋艦といった大きな艦に装備してゆく。

すると軍令部からあらたな注文があった。

「駆逐艦にも無線機をつけたい」というのだ。

マストの高さからみて、無線を使える限界の大きさは四、五千トンクラスの二等巡洋艦までだろうと思っていたが、それよりはるかに小さな駆逐艦でも使いたいという。

「また、むずかしい話を持ち込んでくれますねえ」

駿吉は苦笑いするしかない。無線の有用性が認められてうれしい反面、実現できるかどうかわからない問題に対処するという困難を抱えることになる。

「そりゃあ、おれも要求したいよ。駆逐艦や水雷艇こそ、無線が有効だろうよ」

もともと水雷屋の外波中佐は、乗り気である。なんでも駆逐艦が魚雷を放つには、闇夜を利用して敵の大艦に近づく必要があるので、そこに無線で指示を送ってもらえれば、ずいぶんと助かる——夜間に旗信号の合図は見えない——というのだ。

「じゃあ、とりあえず実験してみますか」

築地とちがって横須賀なら、目の前の港にさまざまな軍艦が泊まっている。その中の駆逐艦朧が、近く機関試験のため近海を試運転するというので、ついでに無線機をとりつけて試験をすることになった。

「いやいや、これまた凄まじい形だな」

据付に出向いた駿吉は、間近でその駆逐艦の姿を見て嘆声をあげた。排水量は三百トンあまり。艦首から艦尾まで六十メートル強、幅は六メートルほどと細長く小さな船体に、煙突が四本も突っ立っている。

これだと船内はほとんど蒸気機関が占有しているだろうと想像された。五十人もいるという乗組員たちは、どこで寝るのかと心配になるほどだ。

しかしその過剰に詰め込まれた機関のおかげか、最大速力は三十ノット超とひどく速い。艦首部分の甲板が亀の甲のように盛りあがっているのは、高速航行時にかぶる波の水切りをよくするためだという。

その高速で敵の戦艦や巡洋艦めがけて突っ込んでゆき、魚雷を放っては一目散に逃げ帰ってくるのだとか。

艦橋もあるにはあるが、人の背丈ほどしかなく、てっぺんには小さな砲がのっている。艦橋がそれだから、マストも当然、低い。甲板からの高さはせいぜい六、七メートルか。

それを見た駿吉はつぶやいた。

「あれじゃあろくな電波は出ない。もっと高くしないと」

結局、マストに竹竿をつないで二倍ほどの高さにして、その上から五十尺（約十五メートル）の銅線を垂らすことにした。送受信機は、艦橋の後方にある日誌室におく。

さっそく試してみると、港の通信室とのあいだでは交信ができた。

「これでよし。あとはどこまで通じるかだな」

二月十八、十九の両日で試験してみると、八海里（約十四キロメートル）までは明瞭に受信できたが、十海里を超えるとモールス符号としては受信できなくなった。アンテナの銅線を長くして斜めに張ったり、受信機のコヒーラ管を替えたりと、いろいろ試してみたが、やはり八海里がせいぜいである。

「いかんな。やっぱり悪いな」

宿題がひとつふえてしまったと、駿吉は重い気分になった。

「ま、こいつはあとまわしだな」

とにかく通信距離を伸ばすことが先決だと思っている。

そのためにまず手がけたのは、コヒーラ管の改良だった。山本大尉のレポートにあるように、マルコーニ社製のコヒーラ管を真似て作ってみた。さいわい、松代技師が逓信省の優秀なガラス職人を海軍にゆずってくれたので、いくらでも試作ができた。

だが、うまくゆかない。ガラス管の形状を変えて中の金属粉も替えたが、通信距離はさほど伸びない。

「まだ何か欠けた要素があるんだろうな」

と推測するのだが、どんな要素なのかはわからない。大きな課題だった。

一月から二月にかけては、人事上でもいくつかの変化があった。

まず駿吉に海軍技師の発令があった。横須賀に来たのに、いつまでも築地の海軍大学校教授でもないということだろう。同時に高等官五等から四等に上がった。

「無線の開発に邁進（まいしん）せよ、とのことだな」

と外波中佐はいう。駿吉にしてみれば、職名はともかく、高等官四等になって給与が上がるのがありがたかった。子供が多いので、暮らしが苦しかったのだ。

さらに、例のレポートの作成者である山本大尉が、無線電信試験所付となって開発に従事することになった。外波中佐が抜け目なく人事に要望していたのだ。実際の赴任はまだ先になるというが、とにかく戦力がふえるのである。

「やあ、そいつはうれしい。期待してますよ」

と駿吉は笑顔を見せた。

再調査すなわち研究改良のほうは順調とはいえなかったが、三四式の生産はすすみ、春先にはほとんどの戦艦と一等巡洋艦に据付が完了した。そして二等巡洋艦以下の艦艇にも配備がすすめられることになった。

三月の末には、恒例の海軍大演習で無線の実験も行われたが、二等巡洋艦では三十海里（約五十四キロメートル）、駆逐艦で五海里（約九キロメートル）という結果に終わった。アンテナが低いので、なかなか距離が出ないのだ。当然、批判された。

「だからさ、原理がまだわかっていないから、対策もできないんだって！」

「そろそろそれでは通らなくなるぞ」

と外波中佐は言う。軍内部の目が厳しくなっているのだ。駿吉たちには気が重くなる事態だった。

そのうちに英国から、ジーメンス社製のリレーが届きはじめた。昨年の英国出張で外波中佐が仕入れてきたものである。

これは効果があった。感度がよく、これまでの国産のリレーと取り替えてみると、通信距離が明らかに伸びる。積んでいる艦の大きさによっても違うが、中には二倍以上に達する場合もあった。駿吉はおどろき喜ぶ一方で、悲哀も感じさせられた。

「科学技術の底力のちがい、ってやつかねえ」

欧米と日本では、まだまだ技術の格差が大きいと、あらためて痛感させられたのである。

輸入品は高価だし、入ってきた数もまだ少ない。すべての艦に取り付けるのは時間がかかりそうだ。もどかしいことだった。

潮風が頬にやさしくなり、桜が三分咲きになった四月初め、ようやく山本大尉が無線電信試験所に赴任してきた。

「おお、君だったのか」

と駿吉は顔を見るなり大きな声を出した。

「やあ、たしかに二回目の無線講習のときにいたな。教室の真ん中で堂々と居眠りをしていた。そうか、君だったのか」

駿吉はまったく悪気がなく、ただ頭に浮かんだことを口に出し、笑顔で握手を求めたのだが、山本大尉は仏頂面で力のない握手を返してきた。

「なんだ元気がないな。そんなことでは世界最先端の技術開発はできんぞ。さて、君にはぜひ研究とともに生産のほうもみてもらいたいと思ってるんだ。やってくれるな」

駿吉の問いに、山本大尉は小さくうなずいただけだった。

「試験所も、少し組織を変えようと思う」

外波中佐がふたりの会話に口を挟んだ。

「山本大尉には、もちろん研究開発をしてもらうが、同時に生産ラインと据付もみてもらう。木村技師は開発と完成品の検査だ。みなで手分けしてやってゆこう」

そして全体をまとめるのが外波中佐というわけだ。もちろん駿吉に異存はなかった。

山本大尉は不満なのか興味がないのか、ぶすりとした顔でうなずいただけだった。

――おや、この男は何か含むところがあるのかな。

あまり他人を気にしない駿吉も、これにはちょっと心配になった。

山本大尉にしてみれば、とんでもない話だった。

やっと念願の艦隊勤務となったのに、一年ちょっとで陸上勤務に逆もどりとは、どういうことだろうか。

海軍軍人は、海の上こそが勤務場所のはずだ。実際、艦上をはなれて陸上勤務が長いと、

「あいつは潮気が足りない」

と言われ、軽く見られてしまう。

実務の上でも、将校として艦に乗り組めば当直が回ってくる。当直のあいだは艦の操船をまかされるのだが、何千トンという艦を海図に示された航路のとおりに航行させる

のは、経験を積まないとできないことだ。

他の船や岩礁など障害物を考慮し、風や潮流の強さもみて、機関員には速度を、舵手には舵の切り方を指示する。このくらいの大きさの船でこの速度なら、舵をどの角度でどれだけの時間保っておけば狙った航路にすすむのか。それは理論ではなく一種の体技であって、実際にやってみて体で覚える必要があるものだ。

艦の操船をあやまれば恥をかくどころではすまない。座礁したり他の船と衝突するなどしたら、最悪の場合は懲罰ものである。

そして昇進して艦長になれば、港での入出港時にみずから操船の指揮をとらねばならない。大きな船を狭い港内で動かすのでむずかしいが、これが下手だと部下の乗組員に馬鹿にされてしまう。

何にしても若いうちから艦上で潮気を浴びて経験を積まないと、海軍軍人としてはまずいのだ。もちろん、昇進にも差し障る。

――余計なことをしたか。

と、五十枚にもおよぶレポートを出したことを後悔したこともあった。あれがなければ無線電信試験所などに呼ばれなかったはずだ。もしかすると、これは三四式無線機に厳しい評価を下したことへの嫌がらせか、とも思える。それが証拠に、開発者の木村技師はとてもうれしそうだった。

とにかく面白くない。

それに、機器の開発などこれまで経験がない。兵学校を出ただけで、電気の基礎知識すらあやしいのだ。それでどうやって研究や生産ラインの監督をしろというのか。

とはいえ、一度出た辞令は覆らない。艦隊勤務の希望を出しつつ、転属になるまで耐えるしかないだろう。まったく、ため息の出る話だ。

こうなったら、と山本大尉は決意した。

——やりたいようにやって、早いところここを追い出されるよう、仕向けてやれ。なに、そんなことは簡単だ。三四式無線がいかに使えない機械であるかを暴き立ててやればいいだけだ。

二

駿吉は、横須賀の中里（なかざと）という丘の上の住宅地に一軒家を借りて、家族とともに住んでいた。

勤務先である無線電信試験所は、海軍兵器廠や水雷術練習所とともに数キロほど北に位置する長浦湾（ながうらわん）の奥にあるので、毎日自宅から十分ほど歩いて横須賀本港の船着き場にゆき、そこから内航船に乗って通っている。

三四式の生産は順調だが、研究改良のほうは思ったようにはすすんでいない。頭が痛く、胃が重くなる日々がつづいていた。

——考えねばならない項目が多すぎる。

駿吉の悩みは、それに尽きていた。

年初に洗い出したときに百項目以上あった改良必要箇所は、少しずつ減ってきているものの、いまだ八十以上も残っている。それに無線を搭載する艦がふえるにつれて、新たな改善要望もあがってくるようになっていた。

意外に多かったのは、安定した電源がない、という不満の声だった。

艦艇では自艦の発電機のトラブルが多いので、無線専用の発電機か蓄電池がほしいというのだ。そしてこれから全国各地にもうけるという望楼——陸地から海上を見張るための施設——では、岬の突端など辺鄙なところに建設するので、たしかに発電機が必要になる。

電源設備と無線機は別物だろう、艦政本部の適当な部署が手当てすればよい、というのが駿吉の考えだったが、

「そいつはこちらで面倒を見るしかないな」

と外波中佐が言うものだから、駿吉は無線機だけでなく、発電機と蓄電池の試験と調達にも走り回らねばならなくなった。

発電機は故障が多くて悩みの種だったが、すでに国産化されているので、増産を依頼して予備機を増やし、なんとかなった。

だが蓄電池は輸入頼みで、調達が困難だった。大容量のものは構造が複雑で技術的にむずかしく、国産化が進んでいなかったのだ。

国産化できないものかと、駿吉はほうぼうにあたった。軍に出入りする資材業者だけでなく、学者時代の知り合いにも手紙を出してたずねたりしたが、思うようなものは得られなかった。

とにかく忙しい。一日中無線のことを考えていた。試験所にいるあいだはもちろん、通勤のあいだも、家にいる時でも、いまの機器のどこをどう変えればいいのか、工夫をこらす毎日だった。

だから家に帰って夕食を食べていても、ご馳走の味もわからない。妻の香芽子に話しかけられても上の空だった。

「何だって？」

と、ある日の夕食の席で香芽子に聞き返したのは、話の中にロシアという言葉がはさまっていたからだ。

「まあ、パパさまったら、人の話を聞いてないんだから」

香芽子は恐い顔をしたが、亭主の忙しさをわかっているのか、すぐに機嫌を直して話してくれた。

「ロシアが満州から出て行かないんですって。新聞に出ていましたの。パパさまのお仕事に関係あるんでしょ」

「あ？　ああ。関係は……、ありそうだな」

最近では新聞もろくに読んでいないので、世間の動きもわからない。そもそもロシアに対抗するために無線を開発しているのに、そのロシアの動きにも無頓着になっていた。

「満州から出て行かないって、どういうことだ」

「それはね、パパさま」

香芽子の話は一年前にさかのぼる。

駿吉が大西洋で漂流してのち、ようやく英国に着いたころ、ロシアは清国とのあいだで、満州からの撤兵を約束する条約を結んでいた。北清事変を機に満州を占拠する挙に出ていたものの、清国の抗議と、国際的な圧力に抗しきれなかったのである。

新聞では、これは日英同盟の成果であるとされた。そして世論はロシアの態度を歓迎し、ロシア脅威論は批判された。日露のあいだの緊張がゆるんだのである。日露友好のムードさえあったという。

「ほう、そうだったのか」

そのころ駿吉はヨーロッパ各国を回っていたので、日本国内の論調は知る由もない。

露清間の条約によると、ロシアは三回にわけて満州から兵を引くことになっていた。一回目は昨年十月に盛京省の西南部からの撤兵で、これは約束どおりに実行された。二回目の期日はこの四月で、ロシア軍は盛京省の残りの地域と吉林省から撤兵するはずだった。

ところが四月になってもロシアは兵を引かず、それどころか逆に、清国に対して満州にロシアの権益を認めるよう、七箇条の要求を突きつけたのである。

怒った清国によって、この事実は世界中に伝えられ、国際的な批判を巻き起こすことになった。もちろん日本でも報道され、さまざまに波紋が広がっていた。

「やはりロシアは信用ならない、英国と同盟を結んでおいてよかった、という話か」

「そんな生やさしい話じゃありません。事態遂に放任を許さず、って新聞に出てましたわよ、パパさま。戦争になるの？」

そこまで進んでいたのか、とおどろき、香芽子が差し出した新聞に目を通した。

新聞の論調は、ロシアの横暴を指摘し、ロシアが満州を手に入れれば、すぐに朝鮮にも手を伸ばしてくるだろう、朝鮮がロシアの手に落ちれば、つぎは日本にその軍事力をむけてくるかもしれない、という恐怖と悲憤に満ちたものだった。しかし「だから開戦せよ」というわけでもなく、日露両国民に冷静になるよう呼びかけ、平和を訴えている。

駿吉はひとつ大きく息を吐いた。

「どうなるものかねえ。将来のことなど、誰にもわからないよ」

と言うのが精一杯だった。

それ以来、気をつけて新聞を見るようにした。しばらくのあいだは「少なくとも一部は撤兵した」とか、「露国は必ず撤兵せん」といった記事も見られたが、四月下旬にはロシアが撤兵していないことがはっきりし、対露強硬論も見られるようになった。しかし全体としては、ロシアへの不信感を表明しながらも平和を訴える記事が多く、開戦を呼びかける論調の記事は少数派だった。

毎朝、駿吉は身仕度を終えると歩いて波止場へ出て、小さな内航船で試験所へ通った。ある日はアンテナの試験、ある日は放電球の試験と、実地に機器を試しながら結果を出し、課題をひとつずつ潰してゆく日々がすぎてゆく。

試験所では、開戦する、しないといった話はほとんど出なかった。横須賀の軍港全体としてもこれまでと変わった様子はなく、戦争が近づいているという感じはまったくしなかった。海軍では、命令があれば出撃し敵と戦うが、それを決めるのは自分たちではない、という意識が底にあるようだった。

しかし六月になると、いくらか風向きが変わってきた。

三

「いや、いいけどさ」

駿吉は熱意のない声で言う。

「もう少し待てねえのか。いまの三四式じゃあ、悪い結果が出るのはわかってる。あと半年もあれば、もう少しましなのに取り替えられると思うんだが」

「待てない。半年のあいだに開戦となったら、どこまで届くかわからない無線に頼って作戦を行うことになる。もう戦艦と巡洋艦に据え付けてあるんだから、いまのうちに性能を知っておきたい」

山本大尉はゆずらない。ふたりはせまい所長室に入り、外波中佐の机の前で議論している。

「そりゃそうだが、ふた月のあいだに開戦ってのはないだろう」

「ないと断言できるのか。断言できるだけの情報をあんたが持っているとも思えんが」

はあ、と駿吉は息を吐き、

「ねえ、何とか言ってやってくださいよ」

と外波中佐に助けを求めた。ふたりのやりとりをだまって聞いていた外波中佐は、所

長用の机に肘をついたまま、

「いまのままなら、どれくらい届くと思う」

と駿吉にたずねた。

「まあ戦艦同士で二、三十海里、巡洋艦が入ると十から二十海里ってところでしょうね。アンテナってのは、動くと性能が落ちるから」

戦艦や巡洋艦が高速で航行しているときの無線の届き具合を調べたい、と山本大尉は言うのだ。

遣英艦隊がインド洋上で行った実験は、互いに十ノットほどの巡航速度で、しかもおなじ方角に進んでいるときだった。しかし海戦となれば戦艦や巡洋艦は、二十ノット近い高速でさまざまな方向に移動する。そのときに通信距離はどうなるのか、知っておきたい。

ちょうど九州沖で演習が行われているので、そこに乗り込んで試験したいと言う。

「十から二十海里とは悲惨なもんだな。だが隠すわけにもいかん」

「隠そうなんて思ってないですよ。ただ、どうせなら改良したやつで試してほしいってだけで。先に付けた戦艦なんか、まだリレーも替えてないし。いまから替えようったって、余ってないしな」

「演習は待ってくれません。無線の実験だけのために戦艦を何隻も、ましてや高速で動かすわけにはいかないでしょうが。今度の演習を逃すと、あとはいつになるかわかりません。やるべきです」

山本大尉は外波中佐に言いつのる。

「そうだな。無線の実験に使うフネを一隻、決めてくれと申請はしておるんだが、まだ返事がない。今度の機会は得がたいな」

うなずいた外波中佐は、駿吉に向き直って言った。

「よし、ひとつやってみよう。何なら貴様、九州まで行ってちょっと潮気を浴びてくるか」

「うーん、そうですか。仕方がないなあ。といってもぼくは、課題を山のように抱えているし。困ったな」

「実際に使う者の意見を、直に聞くのも必要でしょう」

山本大尉は迫る。

「そりゃそうだが」

どうせ改良した機器でも実験するのだから、いまやると二度手間になる、と言いたいのだが、山本大尉の要望も無視できない。

「九州まで行くと、それだけこちらの仕事が遅れちゃうからな。実験はお願いしますよ。結果を教えてくれれば、それで十分だ」

「逃げるんですか」

「え？」

「自分の造った機材に責任をもってください」

駿吉は呆気にとられ、山本大尉の丸い赤ら顔をぽかんとして見つめた。

「山本大尉、ひかえろ。実験に立ち会わぬから責任回避とはならん」

「失礼しました」

外波が無礼を咎めたが、駿吉は目を見ひらく思いだった。そんな風に見られていたのか。それともこの大尉は、どこか含むところがあるのか。敵を作るようなことはしてこなかったつもりだが。

「では山本大尉、ご苦労だが実験を担当してくれ。誰をつれてゆく？」

外波中佐は冷静だった。

「では立石兵曹長を」

その場はそれで済んだ。駿吉はわだかまりを抱えたまま報告を待った。

実験の結果は六月半ばに出た。

戦艦敷島と巡洋艦常磐とのあいだの交信では、常磐は十八海里まで、敷島は八海里で受信が不明瞭になった。やはりアンテナが低い上に動きが速いと、発信力が低下するだけでなく、受信も困難になるのだ。

「やれやれ、言ったこっちゃない。ひでえ成績だ」

報告をうけた駿吉は、ぼやくことしかできなかった。外波中佐も首をかしげている。

「通信距離だけでなく、高速航行時の艦の揺れでコヒーラ管が振動し、うまく動かなかったとの報告もある。いろいろ問題だな」

限界に近い高速航行をすると、波を切る際の動揺にくわえて、船内の主動力であるレシプロ蒸気機関の振動が、船体を細かく揺らすという。繊細なコヒーラ管が、その影響をうけるのだ。

駿吉は言った。

「やはりアンテナとコヒーラ管ですよ、むずかしいのは。理屈がわかんねえんだから、改良しようとしても、どうしたって暗中模索になっちゃう」

「貴様の、世界的な発見はまだか」

「ああ、ちょっとわかりかけてはいるんですが……、まだまだですね。胸を張っちゃいけないが」

ふう、と外波中佐は息を吐き、手で顔をなでた。

「とにかく、できるところから潰していこう。いいリレーも手に入ったし、少しでも距離を伸ばすんだ。つづけていれば、そのうち光も見えてくる」

悪いことは重なる。六月からは、ロシアに対する世論も騒がしくなっていた。

ひとつには、この月にロシアのクロパトキン陸相が来日した件があった。ロシア皇帝の腹心だというので、国賓待遇で歓待したにもかかわらず、正式の外交交渉が行われなくて、日露関係になんの進展もなかった。関係改善を期待していた新聞各紙の論調が、これで楽観から悲観へと変わっていった。

さらにはこのころ、ロシアでユダヤ人が虐殺されているとの報道がなされ、ロシアに対する見方が「世界人道の敵」「文明社会の中で孤立」などと悪化する。これも対露関係に影響を与えた。

そして六月下旬には、東京帝国大学の教授ら七人が、桂(かつら)首相あてに日露開戦を意見書にして提出した、という新聞報道がなされた。いわゆる「七博士意見書」である。帝大教授という学問の最高権威でさえ、ロシアとの戦争をやむなしと考えていることに、世間は衝撃をうけた。

こうして世論は少しずつ対露強硬論にかたむいていった。そして軍部も、その風潮に影響されざるを得ないようだった。

月末に、駿吉は外波中佐とともに霞ケ関の艦政本部に出頭した。会議の招集があったのである。出てみると、それは第一部長どころか艦政本部長まで出席した大会議だった。席上、駿吉と外波は高速航行時の無線の頼りなさを叱責され、性能が向上しないのなら、いまからでもマルコーニ社製品を導入するか、という話になった。

「いや、それはとても無理です。いまからマルコーニ社と交渉すると、英国に行くだけでふた月はかかる。交渉にひと月として三カ月。それから製造をはじめて半年で最初の製品ができたとしても、輸入するのに半年、兵たちが慣れるのに半年、都合二年近くかかります。それまで待ってもらえますか」

外波の言葉に出席者は静まった。結局、

「三四式無線では通信距離が短すぎるから、根本的に改良するように」

と命じられた。

「わかってますって。やらなきゃいけないのは、わかってますって。でも出来ないんですよ。そんなに言うんなら、自分でやってみろって言いたいなあ」

横須賀へもどる汽車の中で、駿吉は多少逆上気味になってこぼしつづけた。

「ま、おまえはそれでおまんまを食ってるんだろ、と言われるのはわかっていますが。しかしこのむずかしさを、上はわかっていない！　世界の最先端を行けってことですぜ」

「とにかく、地道につづけるしかない。かえって古い三四式で実験して、よかったかもしれんぞ。これからリレーやら何やらで、通信距離が伸びる目途はあるからな」

ジーメンス社製のリレーを使うと、それだけで通信距離が大きく伸びるとわかっている。二十海里しか届かないものが、四十海里以上になるのだ。

「でも地道にやるだけじゃ、八十海里にゃとてももとどかない。アンテナとコヒーラ管を何とかしないと、どうしたって無理ですよ」

車窓に映る暗褐色の夕空とむせぶような汽笛の音が、駿吉の心をますます暗くしてゆくようだった。

四

三四式無線機の改良研究を、加速しなければならなくなった。

「使い勝手をよくして頑丈にするのも頼むぞ。いくら八十海里の通信ができたって、故障で使えないんじゃ話にならんからな」

と外波中佐は言う。実戦の経験者からすると、通信距離の長さもさることながら、戦場でしっかりと役に立つことも重要だとの思いらしい。

理解はできるが、その言葉はただでさえ重い駿吉の背中の荷をますます重くする。

「わかってます。しかしまずは距離を伸ばしましょう」

と駿吉は中佐の攻勢をかわしながら、距離を伸ばすことに集中しようとした。使い勝手と信頼性の向上についてはいくつか案があったし、試験所にいる技手たちの手助けが期待できるので、後回しにしても大丈夫と踏んでいたのだ。

駿吉はアンテナの実験をつづけている。

送信機のほうはインダクションコイルを強力なものにしたことで、受信機はジーメンス社製のリレーを導入したことで、性能向上は一定の成果をあげている。いまではもう、すぐに手がつけられる改良点は思いつかない。

となれば、アンテナの改良こそが通信距離を伸ばす鍵になると思っていた。

幸い、少し前から試験用の施設を造っていた。

横須賀の試験所の目の前、長浦湾をのぞんで立つ吾妻山という小丘に、アンテナを垂らすための高い櫓と、諸設備を置く小屋がある。これで各地や横須賀を出航する軍艦との交信をしていたのだが、横須賀から七十海里（約百二十六キロメートル）はなれた焼津にも、おなじような施設が設けられたのである。これで長距離通信の試験がやりやすくなった。

駿吉は、アンテナに使う銅線の本数をふやしたり、垂直だけでなく水平に張ってみたりもし、どんな張り方がもっとも通信距離が伸びるか、試していた。

「ところでアンテナの原理はどうなった。なぜアンテナから電波が出るのかという根本は、どこまでわかった」

と外波中佐が興味深げにきく。

「いや、まだですが、一応の仮説はあります。それをこの試験で確かめたいと思っています」

「ほう、仮説があるのか」

外波中佐は感心したようだった。

「ええ。読みあさった外国の文献とこれまでの経験、それに直感。それでおぼろげに見えてきたような気がします」

直感ねえ、と外波中佐は首をかしげる。駿吉は言った。

「ひとつには、アンテナに流れるのは高周波電流ってところが鍵でしょうな。直流じゃあ用をなさない。ふつうの交流でも駄目で、ちょっとびっくりするほど周波数の高い高周波電流だからこそ強い電波が出る」

「米国で気がついたことだな」

「ええ、そうです。そこで思うに、アンテナに入った電流は先端まで行ってから、跳ね返ってきているんじゃないか、もどってきているんじゃないかって。そもそも交流ってのは電気振動ですからね。行きつもどりつしてもおかしくない」

「もどるのか、ははあ」

「そう考えると、先っぽのちょん切れたアンテナに電流が通じてもおかしくない」

外波中佐は、わかったのかわからなかったのか、表情を変えなかった。

「いまはこの仮説にもとづいて実験をくりかえしているところです。たぶんいい結果が出るという気がしています。そうなれば打つ手が見えてきます」

「けっこうなことだ」

「アンテナはまあそんなところですが、まいったのはコヒーラ管ですな。さっぱりわからない。外国の文献にも適当なことしか書いてないし」

「たしかに不思議な現象だからな。ま、ひとつずつ潰していこうや」

外波中佐はそう言うが、時間があまりないのは駿吉にもわかっていた。なにより、世間が対露開戦を支持しはじめている。新聞各社の社説も開戦やむなしとするものが目につくようになっていた。

軍部にも、その波が押し寄せてきていた。

五

駿吉は、縁側においた椅子にすわって紅茶を飲んでいた。

横須賀中里の家は、それまで住んでいた下高輪の家よりかなり広い。それでも子供たちに部屋をとられてしまい、自分で使えるのは書籍に大半を占領された四畳半と応接間、それに八畳の居間につづく縁側ばかりだった。

兵器廠から帰宅し、夕食を終えたあとは、欧米から取り寄せた雑誌や学会誌を読んですごすことが多い。その日は無線にかかわる論文ひとつを、翻訳して日本の学会誌に紹介しようかと考えていた。

海軍に奉職していても、駿吉は学者としての長年の習慣は変えず、時に学会誌に論文を発表していた。翻訳だけでなく海軍での開発で得られた知識も発表してしまうので、軍の機密を外に漏らすなと軍当局から注意をうけたこともある。だが「有用な知識を世にひろめてなにが悪い」と思い、せっせと発表をつづけていたが、この夏からの忙しさで一時中断していた。

やはりあれは翻訳すべきだと考えがまとまったころには、夜も更けていた。着替えて寝床に入ったが、そのとき不意にひとつのアイデアがひらめいた。

——これはアンテナの原理にかかわっているのではないか。

いっぺんに目が冴えてしまった。

翌朝、駿吉は早足で波止場にむかっていた。

昨夜、論文に触発されて寝床で思いついたアイデアを確かめるため、実験をしようと思っていた。比較的簡単ながら、成功すればアンテナの原理に一歩踏み込むことができそうだ。

そのため、朝の身仕度もそこそこに家を飛び出してきたのだった。朝食のときも頭の中は実験のことでいっぱいだったので、香芽子が不満そうになにか言っていたが耳に入らなかった。

船着き場に着くと、いつもは人が群れているのに、なぜか誰もいなくて静かだった。混み合う船は好きではないので、こいつはついていると思った。

内航船を待つあいだも、実験のことを考えつづけている。

と、そのうちにアイデアの穴が見えてきた。

実験が成功したとしても、それだけでは理論の証明にならないのではないか？　もっと多くの場合について、しらみつぶしに確かめてゆく必要があるのでは？

立ったまま日射しをあび、風に吹かれて考えているうちに、昨夜からの興奮がだんだんと冷めてゆく。

——うーん、こりゃ駄目かな。

はなはだしい既視感だった。宝石を見つけたつもりがよく見たらごろた石だった、という体験は研究者の日常である。今回もその例にもれなかったようだ。

やれやれ、と思って気がつくと、船着き場に着いてかなりの時間がたっていた。

おや船が遅いな、と思ってから、はたと気がついた。

「今日は日曜日じゃないか！」

道理で船着き場に人がいないはずだった。

肩を落とし、ひとつため息をつくと、駿吉は重い足取りで家にむかった。

翌日の月曜日、駿吉は兵器廠の自室にいた。昨日の失敗を外波中佐に話して笑い飛ばし、また研究の手順を考えていた。

そこへ、ノックとともに入室したのは、見憶えのない男だった。兵器廠の主計官だという。

はて何か経理上の問題でも出たのかと思っていると、男はロシアの脅威をとうとうと述べはじめた。

「……であるから、わが軍は早急に開戦して、旅順の艦隊を叩かねばならない。でなければバルチック艦隊が襲来して二倍の敵を相手にしなければならなくなる」

誰もがわかっていることを、男は一席弁じ立てた。そのあとでこう言う。

「そこでわが軍の装備である。艦の速力、砲力は優秀だ。なにしろ主力の戦艦と巡洋艦はみな英国製の新造船だからだ」

男の勢いに押され、駿吉はとまどいながら聞いている。

「しかるに新たな装備となるべき無線はどうか。聞き及ぶところによれば、英国製ならば百海里も届くというのに、貴官の作った無線は二十海里がせいぜいと言うではないか」

「……まあ小さい艦だと、いまのところは」

「それでは困るではないか。ロシア側が同盟国ドイツの優秀なる無線を積むとすれば、そいつはおそらく英国製とおなじ程度の性能を有するであろう。しかるにわが軍の無線がその半分も届かないのでは、太刀打ちできないぞ。貴官のせいでわが軍が負けたらどうするつもりだ」

「………」

「なぜ国産に固執するのだ。英国製を買えばよいではないか。同盟国だから喜んで売ってくれるだろう。そうすればいますぐにでも百海里とどく無線が手に入る。貴官が開発をあきらめて、英国製を買うよう上申すれば、わが軍が負けることはない。わが輩は国を憂い、国のために貴官を説得にきたのである」

言い終わったとき、男の顔は上気していた。

駿吉は呆れつつも、背後の事情を推理していた。

主計将校が、世界の先端をゆく機器であり軍の機密になっている無線にくわしいはずがない。誰がこんな知識を吹き込んだのか。

どこかから漏れ聞いて、おっちょこちょいがひとりで踊っているだけかもしれないが、この男の背後に組織立った動きがあるのかもしれない。

いずれにしても外波に相談だなと思いつつ、今日はまず適当にあしらっておかねば、と考えた。

「貴官は」

と駿吉は男の真似をしてよびかけた。駿吉は技師で高等官四等なので階級でいえば中佐相当である。相手のほうが階級は下なのだが、軍の中で文官は下に見られがちだ。

「貴官は英国製が百海里とどくというが、それを実地に確かめたことがあるのか」

「……いや、ない。しかしそういう話だ」

「ぼくの知る限り、日本人で英国製の艦載無線機で百海里の通信を体験した者はいないし、英国海軍が公式に発表しているわけでもない。無線の能力はどこの国にとっても重大な機密だからね。だから貴官の主張には根本の確証がないということになる。架空の説に基づいて非難されても困る」

「しかし、無線で大西洋横断通信がなされたというのは、事実だろう」

「そいつは事実のようだ。しかし問題はアンテナだ。ぼくはこの目で、大西洋横断通信用のアンテナを見たことがある」

駿吉は即座に言い返した。

「英国のポルデューというところでね。あれは象やキリンを何頭でも閉じ込めておけそうなでっかい建築物だった。あんなアンテナを軍艦に設置したら、大砲も水雷も積めなくなる。それに莫大な電力も使っているだろう。軍艦用としてはとても実用的とはいえない」

男はむっとした顔をした。

「だいたい英国製のを買うというのは、すでに否定されている。いまから英国へ行ってマルコーニ社と交渉してみたまえ。話をつけるだけで三カ月、むこうが製造するのに半年はかかるだろう。そいつを日本へ持ってきて据えつけ、兵員が操作に習熟するのに半年や一年はかかる。都合二年だ。それまでロシアは待ってくれるのかね」

「…………」

「うちの無線も、地上で高いアンテナを立てればそこそこ行くんだが、巡洋艦のような小さなフネだとむずかしい。そこを何とかしようと苦労してるんだ。もう少し見守ってくれないか」

論破してやったと思ったが、それでも男は鋭い目で駿吉をにらんでいる。

「するとわが軍の運命は貴官の腕前にかかっている、というわけだ」

「そんなことはないと思うが。この細腕で支えられるようなやわな海軍ではなかろう」

「いや、そうだ。貴官はわが軍の勝敗の鍵を握っている。無線の開発ができれば勝ち、いまのままなら負ける。その自覚があるのか」

「無線の開発はぼくの責任でやっている」

「もし英国製と同等の無線ができなかったら？」

「できないとは考えていない。現に図面一枚からここまできている」

「覚悟の問題だ。できなかったらわが軍は負け、日本はロシアに占領されて悲惨なことになる。それをわかってやっているのか。もしできなかったら腹を切る覚悟があるのか」

男はじっと駿吉を見詰めてくる。

――つきあえねえ。狂気の目だ。

駿吉は背中に冷たいものを感じた。海軍のほとんどの将校は理知的だが、中には狂信的な者もいる。この男もそのひとりだろう。

ここで負けてはならぬと腹に力を入れ、答えた。

「その覚悟でやっている」

男はしばしだまっていたが、やがて、

「それを聞いて安心した。切腹覚悟ならできぬことはないだろう」

と言うとさっと立ち上がって敬礼し、

「邪魔をした。では武運を祈る」

と言ってさっさと帰っていった。

「何でしたか。腹を切るとか切腹覚悟とか、物騒な声が聞こえましたけど」

立石兵曹長が部屋に入ってきて、心配そうな顔をする。

「まったく、何言ってやんでぇ」

駿吉もやるせない。怒りなのか恐怖なのか判別のつかない感情が生じている。しかし世間ではそういう見方をする者もいる、と考えて納得するしかなかった。自分が日本の命運の幾分かを握っているのは、確かなのだから。

六

「じゃあ、まずは三十センチのインダクションコイルだ。頼んだよ」

「わかりました。必ずご期待に添うものを造ってみせます」

深々と頭を下げた痩せぎすの男は、一歩下がってからくるりと踵を返し、会議室を出て行った。

「どうかな。あてになるかな」

外波中佐が八の字髭をなでて問う。

「さあ。しかし他に手がないんだから、やってもらうしかないでしょう」

駿吉はさばさばと言う。

痩せた男は安中常次郎といい、東京の本郷で電気器具を造る安中電機製作所という会社を営んでいるとのことだった。そこに、懸案だったインダクションコイルの国産化を託そうというのだ。

この三月、大阪で内国勧業博覧会というものが開かれ、国内のさまざまな製造業者が自社の製品を出展していた。

それに目をつけた外波中佐が出展企業の一覧を手に入れ、電気に関する製品を出していた企業に連絡をつけた。そして長浦の事務所に呼び出して、無線用の部材を製作しないかと談判におよんだ。

海軍では造らせた製品の試験結果はすべて知らせるし、見本が必要なら海軍から貸し渡し、勝手に分解してもよい、成功したら莫大な発注は疑いなしだ、と好条件を出したが、なにしろ最先端の機器であり、技術的にむずかしいものばかりなので、なかなか応ずる会社がなかった。

そんな中で安中常次郎が、インダクションコイルを造ってみると申し出てきたのだ。

安中常次郎は東京の工手学校電工科を出たのち、東京帝国大学の工科大学に助手として勤務した。そのとき無線電信を知り、将来性に気づいてその主要部品であるインダクションコイルを研究する気になり、三年ほど前に独立したという。

話を聞くと発注先としてうってつけのようだが、いまの会社の規模をたずねると言葉を濁した。一応、工場らしきものはあるが、工員数は数名程度らしい。インダクションコイルの研究はしていても受注はまだなく、扇風機や電鈴、変圧器の部品など、注文があればなんでも造っているようだった。

その程度の会社で大丈夫かという懸念はあったが、熱意は認められたので、まずは比較的容易と思われる三十センチ火花のものを発注してみたところだった。

「小さな会社だから、駄目で元々ってんで賭けに出てきた、って感じですか」

「ああ、そうだろうな。ま、あんまり期待しないで待ってみるか」

と言い合っていると、数日して試作品を持ち込んできた。駿吉も外波中佐もその早さにおどろき、どうやらこの男は本気らしいと悟った。

しかしさっそく試験をして強い電圧をかけてみると、三日ほどで壊れてしまった。一次線と二次線とのあいだにある絶縁体のエボナイトが、発生する火花に耐えられず貫通されてしまうのだ。がっかりして、

「これじゃあ駄目だ。もっと頑丈なやつを造ってくれ」

と試験結果と駿吉らの意見を伝えて改良するよう頼んだ。安中は素直に聞いて残骸を会社に持って帰り、また試作品を造ってくる。

安中常次郎も必死のようだった。なんでも、兄弟や親戚中から金を借りあつめて試作品を造っているのだという。失敗するわけにはいかないのだ。

これを何度か繰り返すうちに、ついに幾日試験をしても壊れず、しかも高い電圧を実現するコイルができた。試験結果を伝えると、

「いやあ、やっとご期待に添えましたか」

と得意顔になった安中が言うには、絶縁体をエボナイトからマイカナイトという米国

社の製品に換えたのだという。エボナイトは樹脂だが、マイカナイトは雲母という鉱石を固めたものだから、絶縁性ばかりでなく耐熱性にも優れているのだと、安中はその場でとうとうと一席ぶってくれた。

最後の仕上げにドイツのマックスコール社と英国ニュートン社の製品と比較試験をしたが、おどろいたことに安中製品のほうが、ドイツ製より八十パーセント、英国製より三十パーセントも優れていた。

これなら文句はない。インダクションコイルは国産できるということになり、懸念がひとつ消えた。

七

一方、山本大尉は悩んでいた。

三四式無線機が使えない無線機であることを暴き、軍令部まで巻き込んで改善命令を出させたものの、そのために逆に不安になってきた。

あれほど性能の低い無線機ではとても使い物にならず、ロシアには対抗できない。すると海戦ではこちらがおおいに不利となる。無線機の性能差で日本が負けてしまうのではないか。

ここは大至急、無線の性能を向上させなければならないが、開発の中心となっている木村博士が、どうも頼りない。試験でさんざんな成績だったにもかかわらず、さほど落ち込んだようでもない。

——あの変人、へらへらしていて危機感がないんだよな。

不満はそれだけではない。自分がここで何をしているのかといえば、試験所とは名ばかりの古い建物で油まみれになり、来る日も来る日も生産ラインの監視をしたり、機械の試験をしたりしている。本当にここは海軍か。

何のために海軍に入ったのか。

日本を守るために大きな軍艦に乗り、大海原へ出て敵艦隊を殲滅(せんめつ)するためではないか。

こんなところでくすぶっていていいものか。

ロシアとの開戦が迫っているというのに、冗談ではない。下手をすると、ここに縛り付けられたままで開戦になってしまう。早くここを出て、何でもいいから艦隊勤務にならなければ。

とはいえ、性能のいい無線機は必要だ。少なくともロシアと同等の無線機がなければ、対等に戦うこともできないだろう。

となれば、自分も立場上、少しでも無線機の性能向上につとめるべきだ。いまは艦隊勤務をのぞむより、そちらを優先しないとまずいだろう。

考えた末に、コヒーラ管の改良に取り組むことにした。

遣英艦隊でマルタ島の英国艦隊を訪問したとき、英国で使っているコヒーラ管をひとつ、見本としてもらっていた。それはすでに提出してあり、木村博士もそれを真似たものを作っていたのだが、満足のゆく性能が出ていないと聞いたからだ。

「うん、ぜひ頼むよ。あなたの目でよく観察して、コヒーラ管の秘密を解き明かしてくれたまえ」

と木村博士はにこやかに言って、山本大尉にコヒーラ管を託した。

どうやら博士はいまアンテナと送信機の改良に取り組んでいて、受信機のほうまで手が回らないようだ。というより、試験所としてやることが多すぎるのだろう。みなてんでに命じられたことに手を付けている、という状態なのである。

博士を見ていると、アンテナをいくつも作っては首をひねっている。また別の日は、送信機についている放電球の試験を繰り返していた。

三四式ではふたつの放電球を使って、そのあいだに火花を飛ばしていたが、木村博士は放電球を六つにしたり、ふたつずつ横に並べてみたり縦にしたりと、さまざまな形態を試している。

なるほど科学者らしいなと思いつつ、山本大尉はコヒーラ管を手にした。

英国のものを真似たコヒーラ管は、以前のものとちがって両端にななめに電極が入っている。これで中の金属粉は、台形を形作ることになる。このほうが通電したあと、もとにもどしやすいということだったが、どうやらそれだけではあまり効果がないらしい。

コヒーラ管を手の中でひねったり回したりすると、中の金属粉が動く。なんでも電磁誘導の実験中に、電流が流れる銅線の近くにあった金属粉が動く現象が観測されたことが、このへんてこな機器の発明の発端だとか。

中に入っているのはおもにニッケルの粉末で、そこに銀と水銀が少々まじっている。もともとはニッケルと銀だけだったが、マルタ島でもらった英国艦のコヒーラ管に水銀が混じっていたので、真似てみたのである。

このままでは電流を通さないが、電波が届くとなぜか中の金属粉がかたまり、電流を通すようになる。それで電波が来たことがわかる。だから、いかに金属粉をかたまりやすくするか、がコヒーラ管改良のポイントだ。

「うーん」

改良といっても技術には素人なだけに、どこをどうすればいいのかわからない。

「ああ、それならまず、金属の割合を変えてみてもらえないかな。実験して最適な割合を見つけてほしい」

木村博士に相談するとそういう指示だったので、逓信省にもどった松代技師が残していってくれた職人たちと相談しつつ、金属粉をいろいろ変えて実験をはじめた。

しかし、これがつまらない。

ニッケルと銀の粉末の重さをはかり、混合割合のちがう十種類のサンプルを作る。慎重にガラス管に入れて中の空気を抜く。そして試験所の庭で、送信機から三メートル離して——アンテナがなくても放電球自体から電波が出るので、簡便な検査には使える——受信機を設置し、作ったサンプルをつぎつぎに試してゆく。受信すれば一メートルずつ離していって、サンプルの鋭敏さを試すのである。

やることが細かく、おなじことの繰り返しで退屈なわりには、やはりいま使っている割合——ニッケル九十六に銀四——のサンプルが一番いい成績で、結果は徒労に終わったのである。

「ま、科学実験なんてこんなもんだよ。膨大な失敗の積み重ねの果てに小さな発見があって、少しずつ前進してゆくのさ」

と結果を記した紙を見た木村博士は言う。どこかうれしそうなのが気にくわない。

「つぎは金属粉の種類を変えてみますか」

「それも一昨年にいろいろとやってみた。結果は、やはりニッケルと銀の組み合わせが一番だった。いまはそこに水銀が加わっているから、またやる価値はあるが、金属なんていっぱいあるからなあ。網羅的にやるとなると、ひどく手間と時間がかかる。なにか別のことを考えたほうがいいよ」

ではそれは何か、とは教えてくれない。意地悪をしているのではなく、木村博士自身も実験ならさんざんやり尽くして、もうやることを思いつかないようだ。

仕方なく、自分で考えることにした。といってもすぐに思い浮かぶわけがない。おまけにコヒーラ管のことばかり考えているわけにもゆかず、ほかの試験を命じられたり、部品の購入の交渉に行かされたりと、忙しい。そうした仕事の合間に、コヒーラ管を手の中でじっとながめてみたり、それぞれの部品を手にとってみたりした。

そうして数日、コヒーラ管のことを考えつづけていると、ふと気づいた。金属粉がかたまったり離れたりする際に、粘り気があるような状態を示すのだ。

どうしてかと不思議に思い、中に入れるニッケルと銀の粉末を見てみると、その質感がかなりちがう。ニッケルのほうが粗い感じがする。ということは……

——粒の大きさか、形がちがうのじゃないか。

電流を流したいのだから、粉末同士がかたまるときに隙間がないほうがいいだろう。するとと粒をなるべく小さくし、さらに形をそろえたほうがいいのではないか。

この思いつきを木村博士に告げると、博士はしばらく無言で目を細かく動かしていたが、ついで「ほおーっ」と声を出し、椅子から立ち上がって山本大尉の手をとった。

「いやあ、そりゃ発見だ。気がつかなかった。たしかにおっしゃるとおりだ。金属粉の形をそろえて、さらに小さいほうがよさそうだ。さっそく実験して確かめてくれたまえ」

と言われても、どうやって実験するのだろうか。

考えた末に、まず兵器廠の検査部門から顕微鏡を借りてきた。そいつでニッケルと銀の粉末を見る。顕微鏡を使うのは兵学校以来である。

のぞいてみると、やはり粒の形状が問題含みだった。総じてニッケルも銀もささくれ立っていた。これでは集まったり散ったりするとき、ささくれが邪魔をしてすんなりといかないだろう。おそらくこれが、粘りをうむ原因だ。

顕微鏡の観察結果をスケッチして木村博士に報告すると、博士は「ほお」と声を出し、それればかりか笑顔になって立ち上がり、また握手をもとめてきた。

「いやあ、電気の試験に顕微鏡を使うとは思わなかった。やはり軍人は実際的だな」

などと言う。

自席にもどると、山本大尉は長い息を吐いた。かなわんな、と思う。木村博士のことである。

たかだか金属粉を顕微鏡でのぞいた報告をしただけで感激し、大袈裟に手を握ってくる。変人というしかない。あれで切れ者ならまだいいのだが、本当に使える無線機を開発できるのか。ただの変人のお相手を長々とさせられるのはごめんだ。

「山本大尉、なにをしておる」

外波中佐に声をかけられ、はっとした。ついぼうっと考え込んでしまっていた。

「いえ、その、木村博士があまりに驚かれているので、そんなに重大なことだったのかと……」

気を抜いた姿を見られた恥ずかしさが先に立ち、答えがしどろもどろになってしまう。

しかし外波中佐は、やさしい目で語りかけてきた。

「金属粉を顕微鏡でのぞくなど、おれも考えていなかった。金属粉の大きさってのは、気づかなかったな。それを見つけた君は、いいセンスをもっている。誇っていい」

センス、だと。そんなものを、自分はもっているのか。

「はっ、光栄です」

褒められて悪い気はしない。外波中佐はうなずき、つづけた。

「君に期待するところ大だぞ。その科学のセンスでこの少々頼りない無線機をなんとかして、海軍を、いや日本を救ってくれ」

「はっ、努力いたします」

思わず敬礼をしてしまった。外波中佐は満足したように立ち去った。

――じゃあ、どうするか。

原因がわかっているのだから、対策はすぐに思いついた。

まずは金属粉を乳鉢（にゅうばち）に入れて摺（す）り、均等に細かくささくれのない形状にしてコヒーラ管に入れ、実験をしてみた。

すると明らかにコヒーラ管の感度がよくなった。これなら通信距離も伸びるだろう。

「すばらしい。これは大きな成果だよ！」

また木村博士が大袈裟な喜び方をする。しかし今度は悪い気がしなかった。

駿吉はアンテナの実験をつづけていた。

二本線や四本線など、いろんな形のアンテナを作っては、試験所の前にある吾妻山の施設にもちこみ、その性能を試す。

本数が多いほうが電波がたくさん出るのではと考え、複数の銅線を組み合わせたアンテナを多く試していた。すると、四本の銅線を正方形の四つの頂点に配した形が性能がよいことがわかった。駿吉はこれを四条線（しじょうせん）とよぶことにした。

四条線を使うと、二十海里程度の距離の築地とならば明瞭に通信できた。ではというので、およそ七十海里はなれた焼津の試験所と交信を試みると、これがうまくいかない。

悩んでいると、これは焼津とのあいだにある伊豆の山々が邪魔をするせいではないか、という意見がでた。だから低い山しかない千葉、茨城方面と通信してみたらどうだろうか、というのだ。

どうせ海上で使うものだから、そのほうが実際的でもある。

横須賀から千葉、茨城方面へ八十海里というと、茨城県の大洗（おおあらい）海岸のあたりになる。

やってみようということになり、山本大尉を長とする一隊を大洗に派遣した。

山本大尉は遣英艦隊の艦上でアンテナを工夫した経験があるので、適任と思われたのだ。

大きな櫓を組む時間はないので、気球でアンテナを吊り下げる方式である。

駿吉は横須賀の吾妻山にいて、決めた時間に送信を開始した。

一日目は駄目だった。送信しても大洗海岸からは何の反応もなかった。

「やはりまだ八十海里は無理か」

外波中佐と肩を落としたが、試験は三日間の予定である。アンテナの張り方を少し変えて二日目にのぞんだ。しかしやはり反応なし。がっかりして三日目となった。

午前中は、昨日とおなじく反応がなかった。午後も三時すぎになり、あきらめかけたときに突然、受信機が動き出した。試験所に詰めていたみなが色めき立つ。

「いや、まだわからんぞ。空電かもしれんし、どこかの艦からかもしれん」

横須賀港に係留している艦が、訓練で無線を打つこともあるのだ。駿吉は印字機が吐きだした紙テープを引きちぎり、読んだ。

「ワレ　オオアライ」

とあるではないか。

「やった、八十海里だ！」

外波中佐と手を取り合って喜んだ。とにかくひとつの目安を達成したのである。

翌日、帰ってきた山本大尉に聞いてみると、

「いやあ、大変でした。水戸から新聞記者が大勢きているのに、初日はまったく受信できなくて泣きたくなりましたよ。そこで三日目に変えてみたんですよ」

決め手は、アース（接地）だったという。

「アース？　アースで変わったのか。本当か」

駿吉はおどろいた。アースが無線の性能に関係があるとは、思いもしなかった。

山本大尉は言う。

「ええ。はじめのうちは、気球から吊り下げた銅線の端を、百メートルばかり伸ばして地面に差し込んでいました。それが邪魔になったので、一メートルほどに短く切って気球のすぐ下に差し込んだのですよ。すると、それまでほとんど通じなかったのが、たちまち明瞭になりましてね。アースって、そんなに大切なものだったのですか」

「いやあ、正直、さほど重要だとは思っていなかった。本当にアースだけなのか？」

念を押すと、大尉はむっとした顔になった。

「ほかもいろいろとやりましたよ。送信機や受信機を調整してね。でも、通じるようになったのは、アースを変えた直後です。これは間違いありません」

駿吉は考え込んでしまった。これまでアースの重要性など考えたこともなかった。た

だ、当初のマルコーニの図面上で、アンテナの端がアースされていたから、やっていたまでである。

送信機には大きな電圧がかかるから安全のためだろうと思い、ほかに重大な意味があるとは考えていなかったので、アースするのを無視したり忘れたりすることもしょっちゅうだったのだが（これは現在では鏡面効果として知られている。アンテナ直下でアースをすると、アンテナの長さを二倍にしたのとおなじ効果があるとされる）。

「案外と、電波ってのは野性味あふれるものですな」

山本大尉が言う。駿吉は聞き返した。

「野性味？」

「いや、アースをした途端に電波が飛ぶようになったわけでしょう。電波ってのは、地面と空とのあいだを流れているものだとしたら、雷とおなじじゃないですか」

「雷は、雲と地表とのあいだの放電現象だが……」

とまで言ってから、駿吉は言葉を呑み込んだ。何かひっかかるものがあったのだ。

しかし、それが何かはわからない。見えそうで見えない。だが何かある。もどかしい。

眉根を寄せて宙の一点を凝視し、その場で固まってしまった。

「木村博士、どうしましたか」

と呼びかけられて、やっとわれに返った。

「ああ、いや。どうも大きなヒントをもらったようでね、思わず考え込んでしまった。ありがとう」

と言って山本大尉の右手をおしいただくように両手でにぎった。

「じゃ、ぼくは研究にもどるから、これで」

気味悪そうな顔で立ち尽くしている山本大尉をおいて、駿吉は急ぎ足で自分の部屋にもどった。

先に光が見えてきた。

駿吉は机にむかい、目を閉じた。

そうだ。アンテナはアースされることによって、大地とのあいだで回路を作っているのだ。

電流は電子の流れだが、銅線が一本だからといって流れが一方向だけとは限らない。一本の銅線の中を、電子は回流しているのではないか。

根元から入ってきた電流は、ちょん切れた先端で行き止まりになって消滅するのではなく、跳ね返ってきている。跳ね返って大地に通じ、またアンテナにもどって先端までゆき、ふたたび跳ね返って大地へむかう。

もしかすると、アンテナと大地のあいだで変位電流が生じているのかもしれない。するとそこからも電波が出るだろう。

そうした動きを繰り返しているうちに、銅線の抵抗と接地抵抗で生じるジュール熱、それに電波となる分でエネルギーを使い果たし、電流は消えてゆく。

ついにアンテナの謎の一端が見えてきた。駿吉はしばらくのあいだ陶然としていた。

八

七月半ば。

ここまでの研究成果をもとに、駿吉は送受信機の設計図を一から引きなおした。

アンテナは新開発の、四本の銅線を用いる四条線とした。

インダクションコイルは安中電機製作所の、三十センチ火花と五十センチ火花のふたつを使うこととした。近距離には三十センチのものを、遠距離には五十センチを使う。ひとつが壊れても、もうひとつで最低限の通信はできるようにとの配慮である。信頼性と耐久性向上を、数をふやすことで乗り切ろうという知恵でもある。

コヒーラ管は山本大尉が改良したものを使い、受信機側のリレーは優秀なジーメンス社製。アースもアンテナ直下にとるようにした。

これで通信距離は大きく伸びた。

使い勝手にも気を配った。

送信機では過剰な電流が流れないよう、コイルを入れたりスイッチを増やしたりした。受信機側では、送信機の影響を受けないよう機器を鉄の箱におさめてあったが、これを印籠蓋の真鍮張りの箱とし、蓋を閉じないと送信機が動かないようにした。これで受信機の誤作動がなくなっただけでなく、受信から送信に移るときに一動作でできるようになった。

またリレーの調整も、三四式は二台を使っていて厄介なものだったが、ジーメンス社製の一台にしたため容易となり、一度調整すれば狂うこともなくなった。

艦上に張り渡すアンテナの絶縁物も、よく破損して苦情が多かったが、三個の盃状のエボナイト碍子をねじ込んで一本の碍子とするよう工夫した。これは外波中佐の考案で、壊れても交換が容易となった。

駿吉が新たに設計した無線機は、八月中旬に完成し、「新計画無線電信機」と名付けられた。明治三十六年に完成したので、先の三四式と区別して三六式とも呼ばれるようになった。

この新設計の三六式無線機を、さっそく吾妻山の試験所に据え付けて、ちょうど機関試験のため出航する巡洋艦八雲と交信してみた。

このときは八雲が横須賀港からさほど遠方へ行かなかったため、作動試験はできたものの、距離は十海里程度しか試せなかった。それでも三四式とはちがう感触があった。

受信が明瞭なのだ。

「いや、まずは十分でしょう」

駿吉の言葉に、外波中佐はうなずいた。

「そうだな。ここからだな。つぎは扶桑（ふそう）に頑張ってもらおう。据付には貴様がゆくか」

「もちろん。よくよく挨拶してきますよ」

「そうか。艦長に、よろしくな」

外波中佐はかねてから、無線試験のために専用に使える艦を決めてほしいと具申していた。それがやっと認められ、二等戦艦の扶桑を使えるようになっていた。

扶桑は排水量三千七百トンあまり。艦齢二十年以上の老朽艦だが、厚い装甲と二十四センチ砲を搭載している。日清戦争の黄海海戦では本隊五隻のしんがりをつとめて活躍した。戦後に松島と衝突して沈没してしまったが、引き揚げられて修理され、戦列に復帰していた。

駿吉は翌日さっそく、横須賀港内に停泊している扶桑に乗り込んだ。

作ったばかりの三六式無線機をもち、据付の助手として技手二名をつれている。まずは挨拶のために、艦の後部にある艦長室をおとずれた。

「無線電信試験所の木村であります。新型無線機据付のためにまいりました」

と言って慣れぬ敬礼をすると、

「まったくなってねえな。どう見ても海軍の敬礼じゃねえぞ」

と笑われた。駿吉も笑みを返した。

目の前で、亡くなった父親にそっくりの丸顔が微笑んでいる。扶桑の艦長は木村浩吉中佐。駿吉の兄である。

「ま、文官ですからね。平にご容赦を」

「ああ、少しは練習しておけ」

「いやあ、それにしても兄さんのフネと聞いてびっくりした。海軍も情実人事をするんだなあ」

「おい、人聞きの悪いことを言うな。で、今度のはどうだ。八十海里いくのか」

艦政本部での会議の顚末（てんまつ）は当然、兄も知っている。弟の厳しい立場を心配してくれているようだ。

「いや、試験はこれからです。前のよりはよほどいいはずですが」

「なんだか頼りないな。大丈夫か。ロシアのより劣っていたら、そりゃまずいぞ」

「わかってます。だから試験ですよ。いろいろ走ってもらいますから」

「それは命令だからな。存分に使ってくれ。で、いつからだ」

「さて、まずは新しい機器の据付ですが、数日かかります。それから、ここに停泊しているうちにアンテナの張り方を幾通りか試験します。洋上に出て試験するのは、そのあとですね。およその案はここに書いてあります。そちらの都合と合わせて、日程を決めたいのですが」

駿吉は試験案を兄に示した。じっと見た兄は言う。

「こちらも機関の整備やら新兵の受け入れやらあるからな。早くても洋上に出るのは九月半ばすぎだな」

「それでいいです。それまでに港内でできる試験はすませておきます」

「よし。では初回は九月二十日としよう」

話はすぐに決まり、扶桑は新しい無線を装備する初めての艦となった。

据付と作動確認がおわり、九月二十日、いよいよ横須賀港外を航行して通信試験をすることになった。

駿吉を乗せた扶桑は、秋晴れの空の下、吾妻山の試験所と交信しつつ浦賀水道をぬけ、相模灘を南に下ってゆく。風もなく波も穏やかだ。

初日ということもあり、まずは房総半島の突端、洲崎が見えるあたりまでとした。

途中、吾妻山との通信は順調だった。駿吉は技手たちに通信をまかせ、艦橋下の通信室を出て艦橋にのぼった。兄の浩吉は操舵室にいて、緊張した面持ちで指揮をしている。

「このあたりは、船が多くて危ないところだからな」

見れば前後左右を漁船や貨物船など、大小の船が行き交っている。こうした海では軍艦といえど、規則にしたがって航行しなければならない。

「なるほど、船長ってのは大変だ」

駿吉はつぶやいた。何千トンという船と、何百人という乗組員の命を預かっているのだから、緊張もしようというものだ。

——自分は、仕事でこんな緊張を強いられてきたかな。

これまでの人生を振り返ってみて、そんな経験はないことに気づく。なぜだか申しわけない気になる。

「よし、むずかしいところは抜けた。洲崎あたりでいいのか」

しばらくして、浩吉が話しかけてくる。

「ええ。今日は調整が主ですから、遠くへは行きません。そのあたりをぐるぐる回るか、遊弋（ゆうよく）してください」

「よしきた。お安い御用だ」

「兄さん」

「ん？　なんだ」

「ありがとう」

「馬鹿、いきなりなにを言うんだ」

兄のようにその場その場で責任を負って奮闘している人々に、この世は支えられている。それにくらべれば自分は、学問の世界で遊ぶ極楽とんぼだ。そんな思いが浮かんできたのだ。

——せめて無線機はいいものにしないとな。

その日の成果は、通信距離二十一海里で明快な受信電報数七。そのうち誤字の数二。初日としてはまずまずだった。

その後は十月の七、八、十日と試験をつづけた。

アンテナの張り方をさまざまに試したところ、もっともよいのはマストのてっぺんに竹竿をたて、そこから艦尾か艦首にむかって四条線を伸ばし、終端から銅線で無線室に引き込む方式だということがわかった。

従来よくやっていた、マストから垂直にアンテナを垂らして無線室に引き込む方式だと、マストそのものや周辺に張られている鉄線の影響をうけて電波が乱れるのだ。

艦首や艦尾方向にアンテナを伸ばせば、そうした悪い影響は避けられる。もちろんアースもとる。給電端につないだ太い銅線の終端を丸めて、艦側から海面に垂らした。

十月十日には伊豆諸島の新島(にいじま)沖でも通信できた。横須賀との距離は五十八海里である。

「よし、これでいこう」

結果を聞いた外波中佐は、断を下した。

「艦艇同士ではまだ八十海里には足りないが、時間がない。いま戦艦や巡洋艦に積んでいる三四式を、こいつに置き換えるんだ。変わった部品だけ取り替えればいいから、さほど手間も費用もかからんはずだ。もちろん八十海里をめざして改良はつづける。貴様には改良と製造、取替と、三つの仕事をやってもらわねばならん。さらに忙しくなるが、頼むぞ」

「わかってます。やりますよ」

外波中佐の決断の理由は、わかっていた。日露開戦が切迫しているのだ。日露間の外交交渉はまだつづいていたが、日本政府はもはやロシアの態度をただの時間稼ぎと見なしていた。時間がたてばたつほど、極東におけるロシア軍は増強され、その分、ロシアの立場は強くなってしまう。やるなら早く、という意見が優勢になっていた。

陸海軍の人事も、戦時体制になりつつあった。

陸軍は、参謀本部の次長に児玉源太郎（こだまげんたろう）という大物をもってきた。児玉は内務大臣をつとめていたが、その職を辞して参謀本部次長という数段格下の役職についたのである。これは、開戦を想定しなければ考えられないほどの異常な人事だった。児玉はもちろん、早期開戦論者でもあった。

そして海軍でも、常備艦隊司令長官——戦時には連合艦隊司令長官、つまり海戦の最高指揮官となる——に、東郷平八郎中将を抜擢した。東郷は一度、常備艦隊司令長官をつとめているので、こちらもやはり順送りではない。開戦を見越した人事だった。

陸海軍とも、開戦にそなえた人事をすすめるとともに、対露戦を見越して作戦も練り上げていった。そうした空気が、外波中佐にも伝わっている。無線の開発と設置も、開戦に間に合わせるべく急いだのである。

「使い勝手と耐久性も、ずいぶんとよくなったしな。そちらは自信があるだろう」

外波中佐は試すようにたずねる。

「ええ、ずいぶんと変えました」

「まずは改造のための見積書を作らねばならん。予算を申請して、部品を調達せんとな。必要な部品を書き出してくれ。金額の計算と申請書作りはおれがやる」

軍というのは、お役所でもある。書類を出さないと仕事がすすんでいかない。駿吉は慣れないので、書類ひとつ書くにもなかなか骨が折れたが、外波中佐は慣れていると見えて、手際よくすすめてゆく。

「これでいいだろう」

ふたりで徹夜し、二日間で書き上げた申請書は、これまでに作って軍艦や陸上に据え付けた三四式三十三組を三六式無線機に改造し、さらに十七組を新設するための費用を書き出したもので、部品ひとつひとつの単価と必要な数量を詳細に記してある。

費用は、すべてふくめて十六万円ほど。

「安いとは言わぬが、マルコーニ社に百万円払うことを考えれば、よほど倹約したといえるだろう。これは通るだろうな。いや、通さねばならん」

外波中佐が力むまでもなく、予算はすんなりと認められ、三四式の改造に取りかかることになった。

まずは部品の手配をしなければならない。部品も多岐にわたるので、これも手間のかかる仕事だった。

あたふたと走り回っているうちに、事態はさらに切迫してくる。十一月のはじめ、駿吉は外波中佐に呼ばれた。所長室にはいると、そこに山本大尉がいた。

「聞いてくれ。山本大尉がな、艦隊勤務になった。発令は四日だ。時間がない。すぐに引き継ぎにかかってくれ」

「おお、フネに乗るのですか」

外波中佐の話におどろき、そんな意味のない言葉しか出てこない。

「第二艦隊の司令部付だとよ。つまり、参謀だな。艦隊の中枢にいて、司令官を補佐する。大変な役目だ」

「いや、参謀は先輩諸氏の役目でしょう。わたしはただの使い走りですよ」

と謙遜する山本大尉だが、喜びは隠せない。目が笑っている。

「無線にくわしいと思われたおかげで、拾ってもらえたのでしょう。当分は無線番をやりますよ」

「それもあるな。まだ開戦までには少し間があるはずだから、無線もどしどし使って、こちらに改良点を提言してくれ」

「ええ、そうします」

「後任はくるのですか」

ちょっと不安になって駿吉が聞くと、外波中佐は首をふった。

「来ない。もう若手将校はみな艦隊にとられてしまった。といって予備役の年寄りじゃあこの仕事は無理だしな。いまの人数でやるしかない。いや、たぶんこれからも減ってゆくだろう。開戦となると、どこでも手が足りないんだ」

「そうですか。ま、仕方がないですね。軍艦がいざ大砲を撃とうってときに、手が足りないって言ってたんじゃあ負けてしまうからな。こちらはこちらで工夫しますか。山本大尉は、頑張ってください」

きりりとした表情で敬礼をして山本大尉が出て行くと、外波中佐は声を落として言った。

「じつはな、おれにもお呼びがかかっている。年内はここにいると思うが、いずれ出てゆかねばならん」

ええっ、と駿吉は声をあげた。まさか外波中佐までいなくなるとは、思っていなかった。

「そうなると、この試験所の長は……」

「当然、貴様になる。開発から生産から据付まで、何もかもひとりで背負わねばならん。大変だが、頼むぞ」

投げかけられた仕事の大きさに、駿吉は押しつぶされそうな気になった。

「で、中佐どのはどこへ行かれるのですか」

どこかの艦に乗るのか。水雷屋で中佐なら、二等巡洋艦の艦長あたりかと思っていると、外波中佐は急に硬い顔になって言った。

「そいつは、いまは言えない」

その声と顔があまりに真剣だったので、駿吉は気圧（けお）された。軍という非情な機関の一端に不意に触れた気がした。

「とにかく、おれもいなくなる。あとは貴様ひとりだ」

駿吉がだまっていると、外波中佐は意外なことを言った。

「貴様はこれまで、さんざん楽しんできただろ」

「え？　いえ、楽しむなんて」

「もちろん苦労もしたさ。だが本心では楽しんでいた。電波のことを知ろうとしてな。ほとんど道楽だ」

「いや、それは……」

「わからぬことを探究するのは、学者の性だからな。それはいい。しかしな、これからは楽しみはあとまわしにしろ。そして新型無線機をたくさん作って、据え付けて回れ。日本のためにそれができるのは、貴様しかおらん」

「………」

「とりあえずは、生産ラインを回すのに専念することだ。おなじ機械を性能を保ちつつ量産するのは、高尚な学問とはちがって、牛と綱引きをするような根気と体力のいる仕事だ。最初は戸惑うだろうが、貴様ならできる。頼んだぞ」

外波中佐は、呆然としている駿吉から目をそらした。そして「行ってよろしい」と言った。

九

山本大尉は、無線機にむかっている兵のうしろに、腕組みをして立っていた。

「送受信機をもう一度確認しろ。リレーの調整よろしきや。結線の状況、放電球の間隔よろしきや。電池のそなえよろしきや。すべてのスイッチは入っているか」

山本大尉の声に、無線電信掛の兵はいちいち「リレーの調整、よろしし」「放電球、よろし」と指さし確認している。すでに三十分以上かけて調整は終了しているので、簡単な目視確認のみ実施した。

山本大尉は、とりだした懐中時計を見た。午前十時三分前。あと少しではじまる。

主機関の振動が足許に感じられる。一等巡洋艦の出雲(いずも)は、八ノットで南にむかっていた。

あいにくと曇天で風があり、灰色の海には白い波が立っていた。そのせいか一万トン近い巨艦なのに少しばかり横揺れがある。

出雲の通信室は、艦橋の後方にあった。

四畳半ほどの広さの中に無線機が二組と無線を扱う兵と下士官、それに暗号をあつかう通信兵、山本大尉ともうひとりの参謀が詰めかけているので、部屋はいっぱいだ。山本大尉は椅子もおけず、立っているしかない。

十一月下旬、日本海軍の艦艇の多くが各地の鎮守府から佐世保に集結しつつあった。

三笠(みかさ)、初瀬、富士(ふじ)などの戦艦群は二十日に到着。高千穂、秋津洲など二等、三等巡洋艦もつぎつぎに到着した。

開戦を間近にひかえて、招集されたのである。

出雲、磐手など一等巡洋艦群は二十一日に佐世保に着き、艦体を整備したのち、二十八日午前八時半に出港していた。

今後はおもに射撃訓練に日々を費やす予定だが、本日の午前中は出雲、磐手など四隻のあいだで、やや毛色の変わった無線通信試験をおこなうことになっていた。通信中に敵方からの妨害電波をうけたとき、どれほどの損害があるのかを検証する、というものである。

いまのところ無線通信は、誰かを選んで発信することができない。ひとたびアンテナから発信されると電波は四方八方に出て行くから、受信機さえあれば誰が発した通信であれ受信できてしまう。だから無線を発するということは、広場の櫓のうえに立って大声で怒鳴っているようなものだった。

そのため電文は傍受者にわからないよう、暗号にする必要がある。また送られている無線にかぶせるように電波を送れば、通信妨害も容易にできる。実際、味方同士でも混信はふつうに起きていた。

といった事情から、実際の戦闘になれば、敵から妨害電波が送られてくるのは避けられないと思われていた。それがどの程度のものなのか、実験してみようというのだ。

ほぼ十時きっかりに、こん、とデコヒーラがコヒーラ管を叩く音がした。

同時にモーターがうなって印字機が動きはじめ、モールス符号を記した紙テープを吐き出してゆく。デコヒーラはコヒーラ管を叩きつづける。

無線通信がきたのだ。

「時間通りか」

「まずは順調だな」

山本大尉がもうひとりの参謀と話している中、印字機は紙を吐き出しつづける。かなりの長文だった。

吐き出された紙テープが一メートルほどになったとき、突如、印字が乱れはじめた。切れ目なく線がつづくかと思えば、長点とも短点ともとれぬ、モールス符号にはない信号があらわれる。

電波が妨害されたのだ。

「おお、けっこうやるな」

「むこうさんのほうが近いからな」

読めぬ信号はしばらくつづいたのち、止まった。

紙テープを切り取った兵が、電文を文字に置きかえてゆく。それを暗号担当の通信兵が、分厚い暗号簿を見ながら平文にしてゆく。

文字に起こされた電文は、つぎのようだった。

エアユ　ハ　アテメ　ノ　タチセ　ヲ　テホマ　スヘシ

日本海軍の暗号は、数字や特定の単語を三文字のカナに置きかえる方式である。送信者は置きかえた語を平文の中に入れて暗号文を作成し、受けた側は手許の暗号簿を見て解読してゆく。

エアユは浅間、アテメは敵、タチセは巡洋艦、テホマは砲撃である。解読すると、

「浅間は敵の巡洋艦を砲撃すべし」

となった。

「二十字程度か。すると一、二分ばかりかな」

兵の作業を見ていた参謀がつぶやく。

「そのくらいでしょう。受信した電文がある程度の長さになるまでは敵か味方かわからないし、敵方とわかってから妨害すると決め、受信機を送信機に切り替えて信号を発するのだから、どうしても時間がかかる」

山本大尉が言う。

「しかしいったん妨害がはじまると、確実に妨害されるってことか」

「電波が強ければ、そうなるのでしょうね。でも二十文字以内だったら、妨害はできないってことでもある」

「そうだな。短ければ短いほどよし、か」

「よし、つぎは短文がくるはずだ。どうかな」

この試験を起案した山本大尉がのる出雲は佐世保の西方、相浦(あいのうら)沖を遊弋している。同僚艦の磐手が十七海里半ほど西の江島(えのしま)沖にあり、その中間に浅間がいた。いま、磐手から出雲あてへの送信中に、あいだにいる浅間が妨害電波を出したのだ。

「それきた」

十分ほどのち、また受信機が動いた。これはごく短時間で終わった。

電文のモールス信号はすぐに文字に起こされた。こういうものだった。

ホホホホホ

ひと文字で一文をあらわす暗号である。

この場合、「ホ」は一字で「敵を追跡せよ」という意味に指定されている。標準では五文字を連打することになっているが、別に二文字でも七文字でもよい。妨害をうけて一文字しかわからずとも意味は通じる。

そのころになって妨害電波が入りはじめた。そこに意義がある。しかしこれは空振りで何の効果もない。

「よし。一字暗号は使えるな」

「今後、充実させたほうがいいでしょうね」

その後、浅間から出雲あての発信に対し、遠くにいる磐手が妨害する、といったパターンも試験した。結果はおなじだった。

「結論としては、妨害はできるが、一字暗号は妨害できない、といったところか」

と参謀は言う。

「むしろ通信距離のほうが心配だな。二十海里じゃ、ありがたさも半減だ」

いま一等巡洋艦が積んでいるのは、改造前の三四式無線機である。扱い方もむずかしく手間がかかり、通信距離も不足している。

「もっと距離の伸びる新式無線機の開発がすでに終わっています。いま横須賀で大車輪で製造しているはずですから、いずれ取り替えられるでしょう」

山本大尉は答えるが、

「いずれって、いくさは明日にもはじまるかも知れんのだぞ。間に合うのか」

と問われて答えに詰まった。

――あの学者さんがどこまで頑張るか、だな。

研究開発ならともかく、製造は木村博士の専門外だから、さてどうなるか。あまり期待しないほうがいいだろう。

山本大尉は駿吉の細長い髭面を思い浮かべて、いくらか暗い気持ちになった。

十

駿吉は、横須賀海軍工廠（この月、兵器廠から改称された）の本部にある経理課で、主任だという男の前で頭をかいていた。

「これは規則ですから、手続きをとってもらわねば」

「こっちは急いでるんだがな。その手続きにはどのくらい日数がかかるのかな」

「さあて、通常なら二週間といったところでしょうか」

「二週間！　それじゃ年内の入札は無理だ。もっと早くならないのか」

「なにせいくつもの課をまわりますし、最後は大臣の判子をもらわねばならないので……」

「大臣！　こんなことで大臣の判子がいるのかい」

「ええ、そう決まってます。やらないと処罰の対象ですよ」

はあ、と駿吉は大きく息をついた。

「とにかく急げ、できれば年内、どれだけ遅くとも一月半ばには三四式を三六式に取り替えろって命じられてるんですよ。誰が命じたんですか。大臣でしょうに」

「まあ稟議（りんぎ）ってのは、どこでもそういうものだ」

横にすわった外波中佐が落ち着いて言う。

「こいつは学者だからお役所仕事にうとくてな」

外波中佐に言われて、駿吉は不満そうに唇をとがらせた。

「持ち回っていちいち説明をして判子をもらえば早くなるだろうよ。な？」

「ええ、急ぐならそれしかないですね」

経理課主任はうなずく。

「どことどこを回るんだ？」

「ええと、横須賀鎮守府司令長官が発議して、海軍大臣が決裁するわけですが、鎮守府の中の手続きはすぐに終わります。海軍省へ行ってからが大変で、艦政本部の会計課長と第一部長、そして本部長、それと省の経理局長ですね。で、次官をへて副官、大臣と」

「雲煙万里って感じだなあ」

駿吉がぽつりとつぶやく。

「仕方がない。やるしかなかろうよ。でなきゃ組織が動かないんだから」

ふたりは経理課を出た。

工廠で無線機を増産するためには、材料や部品が必要だ。駿吉たちは機密となる部品——コヒーラ管など——は工廠内で造り、その他の部品はなるべく国内の企業に発注し、やむを得ないものだけ輸入する、という方針を決めていた。

買わねばならぬ部品は多い。駿吉ははじめ、試作機を造るときに頼った会社にそのまま五十組分の部品を発注しようとした。

だが外波中佐に止められた。国家機関である軍では、一定以上の金額となると入札をすると決まっている、というのだ。

「なにしろ軍の原資は税金だからな、公明正大に使えってことだ」

しかし最新機器である無線機の部品を造ることができる会社は、限られている。その上、一般入札で広く公募していては手間も時間もかかるし、品質も保証されない。

そこで応募できる会社を決めて入札する「指名入札」にしようとした。すると相談に行った経理課で、それには許可が要るぞ、稟議書をまわせ、と言われたのだ。

「いやあ自慢じゃないが、稟議書なるものにお目にかかるのは生まれて初めてですね」

「だろうな。貴様の経歴じゃあな」

外波中佐は諦観の表情を見せる。

所長の引き継ぎ業務としてここ数日、外波中佐は駿吉に自分の仕事をやらせていた。すると案の定、駿吉の世間知らずぶりがあらわになった。

すべて書類で決裁するという役所の仕組みがわかっていない。回すべき書類の書き方がわからずうろうろし、決裁すべき書類を無視して机の上に積んだままにし、暇があればみずから実験に取り組もうとする。

そのたびに外波中佐は注意をするのだが、駿吉は心外だという顔をするばかりだった。

——こいつはやはり研究者だな。

組織の歯車になり切れない性格なのだろう、と外波中佐は見ていた。

だがいまそんなことは言っていられない。とにかく開戦までに、主要な軍艦の無線を三四式から強力な三六式に換えなければならない。残された時間はせいぜい一、二カ月だ。

つぎの日、横須賀鎮守府司令長官の決裁をもらった「指令案　横鎮第一三八号の五八」という稟議書を手にし、駿吉はお目付役よろしくついてくる外波中佐とともに霞ケ関の海軍省に乗りこんだ。


無線電信機製造用半作材料購買方指名競争ノ議ニ付上申

とはじまるその書類は、印字機用の歯車や開閉器の水銀吹出装置など特殊な部品を、沖商会と吉村電気工場の二社にしぼって入札するので許可を請う、という内容だった。

「まずは艦政本部だ」

ふたりは会計課長に面会をもとめたが、すでに先客があった。それも三組も待っている。

呆然と廊下に立ち尽くし、順番が来るのを待つしかない。その廊下も行き交う人が多く、混雑している。

「まあ開戦を控えているからな。どこも忙しいのさ」

外波中佐は平然としている。駿吉は仏頂面で腕組みをしていた。

一時間ほど待ってやっと面会がかなうと、駿吉は挨拶もそこそこに、無線機の部品確保のむずかしさをまくしたて、稟議書に認め印を捺してくれと要求した。

「規則に沿うべく努力は尽くしたのか」

会計課長の言葉に、駿吉はぶっきらぼうに答える。

「努力もなにも、ほかに手はありませんぜ。そもそも造れる工場がこの二社以外、日本にはないんだから」

「金属加工の業者ならいくらでもあるだろう」

「だから、これは特殊な部品で、こちらがもとめたとおりに精密加工をしないと信頼性が保てないんですって」

決めつけるように言う駿吉に、会計課長がむっとした顔をする。外波中佐はあわてて割って入った。

「いや、無線機ってのはいま世界でも開発中の新しい機器だから、製造がむずかしいのですよ。他にはない部品を造らせるので、どうしても指名入札になってしまうのですな」

揉み手をしかねないばかりの笑顔で言うと、会計課長は口をへの字にしたまま印を捺した。

「もう少しゅっくりと、愛想よく説明しろ。端で見ていると喧嘩を売っているようだぞ」

会計課から第一部長の部屋へむかいつつ外波中佐が注意すると駿吉は、

「そんなつもりはないんだけど。ふつうにやってるのにな」

とぶつぶつ言っている。どうやら何が悪かったのか、まったくわかっていないらしい。

――少し娑婆に揉まれないと、わからんか。

駿吉を所長にしたのは失敗だったかと外波中佐は考えた。しかし無線機全体をわかっているのは駿吉だけだ。しかも多少の無理をおして製造をすすめられるだけの根性と体力も、持ち合わせている。この非常時に適任者はほかにいない。

「下手に出ろとは言わんが、せめてもう少しやわらかい顔と言葉で接しろ。でないと余計に手間と時間をくうぞ」

「わかってますって」

と言いながら、駿吉は決闘にでものぞむような顔つきで第一部長の部屋へむかった。

稟議書は、当然のように一日では回しきれなかった。

艦政本部の担当者に説明と回付を頼んでおいて、駿吉と外波中佐は横須賀にもどり、入札の準備にかかった。三日後に稟議書が認可されたという連絡をもらった直後に入札をして、翌日には発注先を決めていた。

「すぐに製作にかかって、正月明けには納品してくれ」

という駿吉の要求に、打ち合わせに横須賀まできていた発注先の社長は仰天した。

「正月も休まずにはたらけ、ってことですか」

「そうだ。時間がないんだ」

「それはとても。正月は工場も休みになりますので」

と、無茶なことを言うなという顔で拒否する。

「無茶は承知だが、こっちも正月返上で造るんだ。お互いさまじゃねえか」

と迫っても、社長は納得しない。

「正月も休めないなんてんじゃあ、工員がみんな逃げてしまいますよ。そればかりは勘弁してください」

駿吉がいくら頼んでもうんと言わない。疲れた駿吉が先に音を上げ、納期はうやむやなままで社長を帰した。

しかし部品が来ないのでは無線機製造は止まってしまう。頭をかかえて外波中佐に相談すると中佐は、

「まったく貴様は、おやさしい心根の持ち主だな。そんなことではいくさに勝てんぞ」

と駿吉を叱っておいて、

「まだ汽車には乗っておらんだろう。社長を呼び返してこい」

と兵卒を駅に走らせた。

「出征前に工廠に最後のご奉公だ。貴様も同席して、よく聞いておけ」

と言って指を鳴らす。ほどなく社長が不思議そうな顔でもどってきた。

「まだお話があるのですか」

「いや、さきほどは納期について、木村博士の説明が足りなかったようで失礼した」

と外波中佐は、まず軽く頭を下げた。

「軍というのは機密が多いお役所でな、なかなか本当のことを言えない。言えば罪に問われるからな。もちろん、聞いたほうも同罪になる。だから奥歯にものがはさまったような言い方になるわけだ」

やさしい言い方ながら、外波中佐は社長をにらみつけるように目を据えている。社長の顔が強(こわ)ばってきた。

「というわけで理由は言えぬが、どうしても正月明けに部品がほしい。部品がなきゃ、おれもこの木村博士も切腹ものだ。なんとか正月も工場を動かしてくれ」

「いえ、ですからそればっかりは……」

「工員が逃げる、というのだな」

「ええ。正月も動いてる工場なんて、世間を見渡してもありませんよ」

「ところがこの横須賀工廠は動くんだ。世間にあることじゃないか」

「……待遇が悪いと思われて工員に辞められたら、工場を動かすどころじゃなくなってしまうんで……」

「これほど言っても駄目か」

「もう、それだけはご勘弁を」

社長は手を合わせんばかりだ。

「そうか。わかった。それほど工員が大切ならば、それでいい。社員思いなのは、立派なことだ」

外波中佐はうなずいた。社長はほっとしたように目元をゆるめた。

「いやあ、まことに申しわけないのですが……」

「気にしなくていい。正月はゆっくり休んでくれ」

「そうですか。いや、ありがたく……」

「これから上の方にかけあって、あなたの工場の接収命令を出させる」

「は？」

「正月のあいだ軍が接収して、こちらから工員を出す。そして部品を造らせる。それなら工員は正月に休める。文句はないな」

「あなたの工場を、軍のものにするってことだ」

「接収ってのは?」

「いや、そんな馬鹿な!」

社長の目と口が大きく開かれている。外波は表情を変えずにつづけた。

「そうでもしないと部品が来ないいんだから仕方がない。こちらもやりたくないが、あなたが納得しないかぎり、やらざるを得ない」

「ちょ、ちょっと待ってください。そんな無茶苦茶な話がありますか!」

「おお、無茶なのは承知だ。軍人ってのは無茶をするものさ。でなきゃ敵にむかって突撃などできねえさ」

外波中佐は平然とうそぶく。社長は口をぱくぱくと動かしている。

「……わ、わかりました。社に帰って工員たちとも話し合ってきます。一日猶予をください。明日には必ず返事します」

社長は頭を下げた。

「一日か。仕方ない。待とう。しかし返事は接収されるか、それとも正月返上で工場を動かすか、ふたつにひとつだぞ。わかってるな」

社長は呆然として帰っていった。

「見たか。このくらいやらんと、いくさには勝てんぞ」

「……接収なんて、本当にできるんですか」

駿吉は疑わしそうな目で見ている。

「さあな。やらねばならなくなったら、そのときに走り回るさ」

「やはりはったりですか。ああそうか、そんな手があるのか」

うなずく駿吉を横目ににらみながら、外波中佐は言った。

「とにかく命令は絶対だ。われわれに遅れは許されない。遅れればどうなるか、わかるか」

「そりゃあ、無線が三四式のままで軍艦が出撃して……」

「遠くにいる友軍に無線が届かなくて、味方が死ぬかもしれんのだぞ。わかっているのか！　実際にフネに乗る者の身になって、こっちも必死でやるんだ！」

外波中佐の迫力に圧倒されて、駿吉は何も言えなかった。

十一

外波中佐の強引な押しが奏功し、各会社は暮れと正月を返上して生産に励んだ。

横須賀の工廠ももちろん正月返上で稼働し、正月明けには十数台の三六式無線機ができあがっていた。

「さて、今度はこれを据付しなきゃならん」

できた三六式無線機は軍艦に据え付けて、その上でちゃんと動くように調整しなければならない。そこまでが製作所の仕事である。

しかし肝心の軍艦は、横須賀にはない。みな呉か佐世保に行ってしまっている。開戦をひかえて、戦場に近いところに集結しているのだ。

「これこれの艦には、どんなに遅れても一月中にはみな据えつけろ」

という命令が下っている。三笠、朝日など一等戦艦、出雲、浅間など一等巡洋艦のすべて。それに二等巡洋艦の松島、厳島、橋立、浪速、和泉、須磨、秋津洲など、命令は合計三十二隻におよんだ。

となれば、造る一方で横須賀から無線機と人を送り込まねばならない。しかし佐世保へは汽車で二日以上かかる。汽船となればもっとだ。製作所での組み立てはつづけなければならないし、据付に割ける人員は限られている。

そこで駿吉は鉄道当局に、

「部品と職工を貨車にのせて、横須賀から佐世保にゆくあいだに無線機を組み立ててしまいたい」

と申し出た。組み立てた職工は、そのまま佐世保で据付をしてから帰ってくる、という案である。いい案に思えたが、鉄道当局からは、そんな運送は鉄道始まって以来やったことがないと断られてしまった。

「なんて頭の固いやつらだ」

と憤慨したが、どうしようもない。そこで一台が完成するごとに人をつけて佐世保に送り、すぐに艦に据えつけるようにした。

この輸送と人の手配も、またひと苦労だった。製作所での組み立てはともかく、完成品を軍艦に据えつけたあと、完全に動くように調整までできる技術者は少ない。

すでに外波中佐はどこかへ出征してしまい、いない。駿吉は所長格となり、人の手配から部品の発注、検査までひとりで責任をもつことになっている。その上、人が足りないためみずから佐世保へ出張して据付まで行い、さらには対外交渉まで引き受けて、てんてこ舞いの忙しさとなった。

そんな忙しい日々をなんとか乗り越えた明治三十七年二月四日、駿吉は京都にきていた。

駿吉自身が佐世保まで出張し、いくつかの軍艦に無線機を据えつけた。それが終わっての帰り道である。

蓄電池の件で、国内の業者がいないかと照会していた京都大学の教授から返事があったのだ。京都の業者で最近、新型の大容量蓄電池の製造を始めた者がいるらしい。

無線機を使用する艦が多くなるにつれ、蓄電池の必要性がわかってきて、もはや無線機には必須の設備となっていた。しかし国産品がなくて、すべて米国からの輸入に頼っていたため、急な増産には応じられない。

正月からの大量の据付に間に合わず、民間工場で自家用として稼働していた蓄電池まで買い上げて回る始末だった。ここで国産品が使えるとなれば、大助かりだ。

さっそく教授に案内を請い、京都の河原町に出かけていった。

島津製作所というその業者の主は源蔵といい、三十半ばと見えた。二代目だという。

会って話してみると、当初聞いた話とは少しちがっていて、蓄電池は造ったものの京都帝大からの依頼で一式を造っただけで、手広く製造販売するまでは考えていないようだった。手許にある蓄電池も自家用の予備電源として使っているものだった。

もともと島津家は仏具を造っており、先代が鉄工業に転じてのち理化学実験器具や医療器具の製造に手を広げ、いまではエックス線撮影装置まで造るようになっていた。だが蓄電池で商売する気はないようだ。

しかしいま蓄電池を国産できそうな業者は、この島津製作所以外にはない。

「どうか協力をお願いしたい」

と駿吉は切り出した。

「この数年でなんとか無線機を実用化することができたが、無線機を動かすための蓄電池がどうしても不足している。輸入品をかき集めても、とても足りない。国難を乗り切るために、ぜひとも協力してもらえませんか」

頼み込むと、反応は速かった。

「お国のためと言われて、断るわけにはいきません。やりましょう」

とふたつ返事である。まず自家用の蓄電池を提出し、さらに蓄電池の生産にとりかかると約束してくれた。駿吉はほっとした。これですべてとは言わずとも、蓄電池のいくらかは国産化できるだろう。

横須賀へ帰る汽車の中で、駿吉は確信していた。

——いまはこれが最良の解決方法だ。

改良して三六式無線機となっても、フネに載せてしまうと通信距離はまだ目標の八十海里に届いていない。

しかし通信距離が足りずとも、たくさん造ってたくさんの船に載せればよい。

六十海里届く無線を積んだ船が二隻あれば、一隻が中継することによって百二十海里も届く計算になる。そして無線を積んだ船を網の目のように配置すれば、敵艦隊をどこで発見しようが連絡はできる。

質で劣るのなら、数で補えばよい。結果はおなじだ。

だからいまやるべきことは、三六式無線機をたくさん造り、たくさんの船に載せることだ。

横須賀に着いたら、まだまだ多くの無線機を造らねばならない。そして網の目を完成させるのだ。

それが自分の使命だ。

第六章　日露開戦

一

明治三十七年二月七日午前七時四十五分。

第二艦隊の旗艦、出雲の受信機が動きはじめた。

「なにか起きたのか」

伝声管から受信ありの一報を聞いた山本大尉は、胸騒ぎをおぼえながら無線室に下りていった。そして印字機が紙テープを吐き出すのを待った。

参謀としては下っ端の山本大尉は、無線や旗信号など通信を担当していた。すでに前日、連合艦隊の旗艦三笠から全艦へあてて、無線は常に受信できるようにし、三笠以外はなるべく発信するなと訓令されていた。その上で初の電文である。

電信担当の兵が紙テープ上にあらわれたモールス信号をカタカナになおしたものを、電信主任の士官が暗号簿をめくりながら平文にしてゆく。

「どうした」

首席参謀で作戦主任の佐藤鐵太郎中佐も無線室にきて、電文をのぞきこむ。

「……どうやら、あまりめでたい事態ではなさそうです」

解読し終えた電文は、第三戦隊の巡洋艦千歳から三笠への報告だった。駆逐艦の曙が水雷母艦の日光丸と衝突し、曙が損傷したという。

「大事を前にして、たるんでいるな」

「ま、何十隻と出ているからな。そういうこともあるさ」

佐藤中佐はそう言ってぽんと山本大尉の肩をたたいた。そう、たしかに何十隻と出ている。昨日、佐世保から連合艦隊のほぼ全艦が出港していた。

これは演習ではない。

前日の二月六日午後、日本はロシアに対して国交断絶を通告していた。もはやいつロシアと交戦におよんでもおかしくない状況であり、事実、この艦隊はロシア艦隊に開戦の一撃を加えるべく、遼東半島の旅順にむかっているのだった。

ほかに瓜生少将ひきいる第四戦隊が別働隊となり、巡洋艦浅間および水雷艇戦隊とともに陸軍運送船を護衛しつつ、朝鮮半島西岸の仁川にむかっていた。

山本大尉が乗る出雲は排水量九千七百五十トン、艦首と艦尾の円筒形の砲塔に二十センチ砲各二門、両舷側に十五センチ砲七門ずつ計十四門をそなえる。乗員七百名ほどの巨大な艦である。

乾舷が高くて艦橋が低く、三本の細長い煙突を背負ったシルエットは、獲物に襲いかかるために低く屈んだ猛獣を思わせる。おなじ大きさの一等巡洋艦五隻の旗艦として、戦隊の先頭をすすんでいる。

開戦に際し、日本海軍は手持ちの軍艦を七つの戦隊に編成していた。海戦の主力となる三笠、朝日など戦艦六隻を第一戦隊とし、準主力といえる出雲、吾妻など一等巡洋艦を第二戦隊、千歳など二等巡洋艦四隻を第三戦隊に、といった具合である。

そして第一戦隊と第三戦隊を組み合わせ、それに駆逐艦隊と水雷艇隊をつけて第一艦隊と称した。おなじように第二戦隊と第四戦隊と駆逐艦隊で第二艦隊、第五から第七までの戦隊を合わせて第三艦隊とよび、それぞれに司令長官と参謀部をおいた。

山本大尉が配属された第二艦隊の司令長官は、上村彦之丞中将である。日清戦争では第一遊撃隊の巡洋艦秋津洲の艦長をつとめた。開戦前には軍務局長として無線の教育訓練をすすめており、無線には理解がある。

艦橋の司令所にもどると、司令長官の上村中将の姿はなく、出雲艦長の伊地知大佐ともうひとりの参謀、下村少佐がいた。みな曙損傷の報告を、冷静な顔で聞き流した。訓練でさえ、さまざまな予期せぬことが起きる。これしきのことでおどろいてはいられない、という顔だ。

山本大尉は、艦橋の横に張り出しているデッキに出て空をあおいだ。

乗艦の出雲は、十二ノットで東シナ海の灰色の海面を押し分けてすすんでいる。空気は肌に冷たいが、空は青く晴れ、風はなく波も穏やかだ。

——初陣にしては、落ち着いているな。

不思議な感じがした。予定どおりなら、二日後には命をかけた戦闘にのぞむというのに、特段のあせりも恐怖もない。そういうものかと思う。

午後一時、出雲がひきいる第二戦隊は、朝鮮半島西岸のシングル島付近に達した。ここで三笠以下の戦艦からなる第一戦隊、千歳以下の二等巡洋艦で構成する第三戦隊などとともに、漂泊しつつ指令を待つことになっている。

その間、ちょっとした騒ぎが起きた。右舷遠方に黒煙をみとめたのだ。どこかの商船だろう。艦隊の行動が露見せぬよう、吾妻が拿捕にむかう。

午後三時十分、三笠より入電。仁川港にいる巡洋艦千代田を第四戦隊に合流させることを、千代田の艦長が承知したことととともに、昨日午後六時の仁川港のようすが知らされた。

「やはり無線は便利なもんだな。艦外のようすがよくわかる。参謀にとっては、これほどありがたいものはない。前のときは出航したら眼前のこと以外、何もわからなかった」

と電文を見た佐藤中佐が感心する。

前の時とは日清戦争のことだろう。佐藤中佐は砲艦赤城の航海長として黄海海戦に参戦し、戦死した艦長の代理をつとめ、また自身も負傷するなどの経験をしている。

山本大尉は、別の感想をもった。

「実戦で無線を使った艦隊は、世界でもわれらが初めてではないでしょうか」

「かもしれんな」

無線が発明されて以後、世界中で大きな海戦は行われていないから、おそらく自分の感想は正しいと思う。

この出雲ばかりでなく、佐世保を出撃した巡洋艦以上の艦艇には、すべて改良された三六式無線機が積まれていた。

一月中に木村博士をはじめ無線電信試験所の者たちがこぞって佐世保に出向いてきて、突貫作業で古い三四式を三六式に換装していったのである。

山本大尉は、出雲に乗りこんできた顔見知りの技手たちと挨拶して言葉をかわした。ただ木村博士は見なかった。別の艦に行っていたらしい。

午後四時四十五分、第一戦隊のあとについて航行する。朝鮮半島西岸を北上し、旅順港へとむかう。

第三戦隊は偵察のために先行した。

吾妻より、露国商船を拿捕したと入電。これには三笠から、商船を通報艦の千早(ちはや)にわたして隊列に復帰せよと命令が下る。みな無線での連絡である。

「手早く終わるもんだな」

上村司令官が感心したように言う。

無線が配備される以前なら、旗を揚げて知らせて、それでも足りずに通報艦を連絡に行かせたりしたものだった。

夜にはいって吾妻から、拿捕したのは露国商船「アルグン号」で、旅順から来たものと入電。吾妻には日没後に本隊に復帰し、最後尾につけと返電すると、折り返して出雲の位置を示されたしと送ってきた。

「本艦の位置を教えてやれ。ああ、それに無線通信の距離を出るなとも打ってくれ。こんなことでいちいち通報艦を走らせていてはたまらんからな」

佐藤中佐の言葉どおりに無線連絡すると、長い一日が終わった。ただし警戒は厳重にし、二直（二交替。平時は三直）で哨戒にあたる。

翌八日も晴れて寒かった。午前七時四十五分、吾妻が隊列にもどった。艦隊は順調に目的地にむかっており、参謀としてはすることもない。山本大尉は艦橋横のデッキに出て、後続する僚艦の姿をぼんやりとながめていた。

午後一時二十分に、総員を後甲板にあつめた。出航前にたまわった開戦の勅語と、東郷司令長官の奉答文を読み聞かせる。つづいて戦闘についての訓示があった。みな厳しい顔で聞いていた。いよいよ実戦が近いことを感じさせる。

午後三時三十分、旗艦の三笠より入電。予定航路の変更である。

午後六時まで前進したのち、左十六点に変針、午後八時には右八点、午後十時には北八十五度西に変ずる。進路変換には信号を用いず、時刻になれば先頭から逐次変針する、などと、複雑で多岐にわたる内容だった。

「無線がないと、これを旗か灯火信号でやらにゃならん。フネを寄せて、信号旗を組んで何度も上げ下ろしだ。そいつを前のフネから後ろへと繰り返す。大変な作業だし、それをしたところでこの半分も伝えられなかったが、いまはなんとも手軽になったもんだな」

伊地知艦長が呆れたように言う。無線の効力は明らかだった。山本大尉はわがことのように誇らしい気分になった。

午後四時五十八分。司令長官発の、

「三笠より信号を受ける外、無線電信を使用すべからず」

との電信があった。混線を避けると同時に、敵に悟られないためである。

午後六時二十分には、艦隊は旅順の南東約三十海里（約五十四キロメートル）にまで達していた。

朝鮮半島の付け根から、西南の渤海にむけて牙のように突き出しているのが遼東半島で、旅順と大連はその牙の先端近くにある。

いま遼東半島はロシアの支配下にあり、旅順はロシア太平洋艦隊の本拠となっていた。戦艦七隻、巡洋艦数隻など、日本の連合艦隊に匹敵する規模の艦隊が旅順港に結集している。ほかには仁川港に巡洋艦と砲艦一隻ずつ、そしてウラジオストックに数隻の巡洋艦が置かれていた。

陸軍の兵を半島と大陸に送り込みたい日本は、日本海と東シナ海の制海権をにぎる必要があった。制海権をにぎるとは、すなわちロシア太平洋艦隊を叩きつぶし、無力化するということだ。大陸への輸送船がロシア軍艦に襲われるようでは、最初から日本に勝ち目はないのである。だからロシアと開戦となったら日本が最初にすべきことは、ロシア太平洋艦隊に決戦を挑むことだった。

そのために連合艦隊はいま、総力をあげて旅順に向かっているのだ。

「おい、手の空いている者はみな出ろ。登舷礼(とうげんれい)だ」

と声がかかった。

ここから第一から第五までの駆逐隊が、旅順と大連にむけて出発した。港内に停泊しているはずのロシア太平洋艦隊主力艦に、夜襲をかけるのだ。まったくの奇襲である。その魚雷でもって敵戦艦を何隻か沈めてくれるだろうと、期待は大きい。

デッキに出てみた。

まさに日が沈まんとする中、十数隻の小さな駆逐艦の群れが、鏡のように輝く洋上に航跡を残し、本隊から離れてゆくところだった。

総員が上甲板に出て直立し、危険な任務に向かう駆逐隊を見送った。期せずして万歳、万歳の声が湧き起こり、夕暮れの海原を束の間にぎわせた。

敵の根拠地である旅順港は、内湖のようになっている入り江の中にあり、外海との出入り口は幅三百メートルほど。その中でも戦艦が航行できるほど水深があるのは約九十メートルと、非常にせまい。

港として荒波を避けるのには適しているが、水深が浅いので、一万トン前後の戦艦や巡洋艦が利用すると、干潮時に出入りできなくなる恐れがある。

そのためロシア太平洋艦隊の主力艦船は、港の入り口の外に停泊していた。だから駆逐艦による雷撃も可能なのである。

ただし簡単な話ではない。港外にあるといっても、沿岸の山々には強力な砲台があり、そこから終夜サーチライトで海面を照らし、厳重に警戒している。

山本大尉は飽きるほど見てきた旅順の地図を思い出した。入り江の東に白銀山と黄金山がならんでおり、せまい海峡をはさんでその西に蛮子営、饅頭山、城頭山とつづく。そうした山々のすべてに砲台が整備されている。

雷撃するには目標に数百メートルまで近づかねばならないから、見つかれば砲台から猛射を浴びて、三百トンの小さな駆逐艦などたちまち沈められてしまうだろう。

彼らの献身の上に今回の作戦が成り立っているのだと思うと、登舷礼で見送った山本大尉の胸に、小さな痛みが生じた。

そののち主力の艦隊は終夜航行。旅順をめざした。夜は静かにすぎていった。明けて九日も快晴。駆逐隊の戦果が気になるが、駆逐艦にはまだ無線機が装備されていないので連絡がこない。

午前六時前に、三笠からの無線があった。宛先は第三戦隊の旗艦千歳だった。

「その隊は午前八時より旅順口に進出して港外敵情を偵察せよ　もし優勢なる敵に遭わば本隊に誘致すべし　本隊は八時より遇岩の南方に向かう」

これに対して千歳よりは、

「当隊はいまより速力を増し十三ノットとす」

との返信があった。

そののち、また受信機が動いたが、これは解読できなかった。ロシア側の無線と思われた。ついで午前八時五分、三笠より無線連絡があった。各艦の間隔を一千メートルに縮め、無線電信機を水準線以下に格納せよと。

軍艦内部でも海面の下になる部分は敵弾が飛び込んでくる恐れがなく安全なので、大切な無線機を損傷せぬよう、戦闘前に格納するように取り決めていた。それを実施せよというのである。

山本大尉は通信兵を指揮し、無線機を下甲板へ運んでアンテナの結線をし直した。

午前九時四十五分。千歳から偵察の結果が入電した。

「すぐ来たれ　敵の大部分は港外にあり　我七千迄(まで)近づくも彼砲火を開かず　敵の数隻は駆逐隊の水雷にかかりしものの如(ごと)し　第一第二戦隊は速やかに来たりて敵を攻撃するを大いに有利なりと思う」

佐藤中佐が感嘆して言う。

「これぞ無線のご利益だな。無線がなければ千歳らが帰ってくるまで待たねばならない。数時間は遅れるところだ」

千歳の連絡を受けてか、三笠のマスト上に、「全艦戦闘配置につき、休憩せよ」との旗信号があがる。

甲板上で、兵たちに下命する声がひとしきりつづき、艦全体が活気づいた。そして先を行く第一戦隊にならい、第二戦隊の巡洋艦五隻も単縦陣になった。速力十二ノット。

午前十時、英国汽船が大連の方から近づいてきた。見れば前部マストに日の丸と「コンシュラー（領事）」を表する旗が掲げてある。

旅順とは渤海をへだてて対岸にある芝罘(シーフー)の日本領事が前日に大連、旅順に行き、日本人の居留民を収容して出てきたところであった。六日の国交断絶通告をうけて、手回しよく動いたのだ。

英国船の甲板上に鈴なりになった邦人たちは、艦隊の偉容に感激したのだろう。艦の左舷を通過してゆく際に、手をふりつつしきりに「万歳」をとなえていた。

胸が熱くなり、ああした人々を守るためにも負けられないと山本大尉は思った。

午前十時五分、先行していた第三戦隊が旅順口の偵察から帰隊し、報告があった。敵主力は港外に二列にあり、傾斜し居たるもの三隻なるものの如し、と。

「駆逐隊の戦果は、大破三隻ってことか」

「そのようだな。期待していたのより少ないな」

佐藤中佐と、そんな会話をかわす。やはり実戦は、思ったほどうまくはいかないのだ。

午前十時五十二分。三笠より信号旗にて、戦闘序列を占位せよ、速力十五ノット、陣列間距離六百メートルとし、敵の主戦隊を攻撃せよとの命令がくだった。

艦隊は、戦艦六隻からなる第一戦隊を先頭に、第二戦隊、第三戦隊と、十五隻が一列になり、旅順港に直進してゆく。

午前十一時四十分。敵艦隊が見えた。報告のとおり巨艦が二列になって群がっている。

「まったく警戒しておりません。余裕があるのか、鈍いのか」

山本大尉がつぶやくと、佐藤中佐が応じた。

「こちらを舐めているのかな。ま、ありがたいことだが」

すでに昨夜、夜襲をうけて魚雷をくらっているはずなのに、敵艦隊はのんびりと横腹を見せて昼寝しているように見える。日露開戦が信じられないのだろうか。

だがすべてが止まっているわけではなかった。一隻の小型巡洋艦が、こちらにむかってきた。哨戒していたらしい。挑発するように三笠にむかうと、やがてくるりと旋回して港の方角へもどっていった。そのとき艦尾の砲を三発放ったが、どれも当たらなかった。

その直後、三笠のマストに旗があがる。大軍艦旗、つまり戦闘開始を告げる旗である。つづいて「勝敗の決、この一戦にあり、各員一斉奮励努力せよ」の意を示す旗があがった。

上村司令長官は、出雲乗り組みの将校を急ぎ艦橋にあつめ、このことを披露して、

「いま眼前の敵艦隊を殲滅せんとす。まことに愉快に堪えぬ。勝敗は諸君の双肩にかかっておる。天皇陛下の御為、また日本のために、十分なる成功を得るべく努力せよ」

と訓示した。つづいて伊地知艦長が、この訓示の趣旨を下士たちに告げよと命じた。

将校たちは駆け足で持ち場に散った。

山本大尉は、上村司令長官らとともに出雲の艦橋最上部、コンパス・ブリッジに立っていた。

すぐ下の司令所は分厚い鋼板で防御されているが、ここはコンパス（羅針儀）と測距

儀、それに手すりがあるばかりで、壁も天井もなく吹きさらしになっている。だがマストと煙突をのぞけば艦でもっとも高い位置にあるので、周囲がよく見えて戦闘の指揮をとるには適していた。

空は晴れあがっているが、海面には少し濛気(もうき)がある。風はなく波も立っていない。敵艦との距離は、およそ一万メートル。

「並んでいるな。右からペトロパブロフスク、セバストポリ、ポルターワか」

双眼鏡をのぞいていた佐藤中佐が言う。

「レトウィザンも見えます。傾いています。駆逐隊の雷撃をくらったんでしょうね」

黄金山の下に雑然とならんでいる敵艦の黒々とした艦影を双眼鏡で観察しているうちに、先頭をゆく三笠が左に舵をとり、進路を真西に変えた。右舷が港の方角に向くと、弾着を調整するための試射をした。

放たれた砲弾は、戦艦群の前に大きな水柱をあげた。

「はじまるぞ」

「砲撃用意！」

「距離八千五百より砲撃開始！」

艦内がさわがしくなる。

――さあ、いよいよだ。

実戦である。十分後には敵の砲弾をくらってこの身が四散しているかもしれないと思う。だがそうした心配とは無関係に出雲の蒸気機関は動きつづけ、死地にむかってこの身を運んでゆく。

三笠の一発が放たれるや、敵艦と陸上の砲台もこれに応ずるように発砲をはじめ、閃光と白煙がつぎつぎとあがった。

三笠も右舷の全砲門をひらき、敵艦群に砲弾を送り込む。三笠につづく第一戦隊の戦艦五隻もこれにならい、一斉に発砲した。

腹に響く重い砲声が幾十と重なる。砲口からはびっくりするほどの量の黒煙が吐き出され、空を汚してゆく。

敵艦群のまわりに水柱がつぎつぎと立った。一方で第一戦隊の周囲にも敵弾が降りそそぎ、大きな水柱があがる。

まだ双方とも命中弾はない。

出雲も三笠とおなじ位置で左旋回し、敵艦に右舷をむけて真西にむかう。と、敵艦一隻から炎があがり、直後に中央の煙突から白煙を噴き出した。

「あたったか」

「戦艦ポベーダのようです。三笠の砲弾でしょうな」

艦橋の中にほっとした空気が流れる。しかしそれも束の間、前をゆく三笠の後部艦橋あたりに爆炎が生じ、破片が飛び散るのが見えた。さらに通過した一弾が、三笠の戦闘旗を海上に打ち落とした。

「大丈夫だ。あれしきのこと、屁でもない」

佐藤中佐は言うが、表情が硬くなっている。

出雲は二十センチ主砲を斉射した。時に午後零時十二分。山本大尉は耳栓を詰めた。飛んでゆく黒い砲弾が見える。二十秒ほどして、敵艦の前に四つの水柱があがった。狙いが前すぎたようだ。

三分後には距離七千五百メートルとなり、十五センチ副砲の射撃を開始。

前をゆく第一戦隊には、敵弾が集中している。二番艦富士の艦橋でも爆発があった。さらに一弾は煙突を突き破ったのち空中で炸裂した。初瀬、敷島も被弾したようだ。

「敵艦の射撃はたいしたことはないが、陸上砲台からの射撃がすさまじいな」

と佐藤中佐がつぶやく。陸上の砲台は砲数も多く、高台からの射撃ゆえに照準も正確で、第一戦隊はもてあましているようだ。

敵艦隊を全滅させるつもりなら、第一戦隊はここから粘り強く砲撃をつづけねばならない。だが近づけば近づくほど、陸上砲台の餌食になる。砲数でいえば、敵艦隊とこちらでほぼ同数。陸上砲台を加えれば敵の砲数は、おそらくこちらの二倍以上にのぼるだろう。

これは強敵だ。

「ここまで防御が強化されているとは、思いませんでした」

「うむ。旅順のようすは探れなかったからな」

佐藤中佐も苦い顔をしている。

要塞化された旅順港の軍備はロシア軍の機密とされ、その内実を知ることはできなかった。ために連合艦隊の参謀のだれも、旅順の防御砲火がこれほど威力があるとは予想できなかったのだ。

——東郷司令長官は、どうなさるのか。

砲数二倍の敵に、このまま立ち向かいつづけるのか。

参謀として成り行きを予想しつつ、来るかもしれない無線連絡を待った。しかし無線室から受信の連絡はない。

前進するうちに、第一戦隊ばかりをねらっていた敵弾がこちらにもむかってきた。艦の近くに大きな水柱が立ち、しぶきが艦橋に雨のように降りそそぐ。続々と敵弾が落下する中を、出雲は速力十五ノットで駆けてゆく。

「弾着よろし、と報告ありました」

マスト上の弾着観測者よりの一報を、山本大尉は伊地知艦長に告げた。見ればたしかに四本煙突の敵艦が火を噴き出している。巡洋艦バヤーンであろう。

「距離は！」

「五千二百！」

「取り舵、進路南西四分の三西」

そのあいだにも敵弾は飛来しつづけている。前をゆく第一戦隊はすでに左回頭を終えて南下し、敵弾の射程外に出つつある。そのためか、陸上砲台も軍艦も、こちらの第二戦隊に砲火を集中しはじめた。

「磐手、被弾！」

その声にうしろを見ると、磐手の中央部から白煙があがっている。

急に恐怖がこみあげてきた。もしあそこに居合わせたら、どうなっていたことか。砲弾に全身を引き裂かれ、血まみれになって倒れていたかもしれない。

砲撃しつつ西進していた出雲は、老虎山（ろうこさん）沖までくると第一戦隊のあとを追って左に舵を切った。そのまま南下し、敵の射程距離外に出た。第二戦隊のほかの艦もつづいてくる。幸い、出雲には一発の敵弾も当たらなかった。

今度は第三戦隊の二等巡洋艦群に砲火があつまりはじめた。すると東郷司令長官から無線で、第三戦隊はただちに南下し、敵砲台の砲火から離れるよう指示があった。戦艦ですらもてあました敵砲台は、二等巡洋艦には荷が重すぎると判断したのだろう。時に零時三十五分。

しばらくすると、双方の砲声が止んだ。

艦隊は単縦陣となり、南東へと舵をむける。退却である。三笠に乗っている連合艦隊の参謀連中も、やはり陸上砲台の砲火が激しすぎ、攻めきれないと悟ったのだ。

二十分あまりの戦闘だった。当初の、旅順の敵艦をすべて沈めようという意気込みは空振りに終わった。

——だめだ。この作戦は失敗だ。出直しだ。

開戦劈頭の一撃で制海権をにぎる企ては失敗した。これから長く苦しい戦いを強いられることになる。

気がつくと山本大尉は、その場にしゃがみ込みたくなるほどの疲れを覚えていた。

二

「ひと月というと、下着は五日分もあればいいかしら」

香芽子の言葉に、もってゆくべき書類をえらんでいた駿吉は、あいまいにうなずいた。

横須賀の家は広いが寒く、とくに夜はしんしんと冷え込んで手足がかじかむ。

「軍のほうでお世話になるのなら、洗濯もしてもらえますよね」

「ああ、たぶんな」

駿吉は、明日から対馬へ出張することになっている。試験所から帰った夜、妻と旅仕度に追われていた。

「対馬はあたたかいのかしら。外套は羽織ってゆくとしても……」

「着るものはそうはいらんよ。どうせ連日、据付作業ばかりだろうからな」

「でも、休日に着るものも要りましょ」

「休みなんて、あるのかな」

という駿吉の目の下には黒い隈ができていた。

「早く終えてもどってこないと、こっちの仕事も詰まっちまう。休んでいる暇があったら、早く片付けて帰ってきたいよ」

駿吉の言葉は大袈裟ではなかった。開戦までに新開発無線機こと三六式を装備できたのは、一等戦艦と一等、二等巡洋艦を中心に二十数隻にとどまっていた。

ほかに三等巡洋艦や古い二等戦艦、陸上の望楼にも据え付けろとの命令である。さらには駆逐艦にも据え付けろとの命令も出そうになっている。これからは、いままでの何倍もの数の無線機を製造・据付しなければならない。休む暇などないのである。

「まあ。でもなるべく休んでくださいね。体を壊したら、ご奉公もできなくなりますわよ」

「ああ、わかってる」

数日前にロシアと開戦していたため、古い三四式が載っている艦や無線機を搭載していない艦を、呉や佐世保へ回航している余裕はなくなっていた。だから前線となっている対馬まで機器をもってゆき、そこで付け替えるのである。対象となる艦の数も多いので、駿吉がみずから出張し、換装の陣頭指揮をとることになっていた。

「さあ、これで鞄の用意はできましたわ」

香芽子が、腹のふくらんだ旅行鞄をぽんぽんとたたく。

「それにしても、大丈夫なんでしょうか、ロシアなんかと戦争をはじめて」

香芽子の声がやけにしんみりと聞こえる。

旅順港と仁川沖での海戦は、すでに新聞で大々的に報道されていた。

ロシアと開戦したことには、さほど意外な感はなかった。それまでに、対露開戦をにおわせる報道が日を追ってふえていたからだ。

たとえば二月四日には、ロシアの態度が不誠実であるとして、日本政府は日露協約交渉をつづける努力を放棄した、と報道され、七日にはシベリア鉄道を軍事輸送専用にするなど、ロシアの戦意がますます旺盛になっているとの記事がのった。

八日には駐日ロシア公使が本国へ引き揚げるとの報道がなされ、九日にはウラジオストックに居留する日本人二千二百人あまりが引き揚げた、との記事がでた。そして同日には「日露の国交断絶を通告」との記事ものった。

こうした報道をうけて、国民の生活も緊張していた。端的にあらわれたのが株価で、日本郵船などは八十五円七十銭の高値から五十九円六十銭へ、日本鉄道は七十九円六十銭から六十三円六十銭へと、それぞれ大きく落ち込んでいた。

「日清戦役以来の安値」「株価遂に三億円の値下がり」との記事が紙面に躍っていたものである。大国ロシアと戦争をして、果たして勝てるのかと不安を感じる者が多かったことを示している。

しかし、それが急変するのが二月十日である。仁川特派員よりの急電として、ロシアの二等巡洋艦ワリヤーグと、一等砲艦コレーツの二隻が仁川港外で日本の艦隊と砲火を交え、二隻は破壊されたとの記事がでた。

旅順へむかった連合艦隊の主力とは別に仁川へむかった、瓜生少将の一隊の戦果だった。

これは政府の発表ではなく、現地からの報道によるものだったが、同日、官報に対露宣戦の詔勅が掲載され、ロシアと戦争が始まったことがはっきりする。

新聞にはさらに「旅順港外の大海戦」という大きな見出しと、仁川海戦で破壊されたワリヤーグの写真が大きく掲載され、陸軍部隊の仁川への上陸成功が報じられた。

日本が緒戦に勝利したことがわかると、世をおおっていた空気もがらりと変わる。

十日の夜には、東京市の街頭では商店が電灯装飾をかかげる中、大勝利の大旗を先頭に、恵比寿麦酒会社、日本橋魚市場といった会社や組合が提灯行列をなし、大路をねり歩いた。

銀座通りでは、数千人が万歳を連呼して天地もゆるがんばかりとなり、海軍省にも千五百人あまりが押しかけて万歳を連呼したため、山本海軍大臣、伊東軍令部長ほか、居合わせた省員が玄関に出て祝意をうける騒ぎとなったという。

あわせて株価も暴騰した。日本鉄道など六円以上あがったのをはじめ、どの株も一円五十銭から三円以上と、一気に値をあげていた。

緒戦の勝利によって、このように「全都熱狂」とされるような騒ぎぶりになっていたが、世の中にはまだ不安をぬぐいきれない者も多かったのである。香芽子もそのひとりだった。

「ロシアはヨーロッパの一等国でございましょ。しかも途方もなく大きな国でしょ。勝てるんでしょうかねえ」

外交官夫人を友にもつ香芽子は、世界情勢に通じている。どうしてもロシアの強大さが気になるようだ。

「そんなこと言ったって、もう始めちまったんだから、勝てるようにもっていくしかないさ」

「ええ、もちろん。そのためにパパさまも出張なさるんでしょうけど、なんだか心配で」

「ここで心配したってどうしようもない。どうしようもないことを心配するのは、するだけ損だ。大船に乗ったつもりでいたほうがいいのさ」

それは駿吉のいつわらざる心境だった。というより、目の前の仕事が大きく重すぎて、ほかのことを考える余裕がない、というのが本当のところかもしれなかった。

実戦において三六式無線機は十分に機能した、とは聞いていたものの、不満や不備もいくつか聞こえてきていた。さらに無線が機能すればするほど、まだ搭載していない艦に搭載してくれという要求がきびしくなって、駿吉の仕事がふえるのだった。

——とにかくここを切り抜けないと。いまは何も考えずに仕事をこなすだけさ。

戦勝祝いも真理の探究もあとまわしだ、と駿吉は覚悟を決めていた。

三

そのころ外波中佐は、黄海の海上に浮かぶ海門(ハイムン)号という船にのっていた。

「注意しろ。ロシアの巡洋艦らしいのが向かってくる」

ブリッジから下りてきたジェイムズに言われて、通信室にいた外波中佐は問い返した。

「臨検されるのか」

「わからんが、つかまればそうなる。たぶん、逃げ切れない。あっちのほうが速いから」

「わかった。打ち合わせのとおりに頼む」

「ああ、あんたは厨房にでもいてくれ」

「そうしよう」

外波中佐はさっと自分が着ている服に目を走らせた。上下とも薄いグレーの、少し大きめの詰襟服は、腹のあたりに汚れがある。貨客船のボーイとしてはまずまずの見栄えだろう。

それからつるりと顔をなでた。髭をそり落としているので、多少は若く見えるはずだと思う。ボーイでおかしくない、と自分に言い聞かせた。

——いまからおれは、この海門号でボーイとしてはたらくマレーシア人のリン・アブドゥールだ。

海門号は千二百トン、十六ノットを出す快速の汽船で、イギリスの新聞、タイムズ紙がチャーターしていた。いまは旅順港から二十海里（約三十六キロメートル）ほどはなれた海面を遊弋している。

ここにいる目的は、もちろん日露の海戦を取材し報道するためだが、その方法が斬新だった。チャーター船で海戦の現場にゆき、目撃した海戦のもようを船上から無線で即座に報道しようというのだ。世界初の試みである。

米国製の無線機を積んでおり、メイン・マストに高いアンテナをたてて、ブリッジ下の一室を通信室にしていた。そしてもうひと組の通信機が山東半島の先端にある港湾都市、威海衛においてある。海門号から無線で発した記事を威海衛でうけ、それを海底ケーブルの通信網でロンドンのタイムズ本社に送る仕組みになっていた。

これを発案したタイムズ社員のライオネル・ジェイムズは三十二歳のはたらき盛り。南アフリカのボーア戦争の取材経験があり、野心も冒険心も旺盛な熟練のジャーナリストである。最新の機器である無線機のあつかい方も、堂に入ったものだった。

取材にあたって、ジェイムズは日本海軍の協力を得ようとした。交渉の結果、海軍から将校をひとり海門号に受け入れることで合意した。海軍はお目付役をおいて日本側の機密を漏らされないよう目を光らせるのはもちろん、あわよくばロシア側の動きも入手しようとしたのである。

この役を命じられたのが外波中佐だった。英語に不自由しないばかりでなく、無線機にもくわしいので、ジェイムズが怪しい動きをしてもごまかされないだろう、というのが理由である。

中立国の船舶で報道のための取材といっても、戦場となる海面をうろうろするのだから、当然ながら危険をともなう。しかも日本の将校を乗せているのがわかったら、ロシア側から拿捕され、スパイとして処刑されても文句はいえない。

そこで外波中佐は、表向きはマレーシア人のボーイとして乗り組んでいた。海門号にはジェイムズらヨーロッパ人が五人のほかに、清国人やマレーシア人などアジア人の船員が四十人あまり乗っている。その中にまぎれ込んでしまえば、もし臨検されたとしても、ロシア人にはマレーシア人と日本人の区別がつかないだろう、と考えたのである。海門号は東へと逃げたが、巡洋艦の速力にはかなわない。ほどなく距離を詰められ、停船命令をうけた。

「バヤーンだ。砲撃で中破したと報告されていたが、修理が終わったのか」

船窓から外をのぞいた外波中佐は、つぶやいた。

四本煙突で、艦首と艦尾に単装の二十センチ砲塔がひとつずつ。そして艦橋がかなり艦首に近い、前部から押し縮めたような艦影。

それだけですぐに艦名がわかったのは、日本海軍の中では、ロシアの戦艦と巡洋艦の名前は艦影とともに末端の兵士にまで紹介され、憶えることが奨励されていたからだ。敵味方の区別を素早くつけるためばかりではない。艦名がわかれば戦力もわかる。海上で遭遇したときに逃げるか戦うかを決める上でも、重要な情報である。諜報員として外地に出た外波中佐は当然、三十ほどの艦名をみな憶えている。

バヤーンはぐんぐん近づいてくる。七千トンを超える装甲巡洋艦は巨大だ。海門号の百メートルほど先にとまり、小型の発動機船を下ろして臨検にのぞんできた。

外波中佐は、中甲板の厨房内でじっと待っていた。乗り込んできたロシア兵たちはジエイムズたちとやりとりしているはずだが、蒸気機関の音がうるさくて何も聞こえない。

——ジェイムズたちは裏切らないだろうが……。

清国人やマレーシア人たちは、どうだろうか。

いくら表向きをつくろっても、さすがに乗組員たちには外波中佐の正体はばれている。マレーシア人はともかく、清国人の中には、先の戦争で清国を叩きのめした日本に恨みを抱く者がいるかもしれない。ひとりでもロシア兵に密告する者がいれば、外波中佐はたちまちスパイ容疑で捕まるだろう。

不安にかたむく心をおさえてじっと待っていると、

「みんな上甲板に出ろ」

と声がかかった。乗組員全員を調べるというのだ。

航海士から機関員、コックからボーイまで、ぞろぞろとタラップをのぼってゆく。外波中佐も仕方なく上甲板にでた。

三月の陽光がふりそそぐ中、乗組員は艦首から艦尾にかけて一列に並ばされた。その前で銃をもったロシア兵が警戒する。ジェイムズも立ち会わされている。

「出身は？　役職と名前は」

がっちりした体格で赤ら顔のロシア人将校が最初にロシア語、ついでフランス語、英語で問いかけてくる。

列の中ほどに立っている外波中佐は、ぼうっとした表情をつくりながら、受け答えに聞き耳をたてていた。

どうやら清国人には出身地や履歴をくわしくたずねているようだ。怪しい者は乗っていないか、とも訊いている。対して肌や目の色がちがって、明らかに清国人でないとわかる者には、簡単に質問するだけで終わっている。

つまり、日本人が清国人を装って乗り込んでいるのではないかと疑っているのだ。外波中佐は背中に汗を感じ、のしかかる重圧をそらすように空を見上げた。青い空に雲が流れてゆく。けっこう風があるのだ。

人定質問はどんどんすすんで、外波中佐のふたり前まできた。その男は清国人で、機関員としていつも船底のボイラーの面倒をみている。だから口をきいたこともない。だがその男の受け答えの最中に、尋問しているロシア人将校がちらりとこちらを見た。一瞬ぞっとしたが、何も見なかったふりをよそおい、ぼうっとした表情をつづけた。

外波の番がきた。

「出身はどこの国か？」

ロシア語、フランス語にとまどった顔を見せたところ、英語でたずねられた。そこで外波は答えた。

「マレーシア」

「清国ではないのか。見たところ清国人のようだが」

「先祖は清国人。マレーシアには清国から来た者、多い」

「清国の言葉、わかるか」

「少しだけ。字は読めるがしゃべれない」

「そうか。あの男が、おまえはマレーシア人のはずなのに漢字の新聞を見ていたと言っていたのでな」

「マレー語の新聞がないから、清国の新聞を読むしかない。英語も少しだけ」

「この船に乗る前はどこにいた」

「十五歳から船のボーイになった。この船の前は、威海衛と上海を行き来する船でボーイをしていた」

「どうしてこの船に?」

「給料が少しよかったから」

ロシア人将校はにやりとした。

「正直者だな。そういうやつは好きだ」

どうやら誤魔化せたようだ。ロシア人将校はつぎの者に目をうつした。内心ほっとしていると、

「ばれてるよ、あんた日本人だろ」

という声がした。外国人特有の癖はあるが、ちゃんと通じる日本語だ。

一瞬、背筋に電流が走ったが、表情は変えなかった。ぼうっとした目を、ゆっくりと声の主のほうに向けた。尋問をしている将校とは別の将校だった。肩章の筋の多さからすると、階級はこちらのほうが上のようだ。

「日本人だな」

将校はまっすぐに外波中佐の目を見て問いかける。

外波中佐はぼうっとした表情をつづけた。将校はじろじろと視線をそそいでくる。そのまま数秒がすぎた。

なおも動かないでいると、言葉をかけた将校はロシア語でなにか言い、横目でなおも視線をそそぎつつもゆっくりと艦尾の方へ歩みはじめた。そして外波中佐から完全に目をはずして先を行く将校のあとを追った。

——馬鹿め。そんな手にのるか。

外波中佐は胸の内でつぶやいた。尋問が終わったとみせて、相手がほっとしたところに思いもかけぬ一撃をあびせ、尻尾を出させる。

初歩的な手口だ。

そうした手があるとは知っている。対策は、動じなければいいだけだ。

なおも甲板に立たされていたから、少しむこうに浮かぶバヤーンをながめた。すると不思議なことに気づいた。

バヤーンの前部マストの頂上に、目立つ旗がひるがえっている。ふつうはあそこには旗を掲揚しないはずだ。なのに旗があるということは……。

――あれは提督旗だ。

提督、つまり艦隊の司令長官の座乗をしめす旗にちがいない。いまバヤーンには司令長官が乗っているということだ。

ロシア太平洋艦隊の長官は、少し前にスタルク中将からマカロフ中将に代わっていた。日本海軍に奇襲されてもろくに反撃せず、艦隊を内港にひっこめてしまった前任者に代わってマカロフ中将が赴任してから、ロシア水兵たちの士気が上がっている、と聞こえていた。

マカロフはロシア海軍のほかの将官とちがって、貴族ではなく平民出身ながら中将に昇進した実力者だった。そればかりか『海軍戦術論』という名作をあらわした世界的な戦術家でもあり、海洋調査の著作がある学者でもあった。

実戦では一八七七年に露土（ろと）戦争において、世界初の魚雷による対艦攻撃をおこなったとされている。ロシア海軍屈指の名将であり、世界的なスターなのである。

その実績だけを見ても日本海軍にとっては手強い敵なのに、生身のマカロフはひどく精力的な男のようだ。

ふつう司令長官は、防御力の高い戦艦に乗るものである。そして艦隊決戦でもないかぎり、敵の前には出てこない。それが、みずから巡洋艦に乗ってこんな船の臨検までしているとは。司令長官が陣頭指揮をとっているのだから、兵たちの士気もあがるはずだと思う。

——これは軍令部に一報せねばならんな。

外波中佐はそんなことを考えていた。

四

「へええ、そんなことがあったんですか」

バヤーンに臨検されたてんまつを話して聞かせると、木村駿吉博士はおどろき、かつ喜んだような表情を見せた。

「マレーシア人に化けおおせて、ロシアのやつの鼻を明かしてやったんですな。へえ、そりゃ痛快だ。いや、見てみたかったな」

どう見てもおもしろがっている。人が、あやうくスパイとして銃殺されるところだったというのに。決して悪い男ではないのだが、人の気持ちを感じとるのが苦手らしい。

「さすがは軍人。生死の境をくぐっていますねえ」

「ああ、たしかにぐったな」

この男に人並みの感想を期待したのがまちがいだったと思う。外波中佐は話を転じた。

「そちらはどうだ。忙しいか」

「そりゃもう。売れっ子になっちゃって、あちこちからお座敷がかかってますよ」

駿吉は横須賀工廠で造った三六式無線機を対馬の竹敷(たけしき)まで運び、そこを根拠地としている第三艦隊の二等巡洋艦群に据え付けてまわったのである。

そのあとも対馬周辺の各地で、ロシア艦隊を監視するための望楼を設置する場所を見てまわり、無線を使うのに適当かどうかを判断して意見書を提出する、という仕事に追われていた。

そうした駿吉の活躍を聞きつけた外波中佐が、せっかく対馬まで来ているのならばと、海門号が威海衛に入港したときをみはからって、呼びよせたのである。名目は、海門号に積んでいる米国製の無線機の調査とした。

外波中佐の見るところ、千二百トンと小型でマストも低い船に装備しても、優に八十海里（約百四十キロメートル）以上の通信距離をもつ優秀な機器である。参考になる点はあるだろうと思う。

駿吉は対馬から仁川まで海軍の連絡船に乗せてもらい、仁川からは民間の連絡船に乗ってやってきた。人柄はともかく、行動力はある男だ。

「いやあ、忙しいばかりか慣れない書類仕事もしなきゃいけないから、大変ですよ」

駿吉がこぼすには、上司である造兵部長から、艦政本部からの照会に対して回答書を作成するように言われたので、さっそく書いて出したところ、これはいかん、軍の文書になっていないと突き返されたという。

「そこで模範回答を見せてもらったんですけど、なんというか、ちょんまげを結って裃（かみしも）を着ていた時代の遺物ですな、軍の文書ってのは」

外波中佐は思わず吹き出した。たしかに軍の内部文書には独特な書き方があって、慣れない者には古文書のように見えるだろう。

「ま、もう慣れましたけどね。これまでこんな面倒な仕事は、みんな中佐にやっていただいていたんだなあって、しみじみ思いましてね。ありがたいことだったんだって」

この男にしては珍しく、感謝しているらしい。

「でもまあ、旅順閉塞の勇士の活躍なんて聞いてると、忙しいだの面倒だのって文句も言ってられませんやね」

駿吉の言葉に外波中佐もうなずく。

「あれも、苦戦しているようだな」

二月の日本艦隊襲来のあと、ロシア太平洋艦隊は旅順港の奥深くにこもってしまっていた。

日本艦隊はそれを攻撃しようにも、陸上砲台にはばまれて港に近づくことさえできない。しかしぐずぐずしていると、ロシアのヨーロッパ側からもうひとつの艦隊——バルチック艦隊——がやってくるのが目に見えている。そうなるとロシア艦隊の戦力が二倍になり、日本側に勝ち目はなくなる。

これは戦前から予想されていた事態だった。その対策として考えられたのが、せまい旅順港口にボロ船を沈めて出入りをできなくしてしまうという、旅順港閉塞作戦である。ロシア太平洋艦隊を外海に出られなくしてしまえば、すべて沈めたのとおなじになるという理屈だ。

第一回の閉塞作戦は、二月二十四日未明に行われていた。敵の砲火をくぐってボロ船を港口まですすめ、船底の栓を抜いてから人員は水雷艇で脱出するという、危険な作戦である。しかし沈めるはずのボロ船は、陸上砲台の砲火にはばまれて、五隻のうち予定した地点まで達したのは一隻のみだった。

失敗したのである。

遠からず第二回目があるだろうとうわさされているが、それも成功するかどうか。

緒戦ははなばなしく勝ったものの、その後はこれといった戦果をあげられずにいる、というのが日本海軍の現状だった。

これはあまりいいことではない。日本とロシアとでは国力がちがいすぎるから、長引けば日本は不利になる。海軍に関していえば、バルチック艦隊がきてロシア海軍の戦力が二倍になる前に、日本は勝負をつけねばならない。

だが妙案はない。軍令部がどう考えているのか、外波中佐も気になっていたが、たずねるわけにもいかない。ひとりの将校としては、目の前の仕事に最善を尽くすしかなかった。

「それにしても他国の軍隊が目の前で殺し合いをしているというのに、それを無線で世界に広めるのをメシの種にするってのは、どういう了見ですかねえ」

駿吉が不平そうに言う。外波中佐はうなずきながらも教えた。

「そりゃ文句のひとつも言いたくなるが、仕方がない。なにせわが国の戦費はみな英国や米国から借りてるんだからな。金主に、ちゃんとやってます、この戦争に勝って金を返しますぜって報告せんといかん。でないと貸してくれなくなっちまう。英国で広く読まれているタイムズの記者は、金主の目と耳だ。だから粗末にあつかえない。辛いところだ」

実際、タイムズ紙が日本に好意的な戦勝の記事を書いてくれたおかげで、ロンドンでの日本の外債募集も成功したのである。

駿吉が、はあ、とため息をついた。

「ただ敵を叩きゃいいってもんじゃないんですね、この戦争は」

戦果は、無線と海底ケーブル網によって翌日には世界中に報道される。それによって軍資金の集まり方が決まってくるから、日露両国とも、世界中から見られていることを意識しながら戦わねばならない。

「まあ、少しゆっくりしていったらどうだ。この船はなかなか居心地がいいぞ」

千二百トンのわりには乗員が少ないので、ひとりが占めるスペースが広い。寝具もハンモックでなくベッドが用意されていた。食事もヨーロッパ流の正餐（せいさん）が、毎晩出されている。

「いやあ、あんまりゆっくりしていると帰ってから大変になっちまうんで」

と言いながらも、駿吉は数日かけて米国製無線機を調べ、あちこちスケッチして帰っていった。

飄々（ひょうひょう）としているのでそうは見えないが、あれで懸命にがんばっているのだろう、と外波中佐は思いを巡らせた。

対馬で任務を終えた駿吉は横須賀にもどり、無線機の製造と改良の仕事をつづけた。

そのあいだにも、ロシアとの戦闘は激しさをましてゆく。

二回目の旅順港閉塞作戦は、三月二十七日に行われた。四隻の船を港口に沈めようとしたが、ロシア側に気づかれて砲撃を浴び、十五名の死傷者を出して失敗におわった。

指揮官のひとり広瀬少佐は、沈みゆく船の中で行方不明の部下をぎりぎりまで探そうとし、引きあげる途中で敵の砲火に倒れたのだが、その勇敢な行動をたたえて新聞は「軍神広瀬武夫」と書きたてた。

そうした日本海軍の動きにもかかわらず、ロシア太平洋艦隊は旅順港内にこもっており、港外に姿を見せても、陸上砲台の援護があるところまでしか出てこない。日本海軍には手が出せない状況がつづいている。

ところがその状況が四月十三日に一瞬、ゆらいだ。ロシア艦隊の司令長官、マカロフ中将が戦死したのである。

中将は、旅順港外で日露の巡洋艦同士が砲撃戦をはじめたのを聞きつけ、戦艦ペトロパブロフスクに乗って援護にかけつけた。そこへ日本の戦艦群があらわれたので戦闘を中止し、港内へ引きあげる途中、ペトロパブロフスクが日本軍の敷設した機雷に触れたのだ。

大爆発を起こしたペトロパブロフスクはまたたくまに沈没し、マカロフ中将は六百名あまりの乗員とともに海中に没した。

この事件は翌日にロイター電で世界に報道され、日本の新聞にも転載されて国民の知るところとなった。しかしすぐに新たな司令官が任命された上に、戦力的には戦艦一隻の損失だけであり、戦況を動かすまでにはいたらない。

しばらくすると、新聞紙面に駿吉が無線機の試験をしている写真が掲載された。無線機の開発が偉功を奏したとして勲章を授与されたのである。

海軍の無線電信調査委員会に初期からたずさわっていたメンバーは、委員長の外波中佐の旭日小綬章（きょくじつしょうじゅしょう）をはじめとして、松代技師、伊東技手など八名が名誉にあずかったのだが、なぜか駿吉の写真だけが掲載されていた。

海門号から東京にもどっていた外波中佐は、

「ま、木村博士の写真が一番真面目でそれらしく見えたのだろうな」

と笑っていた。

五月にはいると、今度は日本の戦艦、初瀬と八島（やしま）がロシアの機雷に触れ、たてつづけに爆沈した。日本は六隻しかない貴重な戦艦のうち、二隻を一挙に失ったのである。

戦力的にあまりに大きな痛手だったため、これは機密とされ、報道はされなかった。

またおなじ日に、日清戦争でも活躍した巡洋艦吉野が濃霧の中、味方の巡洋艦春日に衝突され、沈没してしまった。こちらは戦力的にはさほど痛手ではなかったため新聞で報道され、紙面に大きく「痛恨！」という文字がおどった。

五

そうして七月となった。

駿吉は横須賀工廠での仕事が終わった夕方から、吾妻山の施設にのぼり、机の上の受信機にひとりで対していた。

夜間のことであり、虫の声と風の音以外は聞こえない。うちわで蚊を追いながら、受信機を見ていると、突然、カタカタ、コッコツと音がした。電波を感じたコヒーラとデコヒーラが動き出したのだ。

ついで印字機が動きはじめ、点と線を記した紙テープを吐き出す。

「G……、R……、O……、か。うーん」

駿吉は紙テープをにらんで信号を読みあげてゆく。

それなりの文章があらわれるが、意味がわからない。英語でないことはたしかだ。ドイツ語でもない。フランス語でもなさそうだ。

「ロシア軍艦の交信なのはまちがいないとして、やはりロシア語だよな。ロシア語のわかるやつをつれてこないと駄目か」

ひとりごとをつぶやきながら、駿吉は紙と鉛筆をとりだし、紙テープ上のモールス信号をアルファベットに置きかえて書き出していった。

「それにしても、太平洋側まで来るかねえ」

二月の開戦以降、日本海軍の主力は旅順港封鎖にかかりきりになっていたが、その隙に、日本の輸送船がロシアの巡洋艦に撃沈される事件が何件かおきていた。

ロシア太平洋艦隊は遼東半島にある旅順だけでなく、ロシア領内のウラジオストックにも巡洋艦を主力とする分遣隊をおいていた。この巡洋艦隊が水雷艇をひきつれて日本海を徘徊し、非武装の商船や輸送船を襲うのだ。

二月の開戦直後にはロシア、グロモボイ、リューリック、ボガトィーリの四隻の巡洋艦が津軽海峡に出没し、奈古浦丸など二隻の商船を沈めた。これを捨てておけずに、三月には上村中将のひきいる日本の第二艦隊がウラジオストックを砲撃したが、港の奥にひそんだ巡洋艦隊には打撃を与えられなかった。

四月の末にウラジオ艦隊は水雷艇とともに朝鮮半島近海に出てきて、まず元山港を襲った。停泊していた商船を魚雷で撃沈し、ついで新浦沖に出て、陸軍の兵を満載した金州丸も、降伏した兵を収容したあと砲撃により沈めた。金州丸には護衛の水雷艇がついていたが、濃霧と荒天で水雷艇が離れたところを襲われたのだ。

そして六月には陸軍の輸送船、和泉丸と常陸丸が撃沈された。

ことに常陸丸の件は悲惨だった。後備近衛歩兵第一連隊の兵士など千二百名あまりが乗っていた常陸丸は、降伏を拒否してウラジオ艦隊から逃走をはかるが逃げ切れず、百発以上の砲弾を撃ちこまれて沈没、千人以上の兵士が海の底に沈んだ。

この事件は、漁船に助けられた生き残りの兵士たちの証言により、ロシア艦の執拗な砲撃や、日本側指揮官の自決のようすなどが明らかになり、新聞で大きく報じられて国民を憤激させた。

ウラジオ艦隊の対応には上村中将の第二艦隊があたっていたが、敵艦隊出現の一報をきいて出撃しても、濃霧など悪天候にはばまれて捕らえられずに、帰投することを繰り返していた。

そして七月にはいると、ウラジオ艦隊の三隻の巡洋艦（ボガトィーリは出撃せず）は津軽海峡をとおって太平洋に出てきた。

七月二十日午前三時に津軽海峡で目撃されたあと、数隻の日本商船を沈めながら二十四日には東京湾付近にまで来航し、日本向けの鉄道資材を積んでいたイギリス船を撃沈。ために数日のあいだ東京湾は封鎖状態となり、船舶の出入りが止まってしまった。新聞でも報道され、国内に恐怖がひろがっていった。

駿吉が無線の交信を傍受したのは、このときである。

あくる朝、駿吉は工廠に出ると、立石兵曹長に昨夜受信した電文を見せた。

「こんな電文がいくつかやりとりされている。太平洋側にいるロシア艦隊にちがいないと思うんだけどね、解読する方法はないかな」

「ははあ、これは……」

立石兵曹長は、電文をじっと見ている。

「やあ、これグロモボイ、と読めませんか」

兵曹長は声をあげた。その指さすあたりには、たしかにそれらしき文字がつづいている。

「グロモボイならウラジオ艦隊の巡洋艦ですよ」

「本当だ。グロモボイと読める。おい、素晴らしい発見じゃないか！」

「こっちはリューリックと読めませんか」

「おう、それらしいな」

どちらも艦名であり、電文の冒頭にあるところを見ると、宛先なのかもしれない。

「するとこっちはグロモボイからリューリックあて、これは逆にリューリックからグロモボイあてか。おお、わかりそうじゃないか」

「わかるかもしれません」

「内容は読めるか。読めたら大手柄だ。敵さんの行動が予測できるぞ。上村艦隊に行ってる山本大尉も困ってるだろうからな」

ウラジオ艦隊の蛮行に国民は激怒していたが、その怒りは、ウラジオ艦隊退治を命じられながら果たせずにいる上村艦隊にも向けられていた。

ウラジオ艦隊をやっつけるどころか逃がしつづけている上村艦隊は、日本でなくロシアの味方をしているも同然だ、ロシアの探偵、すなわち露探（ろたん）だ、「露探艦隊」だ、などと中傷されるばかりか、指揮官である上村中将の自宅に石が投げ込まれたり、自刃用の短刀が送られたりしていたのである。

「いやあ、わたしもロシア語はからっきしです。ですが、方法はあります」

そう言うと立石兵曹長はさっと消え、ふたたびあらわれたときは片手に露日辞典をもっていた。

「ロシア語がわかるような優秀な将校どのは、いまやみな海の上ですからね」

「うーむ」

ふたりで辞典と電文をかわるがわるにらんだが、ロシア語を知らぬ者に読めるものではない。

「ま、暗号になっているんだろうし、解読はむずかしそうだな」

駿吉はあきらめかけたが、立石兵曹長は積極的だ。

「もっと電文をあつめれば、手がかりもつかめるかもしれません」

それもそうだという話になり、その晩からふたりで吾妻山にのぼり、交信を傍受することにした。

二日目に傍受していると、不思議なことに気づいた。交信がはじまるのは雲が月を隠したときで、月が出ると交信が止まる。また突然交信が途切れたかと思うと、急に復活したりした。

「ってことはだ。やつら、この横須賀とおなじ雲の下にいるってことだな」

「電波も強いから、近くにいるにちがいありません」

「方角を知りたいが、無理か。しかし交信が途切れるのは、伊豆諸島の島影にはいったのかもしれん。よし、無線機は使いようによっては、敵のようすを知ることもできるってところを見せてやろう」

その晩の交信を記録したテープは、古新聞紙にはりつけておき、ウラジオ艦隊は伊豆諸島沖に展開するもののごとし、との見解をつけて軍令部へ送った。

二、三日これをつづけたところ、最後の晩には電波もかなり弱くなっていたので、ウラジオ艦隊は南へ遠ざかったものと推測される、と書いて軍令部へ送っておいた。

「いや、これで少しは上村艦隊の役に立ったかな」

「ええ、山本大尉も喜んでいるでしょう」

駿吉は、立石兵曹長とふたりでひと仕事終えた気になっていた。

六

八月十三日未明。

山本大尉は巡洋艦出雲のコンパス・ブリッジに立っていた。

まだ暗い北東の方角を、双眼鏡でのぞいている。

十数分前に、左舷艦首の方角に灯火らしきものが三つ見えた、とマスト上の見張員から報告があり、士官室のハンモックから飛び起きたのだ。

「見えるか」

佐藤中佐が寄ってきてたずねる。

「いえ、何も。暗いですし、いくらか濛気があがっていますので」

「そろそろ明けてくるだろう。発令の仕度をしておいたほうがいいな」

「やはり敵さんでしょうか」

「そうだろうよ。ここで灯火三つとは、偶然と思えん」

灯火がひとつならどこかの商船と思われるが、三つというところが微妙だった。

ロシアのウラジオ艦隊の主力は、巡洋艦三隻である。

ウラジオ艦隊には、煮え湯を飲まされっぱなしだった。

七月半ばにウラジオ艦隊が津軽海峡を突っ切って太平洋にあらわれたときには、当然、上村艦隊に出動命令が下った。

このとき軍令部は、ウラジオ艦隊が南下して九州沖をまわり、旅順へ向かうものと想定し、上村艦隊に宮崎県の都井岬望楼付近の海域でひとまず待つよう命令を発したのである。望楼には無線機があるから、東京からの命令もすぐに届く。

満を持していた上村艦隊は、出港して九州西岸を南下した。しかし数時間後、今度は東郷司令長官から、北海道の渡島大島西方へ向かえとの訓令をうけた。

東郷長官麾下の連合艦隊司令部は、ウラジオ艦隊は旅順には向かわず、来たときとおなじく津軽海峡をとおってウラジオストックにもどると見たのだ。それを北海道西部で待ちぶせしろ、との命令なのである。

軍令部は南へ、連合艦隊司令長官は北へ行けという。

ふたつの相反する命令をうけて上村艦隊の参謀たちは混乱したが、検討の末、軍令部の命令のとおり、南回りで東京方面に向かうこととした。

やはり首都東京の近くで敵艦隊が遊弋しているという事実は重大で、無視できない。また敵が津軽海峡をとおるかどうかはいまだ不確実だ。どちらをとるにせよ、ふたつにひとつの賭けになる。ならばすでに南に向かって航行していることもあり、いまさら逆もどりして北へ向かうよりはこのまま行こう、という判断だった。

しかしその判断は裏目に出た。上村艦隊は軍令部の指示にしたがって房総半島の布良望楼の近くまでゆき、水雷艇や通報艦を発して伊豆七島のあたりを捜索したが、そのときにはもう敵のウラジオ艦隊は、津軽海峡を通り抜けようとしていたのである。

七月三十日、敵艦隊が津軽海峡を通過したのち、軍令部の指示で、上村艦隊はむなしく対馬の尾崎湾にもどった。参謀たちが落胆したのはいうまでもない。

「まちがえたな。しかし相手が軍令部では文句も言えぬ」

佐藤中佐はあきらめたように言うが、山本大尉は不満でいっぱいだった。

敵艦隊が南に向かうとの軍令部の判断には、木村博士の敵無線傍受による報告が大きな影響を与えていたという。無線傍受の報告は敵の内情を知る唯一の手がかりだったから、軍令部も引っ張られたのだ。

——また余計なことをしやがって。

その話を聞いた山本大尉は、無線には空電が多くあり、しばしばローマ字のつづりのごとき符号になること、それも夜間に多いことなどを他の参謀や上村中将に説明した上で、軍令部あての意見具申にも盛り込んだ。要するに木村博士の意見はあてにならぬと言いたかったのである。

そののちもしばらく、木村博士への腹立ちをおさえられなかった。いずれ会ったら文句を言ってやろうと思っていた。

なにしろ上村艦隊も追い詰められている。

ウラジオ艦隊を逃しつづけたために世論の非難をあびた。

自宅に投石までされた上村中将自身は、「うちの女房はしっかり者だから」といって落ち着いていたのだが、気性の激しさで知られる中将に接する参謀たちは、気が気ではない。

そんな時期だからこそ、木村博士のいらぬ差し出口が余計に気にさわったのだ。

八月四日に尾崎湾に帰着した上村艦隊は、七日に鬱陵島付近を哨戒、十日にまた尾崎湾にもどった。

その十日、尾崎湾へもどる途中に軍令部から電文がきた。旅順港の敵艦隊が大挙出港したという。

「おお、やったな。これで仕留められるぞ」

との声が参謀たちの中でもあがった。

日本海軍が待ち望んでいたロシア艦隊との決戦の機会が、やっと訪れたのである。

三笠など戦艦が中心の第一艦隊が旅順の近くにいるから当然、交戦になっただろうと思っていると、はたして続々と激戦を告げる電文がくる。

旅順港から出た戦艦六隻を中心にしたロシア艦隊は、待ち構えていた東郷司令長官のひきいる第一艦隊と、黄海で砲戦におよんだ。

正午すぎには、日本の第一艦隊がかねてから練っていた作戦、丁字(ていじ)戦法に出て、ロシア艦隊の前面を圧した。ところがロシア艦隊は第一艦隊の後方をすりぬけ、ウラジオストックをめがけて逸走をはじめた。ために距離が開きすぎて、砲戦はすぐに終わってしまった。

丁字戦法は、失敗したのである。

逃げるロシア艦隊を第一艦隊が追う。

新鋭艦ばかりの第一艦隊のほうが、速力ではロシア艦隊より上だった。じわじわと差を縮め、夕刻にやっと追いついた。

両艦隊がならんで航行しながら、激しく撃ち合う砲戦となった。

ここで第一艦隊はロシア艦隊に多くの命中弾を浴びせ、相当な損害をあたえたものの、一隻も沈められぬうちに暗くなり、砲戦も自然と止んでしまった。

あとは夜戦を受けもつ駆逐艦隊に託されたという。夜の闇を利用して傷ついた戦艦群に近づき、雷撃して沈めようという作戦だ。

こうした状況が無線で伝わる中、上村艦隊も石炭を満載して出港準備をととのえていると、翌十一日の朝、東郷司令長官よりの電文がきた。第一艦隊の位置を伝えた上で、ただちに来たれ、との命令である。

そこで上村中将は第四戦隊と水雷艇隊に対馬海峡警備をまかせ、出雲、吾妻など一等巡洋艦四隻からなる第二戦隊をひきいて尾崎湾を出航した。

命令された海域へ向かっている途中にも、電信がいくつも飛び込んでくる。どうやらロシアの戦艦六隻は、第一艦隊の砲撃をうけてウラジオストック行きをあきらめ、撃破された旗艦ツェザレビッチは山東半島の付け根にある膠州湾に避難し、のこる五隻は旅順港へもどったらしい。

となればこれ以上の戦闘にはならない。だが哨戒にあたっていた第三戦隊の報告では、巡洋艦のアスコリドとノーウィックが交戦中に艦隊から脱落し、南に向かったという。

旅順から黄海を南にむかったとなれば、朝鮮半島をぐるりと迂回して済州島のあたりから北上し、ウラジオストックに行こうとしているにちがいない。

相手が戦艦では手に負えないが、巡洋艦なら上村艦隊の出番である。

上村艦隊はふた手にわかれ、磐手、常磐が済州島の南方を、出雲と吾妻、それに通報艦の千早が北方を警備した。

だが待てど暮らせどロシア巡洋艦は姿を見せない。

そうして一夜が明け、ふたたび四隻が出会ったところで、東郷司令長官から対馬海峡へもどるよう指示があった。

アスコリドやノーウィックなど逃れた敵艦を警戒しつつ、救援に来航するかもしれないウラジオ艦隊に注意せよ、というのである。

指示されるまでもなく、ウラジオ艦隊が来るだろうとは予想していた。

「旅順のロシア艦隊にすれば、猫の手でも借りたい状況だからな。ウラジオ艦隊を出没させて、こちらを混乱させたいだろうよ」

「しかし、旅順は電信が封鎖されています。ウラジオストックへ連絡できますか」

佐藤中佐に、山本大尉はたずねた。遼東半島全体が日本に占領されているので、その先端にある旅順は孤立していた。電信のケーブルも開戦前後に日本軍によって切断されていて、旅順からウラジオストックへの連絡手段はないはずだった。

「十日に戦艦などが出港したとき、ロシアの駆逐艦のいくつかはあちこちに散ったそうだ。おそらくどこかでウラジオへ打電している」

佐藤中佐の見立てはあたっていた。駆逐艦が一隻、旅順とは渤海をはさんで対岸にある山東半島の芝罘に入港し、ウラジオ艦隊あてに来航命令を打電していたのである。

ウラジオストックから対馬海峡までは千キロほどある。十日に連絡を受け、ただちにウラジオストックを出港したとすれば、そろそろこのあたりに姿を見せるころだ。

——見つけたら、ただではすませない。

第二艦隊は、その全艦艇をあげて二重の警戒線をはっている。

駆逐艦と水雷艇は対馬の東西の水道にはりつき、第四戦隊の二等巡洋艦群は対馬東水道の北東にあり、東西に間隔をあけて哨戒しつつある。そして第二戦隊の一等巡洋艦四隻は、その西方となる蔚山沖を行きつもどりつしていた。

「しかし、敵の戦艦は旅順へもどっておる。それを知れば、ウラジオ艦隊ももどるのではないか」

昨夜、別の参謀が言ったが、山本大尉は即座に反論した。

「いえ、そうとは思えません。なぜなら、一度ウラジオストックを出て旅順に向かってしまえば、ウラジオ艦隊はどことも連絡のとりようがないからです。ウラジオ艦隊も、おそらく積んでいる無線機は八十海里ほどの通信距離しかないでしょう。旅順まで南下する航路のうち、八十海里以内にロシア領はありません」

だからウラジオ艦隊は、旅順を出た味方の艦隊が引き返したと知らぬまま航行している可能性が高い。

闇の中に見えたという三つの灯火こそ、戦況を知らずに突っ込んでくるウラジオ艦隊ではないのか。

東の方角を見る。夏なので夜明けは早い。漆黒の闇は澄んだ紫色に変わっている。空には雲がなく、風は南の微風。海面には霧が立ちこめている。

またしても濃霧にはばまれるのかといらだちを覚えたが、幸いにも今朝の霧はそこまで濃くなかった。

空が紫色から透明な群青色になるにつれ、視界が広がってゆく。

そのころ、海上に三隻の艦影が見える、とマスト上の見張り員から連絡があった。

コンパス・ブリッジにはすでに上村中将をはじめ第二艦隊の司令部員がみなあつまっている。

「先頭がロシア、ついでグロモボイ、リューリックとおぼゆ」

伝声管をとおして、ブリッジに見張り員の声がとどく。やはり三つの灯火はウラジオ艦隊だったのだ。

「敵見ゆと打電せよ」

佐藤中佐の最初の指示が飛んだ。山本大尉はすぐに暗号文を起草し、打電した。

これで周囲八十海里にいる艦船に伝わる。第四戦隊の巡洋艦もあつまってくるだろう。対馬のどこかの望楼が受信すれば、海底ケーブルをとおして東京の軍令部までも転電されるはずだ。なんと便利なことか。

「総員起こし！」

伊地知艦長の声が飛ぶ。明け直（四時から八時の当直）以外の兵は寝ている時刻だ。伝令兵が駆けだし、すぐに起床ラッパが鳴った。

「見えます！　三隻です」

望遠鏡で東の方を見ていた参謀のひとりが叫ぶ。艦橋のみなが自分の望遠鏡をとりだし、おなじ方角に向けた。たしかに黒煙の筋の下に艦影が見える。五百メートルほどの間隔をあけて単縦陣で航行していた。

先頭と二番艦は四本煙突でマストは低いから、ロシアとグロモボイだろう。しんがりをゆく艦は二本煙突で三本の高いマストをもつ。リューリックにちがいない。

「艦隊、ただちに戦闘配置。原速十七ノットに」

敵影をその目で見た上村中将の声に応じ、山本大尉は信号兵を呼び、合戦準備のラッパを吹かせるとともに、マスト上に戦闘旗をかかげるよう指示した。

いそぎあつまった軍楽隊の吹奏が終わると、前部マストの上に巻かれていた旗が開いた。うしろにつづく吾妻ら三隻もこれを認めたか、マストに戦闘旗をかかげた。

一方、艦内は大騒ぎになっている。

水兵たちはあわてていた。起床ラッパに起こされたと思ったら、すぐに合戦準備のラッパだ。顔を洗う暇もない。

それでも日ごろの訓練のとおり、天窓や梯子口(はしごぐち)を閉じ、防火防水の準備、そして弾薬を運ぶなど、戦闘前にしておくべき煩雑な仕事をきびきびと片づけてゆく。コンパス・ブリッジでは防弾のために手すりに兵員の釣床が縛りつけられ、周囲が白一色になった。

「戦闘準備、よし！」

それぞれの持ち場から、準備完了の報告があがってくる。

これでいつでも戦える。

しかし命令を下して十数分たつが、敵影はいっこうに大きくならない。艦の速度がすぐにはあがらないのだ。

夜間のうちは八ノットで航行していたので、いきなり十七ノットにするのは大変である。うんと蒸気をあげねばならず、機関室では石炭だけでなく、薪や石油を投じて火力を強めようと必死になっているはずだ。

「敵、左に回頭」

見張り員の声が届く。

「逃げようとしてるな」

「逃がすか。面舵だ」

逃げる敵の頭をおさえようと、艦隊は東南東へ針路を変えた。夏の空はようやく明るくなりかけている。

ゆるく蛇行していると、ようやく速度があがってきた。

舳先の衝角が波を割ってすすむ出雲を先頭に、四隻の艦隊は単縦陣で敵に近づいてゆく。

ことに出雲は速い。上村司令長官の執念がそうさせるのか、ほかの三隻を置き去りにする勢いで敵にむかって突っ込んでゆく。

コンパス・ブリッジにいる砲術長が測距儀をのぞいて距離をはかる。敵のしんがりであるリューリックとの距離が八千四百メートルになってから砲撃がはじまった。時に五時二十三分。

艦橋の前にある二十センチ主砲が火を噴くと、衝撃波が顔を叩き、轟音が頭の芯まで響く。山本大尉はあわてて耳に綿を詰めた。

敵艦の前方に高々と水柱があがる。敵艦からも赤い光が走り砲煙があがった。その弾丸は轟音を残して頭上を飛び去っていった。

第二戦隊の四隻は、敵との距離を詰めながら発砲をつづける。出雲の二十センチ主砲四門と右舷の十五センチ副砲七門が間断なく咆哮（ほうこう）をつづけ、コンパス・ブリッジにいてもほとんど会話ができないほどだ。もちろん敵からも砲弾が飛んでくる。艦の近くに水柱がたち、ブリッジにまで水しぶきが飛んでくる。

初の命中弾がでたのは、砲撃を開始して間もなくだった。リューリックの中央部付近に赤黒い爆炎があがり、空中に何かが飛散するのが見えた。ブリッジは沸いた。

これを機に、第二戦隊の二十センチ砲弾がつぎつぎに命中しはじめた。

最初に火災を起こしたのは、先頭をゆくロシアだった。その直後にはリューリックにも火災が発生し、しばらく艦上は黒煙につつまれた。五分ほどおいてまたリューリックの前部に火炎が見え、黒煙がたちのぼった。

日本の砲弾は命中するとすさまじい火炎と黒煙を発し、艦上の構造物を吹き飛ばす。

波の上に落ちたときでさえ、破裂して火炎を発し、盛大な水柱をあげる。その水柱の大きさたるや、ロシアの砲弾の何倍にもなる。下瀬火薬の威力である。

砲撃開始から三十分もすると、彼我の優劣がはっきりしてきた。日本側の砲弾の命中率は高く、ロシア側の三隻は幾度も砲弾をあびて火災を起こしていた。

対して第二戦隊の四隻はほとんど被弾していない。二番艦の磐手の左舷前部に一度、大きな爆発があって黒煙があがったが、それ以外に火災を起こした艦はない。

東南東へ併走するかたちではじまった砲戦だが、敵艦隊はこちらから逃れようとして、たびたび針路を変える。そうはさせじとこちらも追従して、いくども針路を変えた。

午前六時過ぎには逆方向の北西へ、その四十分後にはまた東南東へ、さらに二十分もするとまた北西へと、海上にℓ字の航跡をいくつも描いて執拗に敵艦隊を追いまわし、砲弾をあびせつづけた。

そのうちにリューリックが前を行く二艦からおくれはじめる。艦上に火災が起こり、黒煙におおわれて艦影が見えないほどになった。舵機も壊れたのか、左に曲がって艦列から脱落した。

先行する二艦は、おくれたリューリックを救おうとしてもどってくる。そのたびに砲火をあび、二艦とも黒煙をあげ砲も沈黙していった。しかしロシアもグロモボイも四本の煙突は健在で速力は落ちず、高速で航行する能力は失っていない。艦底にある機関までは、砲弾も届かないのだ。

午前五時半前にはじまった砲戦は延々とつづき、十時近くになって止んだ。

出雲が砲弾を撃ち尽くしてしまったためである。

上村長官はおおいに悔しがったが、どうにもならない。

ロシア、グロモボイの二艦は逃がしたが、リューリックはほとんど動けなくなり、盛大に黒煙をあげながら、目の前をのろのろと航行している。艦首が沈み込み、船体は左傾していた。それでもまだ一門の砲がときどき発砲している。

少し前から第四戦隊のちいさな巡洋艦二隻がかけつけ、リューリックを中心に円を描いて航行しつつ、砲撃を浴びせていた。十五センチ砲弾が命中するたびに、黒煙に包まれた艦体から赤い爆炎があがる。手負いの熊に襲いかかる猟犬二頭、といった光景だった。

やがてリューリックの砲は完全に沈黙し、艦体は左舷へ大きくかたむいた。

皿から豆をこぼすように、乗組員たちが海に飛び込んでゆくのが見える。

数分後、艦体はとうとう横転して赤い腹を見せた。そして十時三十八分、艦尾を高くあげたかと思うと、周辺の海面に乗組員たちが浮かんでいる中、多くの気泡をたてながら海中に没していった。

——終わった。

山本大尉はコンパス・ブリッジの中を見まわした。ほっとした空気はあるが、上村司令長官はじめ、だれも喜ぶようすはない。二隻を逃したのが響いているのだろう。

だが圧勝にはちがいなかった。

出雲には死者三名、重傷者三名が出たが、艦体はほぼ無傷といってよかった。後方に浮かぶ磐手以下の三隻も、損害は軽微なのが見てとれた。

対してウラジオ艦隊は一隻が沈没、二隻は機関こそ無傷のようだが、砲の多くが沈黙し、大破の状態で逃げ去っていった。

このちがいはどこから来たのだろうか。

それは装備の差だ。科学技術の差だ。

と山本大尉は自問自答した。

沈んだリューリックは十年以上前にロシアで竣工した古い巡洋艦で、二本の煙突に帆走用の高い三本のマストをもつ。最高速力は十八ノットしか出ない。二十センチ砲四門をそなえる点は日本の巡洋艦とおなじだが、砲塔ではなく艦体側面の砲廓（ほうかく）に前後一門ずつ備えつけられており、一方向には二門しか向けられない。

ロシアとグロモボイはリューリックより新しく、速力も二十ノット以上出たが、やはり砲塔はなく、四門の二十センチ主砲はリューリックとおなじように艦側の砲廓にあった。したがって艦隊が一列にならんで敵艦隊と併走しながら砲戦をすると、もっとも強力な二十センチ主砲は一隻あたり二門しか敵に向けられない。三隻で六門である。

対して日本の第二戦隊は、出雲をはじめ四隻すべてが新鋭艦で、二十センチ砲を回転砲塔に積んでいた。

左舷でも右舷でも砲塔を回せば照準でき、一隻あたり四門を敵に向けられた。四隻合わせて十六門の二十センチ砲でウラジオ艦隊を砲撃したのだ。

六門対十六門では、はじめから勝負は見えている。

しかもロシア側は砲弾の炸薬に昔ながらの綿火薬を使っていたのに、日本側は新兵器の下瀬火薬である。破壊力に大きな差があった。

さらにいえば、無線の運用も日本側がすぐれていた。

ロシア側も無線は使っていたが、艦同士の連絡に使う程度で、指揮命令系統に無線が生かされてはいなかった。そのためウラジオ艦隊は友軍が負けて旅順に引き返したのを知らず、無益な出撃をして、司令部と無線で連絡をとりつつ待ち構えていた日本の第二艦隊に捕捉されたのである。

――無線は役に立つ道具だが、単独で使うのでは限界がある。有線の電信と組み合わせて電信網を張り巡らさねば、真の力は発揮できないってことだ。

山本大尉は胸の内でつぶやく。

ロシアはまだ無線を使いこなしていないが、日本の電信網はおよそできあがっている。

維新以来、営々と国内に電線を張りめぐらし、無線が発明されればすぐに取り入れ、軍艦と望楼に設置しつづけた努力が、いま実っているのだ。

いまいましいことに、木村博士の顔が浮かんでくる。無線を発明したのは博士ではないが、日本が無線を有効に使えるようになったのは、木村博士がせっせと機器の改良にはげみ、開発だけでなく生産と据付まで引き受け、身を粉にして奮闘したおかげだ。

——人柄は感心せんが、はたらきぶりは認めざるをえんなあ。

考えているうちに、海面に浮いている敵兵の救助を命じる声がとんだ。戦闘は終わったが、兵たちはまだ休めない。カッターを下ろす作業がはじまった。

上村中将はコンパス・ブリッジから去り、他の司令部員たちも消えていった。山本大尉も日射しの強いブリッジから下りた。ぐずぐずしてはいられない。戦闘経過の報告書作り、後続艦への信号連絡、軍令部や東郷司令長官への打電と、やることは山ほどあった。

七

「なるほど、こりゃ駄目だな」

受信機を操作していた駿吉はふり返り、うしろで見ていた係官に告げた。

「受信不良どころか、一字も受信できない。まったく駄目だ」

「コヒーラは動くんですがね」

鵝鑾鼻望楼の係官は、不思議そうに首をかしげている。

「コヒーラが動いても……、いやあ、しかし暑いな。とても正月とは思えねえな」

そう言いながら、駿吉は額の汗をぬぐった。

「なにしろ亜熱帯ですからね。正月だからって、雑煮を食う気にはなれませんね」

係官は笑っている。ここ鵝鑾鼻は台湾の最南端にあり、バシー海峡をのぞむ岬である。この岬の対岸は——といっても約四百キロはなれているが——もうフィリピンだった。

この地に海軍が望楼をもうけているのだが、連絡用に備えつけた無線機の調子が悪いというので、駿吉が修理に出向いたのである。

明治三十七年十二月の末に横須賀を出発し、台湾で年を越して、いまは正月の二日だった。

海軍の望楼建設も、最初は日本本土の要地ばかりだったが、いまや沖縄や台湾、千島列島にまでおよんでいる。その中でも重要と思われる地点を優先して無線を備えることになっていた。

一方で艦船への無線取り付けも、戦艦と巡洋艦はすべて付け終わり、いまでは駆逐艦と砲艦に取り付けようという段階になっている。そのため横須賀工廠の試験所はフル回転で製造・据付にかかっており、技術者がまったく足りない状況だった。

そこで各地での取り付けや修理に、工場長の駿吉まで出ざるを得なくなっていた。駿吉もまめな性格で遠隔地へ出向くのを厭わなかったから、北は千島から南は台湾まで出張し、あちこちで修理をしたり、無線機の運用についての相談にのったりした。

「たしかにコヒーラは動く。そこから先の機器だな。まあ、見当はつくが。こいつはちょっと古い」

「はあ、なんでも軍艦からのお下がりだとか」

「うん。無線機ってのは、最初は戦艦から付けはじめたからな。軍艦のお下がりだとすると、戦艦か一等巡洋艦のものだろう。ゆれる船の上でも使えるよう頑丈に造ってあるから、悪いところだけ取り替えればまだ十分使えるはずだ」

「はあ、戦艦のねえ。守るも攻めるもくろがねの、浮かべる城ぞ頼みなる、ですか」

「軍艦行進曲か。近ごろよく聞くなあ」

「いやあ、国民の気持ちでしょう。陸軍が旅順に手こずってて頼りないから、いまは海軍が頼りにされているんでしょうね」

係官はわけ知り顔で言う。陸軍も海軍もどっちもどっちだ、と駿吉は思った。

「海軍もどうだか。黄海と蔚山沖の海戦で勝ったようだけど、最後は敵さんをいっぱい逃がしちまった。いまのうちに全部沈めておかねえと、バルチック艦隊がきたら目もあてられねえっていうのに。敵に情けをかけるようじゃあいけねえ。いや、雇い主を悪く言っちゃあいけねえが」

係官は笑いをかみ殺すような表情になった。たしかに笑っている場合ではない。

「陸軍さんも、乃木大将がご子息をふたりも亡くされたとか。おかわいそうに。でも二〇三高地が落ちたから、旅順ももうすぐでしょうね。落ちたら国中でお祭りさわぎでしょうなあ」

軍人のみならず、いま国民の関心事は旅順の攻防とバルチック艦隊に集中している。

昨年二月の開戦以来、日本の陸海軍は連戦連勝だった。

陸軍は仁川に上陸後、鴨緑江をわたって進軍、遼東半島の付け根をおさえ、遼陽の会戦に勝利、とロシアの陸軍を押しまくった。

しかし旅順要塞の攻防では味噌をつけた。攻めても死傷者が増えるばかりで、なかなか落とせないでいるのだ。

海軍は日本海と黄海の制海権を手にしている。いまや残存のロシア艦隊は旅順港内に閉じこもって出てこず、ウラジオの巡洋艦隊も上村艦隊に破壊されたため、出てこなくなっている。日本の輸送船が襲われる心配はないのだが、といって安心はできなかった。

ロシアがヨーロッパにもっているもうひと組の艦隊、バルチック艦隊が、十月十五日にリバウの軍港から出航していた。行き先は、もちろん旅順港である。

バルチック艦隊が日本海に姿を見せる前に、旅順の太平洋艦隊をつぶさなければならない。

しかし旅順港は陸上の強力な砲台に守られており、港内に籠もって出てこないロシア艦隊を海のほうから攻撃することはできなかった。そこで陸上からの砲撃でロシア艦隊を沈めることとなり、陸軍が旅順要塞を攻略にかかった。

旅順要塞が陥落すれば、ロシア艦隊も同時に壊滅する、という状況になったのである。ところが要塞は強固で、いくら攻めても落ちない。乃木将軍がひきいる第三軍は要塞に向かって突撃を繰り返しては死傷者ばかりをふやしていた。

苦戦の末、十二月になってようやく要塞の一角、二〇三高地を陥落させ、そこに観測員をおいて港内のロシア艦隊を砲撃するまでにこぎつけていた。

こうした状況は新聞が盛んに書き立てたので、日本では子供までもが知っている。正月ではあったが、世間の関心はいつ陸軍が旅順を落とすのか、バルチック艦隊がくるまでに間に合うのか、に集中している。

そのバルチック艦隊の動向は、世界中に報道されていた。

すでにアフリカ南端の喜望峰（きぼうほう）を回ってインド洋にまできている。おそらくあと二カ月ほどでこの台湾の近海に姿を見せるだろう。

「よし、こいつを付けてやろう。イギリス製の優秀なリレーだ」

駿吉は横須賀から持参したジーメンス社製のリレーを取り出した。古い無線機は国産のリレーが付けてある。これを取り替えるだけで一気に感応度がよくなり、通信距離が大きく伸びるのを、これまで幾度も見てきた。

ドライバーを手にし、交換作業をはじめた。手慣れた作業だから、三十分ほどで終わる。

「さて交信してみようか。高雄に試験所のやつらが控えているから、まずはご挨拶だな」

駿吉は送信機を操作して、短い電文を発信した。

送信機は無事に動いているが、問題含みなのは受信機とおなじである。

まず、電源がこころもとない。望楼は辺鄙なところに建つので、電気を引いてくるのがむずかしい。そこで石油を使う発電機を設けたが、これがよく壊れるし、発電量も一定しない。それを補うためには蓄電池がほしいところだが、品不足で内地でさえなかなか配備できないでいる。ここにもまだ蓄電池はなく、外の小屋で発電機がうなっている。

しばらく待っているとコヒーラが動きはじめ、つづいて印字機も動いた。

「それみろ、やっぱりリレーだったな。動いたぞ。どれどれ、ちゃんとした電文になっているかな」

吐き出されてくる紙テープをある長さでちぎり、鉛筆を手にして、モールス信号を読み取って紙に文字を書き出す。

「ほほう」

鉛筆をもったまま、駿吉は途中で読み取りを中断した。

「どうかしましたか」

「ああ。めでたい知らせが送られてきた」

駿吉は電文を書いた紙を係官に渡した。

「きのう旅順が落ちたそうだ。ただのうわさじゃなくて大本営発表だそうだから、まちがいないだろう」

送られてきた返信の冒頭に、挨拶もなくそうあったのだ。

「おお、ついに！」

係官の顔がぱっと明るくなった。

「それじゃあいまごろ、本土じゃあ大騒ぎになっていますね！」

「だろうなあ。でも、まだ喜んでいる場合じゃないんだがな。バルチック艦隊がきたら、結局はやられるかもしれないからな。旅順攻略は、バルチック艦隊をやっつけるための手段であって、目的じゃない。世間がそこを勘違いしなきゃいいんだけど」

駿吉の言葉に係官が鼻白んでいる。素直に喜べばいいじゃないか、と顔に出ている。

「でもまあ、めでたいにはちがいないな。祝っておくか」

係官の顔色に頓着せず、駿吉はすっと立ち上がり、北東の方角を向いた。そして、

「万歳！」

とひとこと吠えた。そんな駿吉を、係官は目を瞠りながら無言で眺めているばかりだった。

第七章 「夕」を連打せよ

一

ここエジプトのポート・サイードは、さすがにアフリカの一角だけあって、一月なのにひどく暑い。日射しがあたる手の甲が痛いほどだ。

街中には煉瓦造りや石造りの低い建物が軒をつらね、白い衣服で体をおおった人々がゆっくりと歩いている。建物は汚れ、道端には砂がたまり、風が吹くたびに砂ぼこりが舞う。その光景はお世辞にもきれいとはいえない。

外波中佐は毎朝、ホテルからウォルムス商会のある港に近い石造りの建物まで、歩いて通っていた。

ホテルからは五分ほどの距離だが、歩いている最中も左右に目を配り、尾行されないように毎日、とおる道を変えるなど、用心している。自分が来ていることがロシア側に知られているとは思えないが、ここが要地である以上、ロシア側も日本の動きを警戒はしているはずなのだ。

ウォルムス商会に着くと支配人に挨拶し、一室にこもる。そこにはすでにその日にスエズ運河を通過予定の船のリストが届いていた。

何も言わずとも、給仕の女性が紅茶をもってくる。それをひと口飲んでから、外波はそのリストの一行一行をなめるように読んでゆく。ロシアの船はもちろんあやしいが、リストにはほとんどあがってこない。要注意なのはフランスとドイツの船だ。

しかし今日はあやしい船は見当たらなかった。みなインドのゴアや上海、あるいはアフリカ沿岸の港へ行こうとしていた。

「ミスタ・タナカ、客人です。お会いになりますか」

汗をぬぐいつつ紅茶を飲み終わったところで、商会のボーイが顔を出してたずねる。

ここで外波は日本郵船の社員、田中庫吉(たなかくらきち)ということになっている。服装も白いカッターに紺色のズボンと、一見して船会社の社員風にしているし、田中名義のパスポートももっていた。

ウォルムス商会は、このポート・サイードで日本郵船の代理店をしている。郵船の船が入ってくると、船員の宿や荷の積み降ろしの手配、石炭と水の供給など、さまざまな世話をする契約になっていた。だから郵船社員の田中庫吉がここにいてもちっとも不思議ではない、という理屈になる。

「ここへ来るよう、言ってくれ」

客の名前を聞いて、外波は返答した。

部屋に入ってきた客は白人の中年男で、酒焼けなのか赤ら顔だった。にやにやしながら外波と握手し、椅子にすわると切り出した。

「とっておきの情報をもってきた。あんたが一番欲しがっているやつだ」

「どんな？」

「第三艦隊のことだ」

「ふむ、聞かせてもらおうか」

外波がうながすと、男は首をふった。

「五百ポンドだ。こいつはそれだけの価値がある情報だからな」

「そいつは高いな」

外波は考える仕草を見せ、すぐに男の目を見て言った。

「支払ってもいいが、第三艦隊が二月半ばに出航するという話はすでに聞いている。するとここに来るのは三月半ばだ。どんな艦が来るかもおよそわかっているし、ここに来たときに見ればわかる。指揮官もわかっている。それ以外の情報なら欲しいが」

すると男は笑いを消し、小声で何か言うと、「また来る」と言って立ち去ろうとした。

外波は男に歩みよると、そのポケットに十ポンド札をねじ込んだ。

「これからも頼むよ。期待しているからな」

金を得られなかったといって、逆恨みされてはたまらないし、つぎには有用な情報をもってくるかもしれない。役に立つ人脈をつくるのも外波の仕事で、そうした仕事には金がかかるものだ。

当地発行の英字新聞をすみずみまで読んでから、外波はパナマ帽をかぶり、外出した。相変わらず日射しが強い。

モスクの尖塔がふたつ天を刺しているほかは、ここポート・サイードは総体に平たい街である。山も見えず、坂もほとんどない。少し郊外に出れば砂漠がひろがる。

小さな街のわりに道が広く街区がととのっているのは、歴史が浅いせいだろうか。それまで小さな漁村だったのに、一八五九年にスエズ運河の工事がはじまってから、急に人が集まり街ができた。いまやスエズ運河の地中海側の出入り口として、多くの船があつまる一大港湾都市となっている。

外波がこのエジプトの港町に到着したのは、昨年の十二月十五日だった。

十月にバルチック艦隊がロシアの軍港、リバウから旅順めざして出航すると、東京の軍令部はバルチック艦隊の情報収集に躍起になった。艦隊は何隻で、どんな艦が含まれているのか。どんな装備をもっているのか。速度は。いつ来るのか。

戦うとなれば、知りたいことは山ほどある。

艦隊の主力となる戦艦や巡洋艦の大きさや搭載する砲などの戦力は、日本側でもほぼ把握できていたが、ほかに特に知りたい点が三つあった。

ひとつ目は、艦隊が潜水艇をもっているかどうか。

ふたつ目は、機雷敷設用の機材をもっているか。

三つ目は、無線通信の能力。

潜水艇も無線も最近になって実用化された機器である。新しいだけに情報がなく、いざ戦闘となれば思わぬ威力を発揮し、重大な脅威となる可能性があった。ひそかに忍び寄った潜水艇の魚雷によって、戦艦が撃沈されないとも限らないし、強力な無線機器を積んでいれば、妨害電波を放って日本の無線を無効にしてしまうかもしれない。

機雷は新兵器ではないが、五月に戦艦初瀬と八島が撃沈されたため、その威力の大きさに用心したのである。

ほかに船体やマスト、煙突の色とか、水雷母艦や修理工作船などをともなっているか、といった点も加え、欧米に駐在している海軍武官と、外務省管轄の欧州の在外公館に調査を依頼している。

これに対して、英国やフランス、オーストリアなど各国の日本大使館や領事館から情報は入ってきたが、みな通信社や英国外務省経由の伝聞情報だった。それだけではまったく足りない。

十一月の初めに、バルチック艦隊がスペインのヴィーゴに到着したとき、在スペイン日本大使館の館員がヴィーゴに出向いてその目で見、また現地で情報を得てきた。そして、潜水艇を積んでいる形跡はない、水雷母艦はない、アンテナが見えたから無線通信の機器はある、などと軍令部に打電している。

貴重な報告だったが、報告者は外務省の書記官で海軍の者ではないだけに、細かいところまでは信頼がおけなかった。

そこで海軍士官を派遣し、その目でバルチック艦隊を観察させよう、という話になった。白羽の矢が立ったのが、外波である。水雷屋で、なおかつ無線にもくわしい。まさにうってつけの人材と見られたのだろう。

ロンドン・タイムズの海門号が軍令部の指示によって取材活動ができなくなったのち、外波は上海でロシア側の情報収集にあたっていたが、命令を受けてさっそく欧州方面へ行くことになった。

バルチック艦隊を見るといっても、その航路は秘匿されており、いつどこにあらわれるのか、特定するのはむずかしい。しかし通る確率の高い地点は予見できた。スエズ運河はそのひとつだった。

地中海からスエズ運河を抜けてインド洋に出れば、はるばるアフリカ大陸を大回りするのに比べて、節約できる距離は六千キロにもおよぶ。バルチック艦隊としても当然、選びたくなる航路である。

軍令部はポート・サイードにねらいをつけ、そこに拠点をもつ日本郵船にかけ合い、外波の世話をさせることにした。

日本郵船はもちろん協力したが、ひとつ問題があった。ポート・サイードの代理店のウォルムス商会が、ロシアと協商を結ぶフランスの資本だったのである。

それがわかると外波は用心して、郵船にウォルムス商会を信用していいかどうか確認した。郵船は大丈夫だとうけあったが、ポート・サイードに着くのはいくらか遅れた。

そうしたこともあって、軍令部のもくろみは空振りに終わった。

バルチック艦隊の主力はスエズ運河を通らず、アフリカ南端の喜望峰まわりでインド洋に出る航路を選んだのだ。スエズ運河を通ったのは、喜望峰まわりの厳しい航路を通るのがむずかしい古い戦艦や巡洋艦、小さな水雷艇ばかりだった。

その貧弱なバルチック艦隊の支隊も、外波がポート・サイードに着いたときはすでにスエズ運河を通過していた。

なぜバルチック艦隊の主力がわざわざ遠回りの航路を選び、スエズ運河を通らなかったのか、その理由は軍令部にもわからなかった。

大きな戦艦の喫水が深くて運河を通過できないという説もあったが、それは正しくない。現に日本の戦艦三笠は英国で竣工したのち、スエズ運河を通って日本に回航されている。一万数千トンの軍艦でも問題なく通れるのである。

またスエズ運河を支配している英国が、艦隊の通過を認めない場合を想定した、という説もあった。実際、日本も英国がそうするよう期待し、在英大使館をつうじて英国に運河の封鎖を要求してもいた。

しかし英国は、スエズ運河は自由航行が原則であるとのコンスタンチノープル協定という国際条約を結んでいたため、これを楯に昨年の四月、日本の要求をはねのけた。だからロシア側がのぞめば、バルチック艦隊はスエズ運河を通過できたのである。

ではなぜバルチック艦隊はスエズ運河を利用しなかったのか。

のちに判明したところでは、日本の水雷艇がスエズ運河で待ち伏せしている、という不確かな情報に、ロシアの軍部とロジェストウェンスキー提督が踊らされた結果だった。あるかどうかわからない日本の待ち伏せ攻撃を避けるため、ロシア側はわざわざ遠回りの航路を選んだのである。

とにかくバルチック艦隊をその目で確認する役目を、結果として外波は果たせなかった。

しかし外波は落胆はしなかった。十月に出航したバルチック艦隊に支援艦隊が追加される、という情報が流れていたからだ。

旅順港にいたロシアの太平洋第一艦隊が壊滅したため、バルチック艦隊だけでは心細い、とロシア軍首脳は考えたようなのである。そこでヨーロッパに残っていた軍艦をかきあつめ、もうひとつの艦隊を作った。第一選抜にもれた老朽艦ばかりではあるが、とにかく数をふやして戦力を増強しようというのだろう。

追加といえどバルチック艦隊の一部である。観察する価値はある。

そこで外波はポート・サイードに居つづけたのである。

追加の艦隊は第三艦隊と呼ばれていた。旅順にいたのが太平洋第一艦隊で、いまアフリカを回っているバルチック艦隊は太平洋第二艦隊と呼び名が変わるので、これからこちらへ来る艦隊は第三艦隊となるのだ。

その日、外波が足を向けたのは英国領事館である。領事に面会をもとめた。

「いかがでしょうかな。本国から訓令は来ましたか」

外波はキャメロン領事にたずねた。外波は到着時に外務省の紹介状をもって領事をたずねている。当日は冷たくあしらわれたが、本国に照会して外波の役目がわかったのか、翌日からは丁重にあつかわれるようになっていた。

「来ましたとも」

キャメロン領事はうなずく。が、その表情は硬い。

「残念ながら、貴国のご期待には沿えませんな」

「無理ですか」

「ロンドンで一度、回答しているとおりです。スエズ運河の自由航行は、曲げられません」

外波は海軍省の指示によって、ロシアの第三艦隊にスエズ運河を通過させないようにできないか、と打診していたのだ。しかし、英国の答えは変わらなかった。

「いくら同盟国の依頼といえど、国際条約まで侵すわけにいかんのです」

と言われては引き下がらざるを得ない。

「しかし貴国の頑張りには敬服いたします。旅順要塞も落ちましたな」

用が済んだと思ったのか、領事は外波に葉巻をすすめ、同時に話題をかえた。

「貴国の協力には感謝いたします。旅順が落ちたのでロシアの太平洋艦隊も無力となり、あとはバルチック艦隊を待つのみとなりました。何としてもバルチック艦隊を打ち破り、この戦争に決着をつけたいと思っています」

外波は葉巻をことわり、話をつづけた。

「いまバルチック艦隊は、アフリカの彼方にいる。あとひと月かふた月で東アジアに到着するでしょう」

「どうやらいま、マダガスカル島のあたりにいるようですな」

領事は葉巻の匂いをかぎながら言う。そうした情報は、こちらの新聞にも出ている。

もっと詳しい情報を得られないかと、外波はあちこちに当たっていた。

「寒い北の国から出てきて酷暑の中を航行している。乗組員にはこたえるでしょうな」

バルチック艦隊が航行中に消耗すれば、それだけ日本は有利になる。

「まあ、たいしたものですな。戦艦を何隻もふくむ大艦隊が、地球を半周するのですから」

「そうですね。そこばかりは感心します。人類史上初の壮挙でしょうな」

戦艦は大きいだけに、航行するには大量の石炭を食う。淡水、乗組員の食料も膨大な量が必要になる。艦隊全体ではどれほどの量になるのか、考えるだけでおそろしいほどだ。


だから石炭を積んだ商船の行き先にバルチック艦隊がいる、あるいは向かうと見るのは、妥当な推理といえるだろう。外波はそのために毎日、スエズ運河を通過する船の積み荷と行き先をチェックし、目立つものが見つかれば東京の軍令部に報告していた。

ロシア第三艦隊のスエズ運河通過阻止は不可能という、あまり芳しくない成果を手に、外波は英国領事館を辞した。

ウォルムス商会の一室にもどり、軍令部あての電文を書きはじめた。平文はできたが、そのまま送るのは危険なので暗号にしなければならない。持参の暗号簿と首っ引きで暗号化してゆくが、なかなか時間がかかる。

四苦八苦していると、また来客があった。電文を片付けて、先の男のように応対する。今度はマダガスカル島にいるはずのバルチック艦隊本隊について、耳寄りな情報があるとの売り込みだった。

外波は表情を変えずに男の話を聞いた。とくに目新しいものではなかったが、外波は男に十ポンドの小切手を渡し、今後も情報をあつめてくれと依頼した。こういうものは、十に一つ価値ある話が聞ければ上等と思わねばならない。

部屋にひとりになると、外波はつい自分のことを考えてしまう。

——祖国が存亡の危機にあるというのに、おれはアフリカの港町で何をしているのだ。

命じられた役目であり、誰かがやらねばならぬ仕事だとはわかっているが、どこか手応えがなく、虚しいとも感じてしまう。

軍人といっても、本物の戦争を戦うのは一生にそう何度もない。そのせっかくの機会に、それも中佐という働き盛りの時に、軍服も着ずひとり異国にいるとは。

——おれには武運というものがないようだ。そもそも軍人に向いていないのかもしれんな。

自嘲気味にそんなことを思う。軍人ではなく、学者やエンジニアとして生きたほうがよかったかもしれない。

実のところ、兵士たちに命令して意のままに動かしたり、軍艦に乗って大砲や魚雷を撃ち合うより、魚雷の設計をしたり無線機の改良をするほうが好きだ。自分のそうした内向きの性向には、若いころからうすうす気づいていた。

といっても、いまさら道を変えるわけにもいかない。それにそもそも、自分は学者にはなれないなと思い直した。

――本物の学者は、あいつのような人間だ。

外波は、駿吉の顔を思い浮かべながら苦笑した。好奇心が服を着て歩いているような男。面白いと思えばためらわず首を突っ込む行動力と、ちょっとしたことを確かめるにも面倒な実験をいとわぬ勤勉さをもち、しかも失敗してもめげない強靭な精神力もある。その上、外国語の文献も自在に読みこなす知性もそなえている。あれなら発明発見という困難な仕事もやり遂げるだろう。

「おっと、いかん。今日中に電文を打たねば」

町にひとつしかない電報局は、三時には受付を締め切ってしまう。あと一時間ほどだ。外波はひとつ伸びをすると、また暗号化にとりかかった。

二

一月の末に、駿吉は呉の海軍工廠の一番ドックにきていた。

「うん。ここでいい。ここに穴を開けてくれ」

ドックに入っているのは連合艦隊の旗艦三笠である。その後部マストの根元近く、中甲板の一室の天井を、駿吉は指さした。

「ここですか」

職工の親方が聞き返してくる。ドックの中は騒がしいので、大きな声でないと話が通じない。

「ああ、やってくれ」

親方はうなずくとチョークで印をつけ、工具をもつ配下のひとりをうながして作業にかからせた。

「あとは碍子をつけて線を引き込めばいい。おっと、こことここも碍子をつけないと」

駿吉は部屋の壁の二カ所を指さした。親方がそこにチョークで印を描く。

「手慣れたものですなあ」

見ていた無線担当の下士官が、感心したように言う。

「まあ何隻もやってるからね。見当はつくさ」

駿吉は飄々と答える。

「それにしても、すごい人出だね。まるで明神さまの祭りのようだな」

三笠の艦体には工廠の職工たちがむらがっており、いったい何人いるのかわからない。

「そりゃもう、みんな張り切っていますからね。この三笠はおれが直すんだって」

「ははあ、ここはここで合戦か」

三笠は、旅順要塞が陥落し、港内のロシア太平洋艦隊がほぼ壊滅状態にある——日本陸軍の砲撃で、ほとんどの艦船が撃破されていた——とわかった昨年暮れに、この呉のドックに入渠していた。

第一艦隊の戦艦群は、八月の黄海海戦には勝ったものの、敵弾をうけて各艦ともあちこちを損傷していた。それでも旅順の敵艦隊が存在する以上、全艦がドック入りするわけにはいかず、交替でドック入りすることになった。三笠も順番がくるまでは、応急処置だけで戦列にあったのだ。

敵弾はどうしても艦隊の先頭をゆく旗艦に集中する。黄海海戦で三笠は大小二十発以上被弾していた。これは艦隊中でもっとも多い。

後部の主砲塔に命中した一弾のため主砲一門が破壊され、砲台長で皇族の伏見宮博恭王少佐が負傷、艦橋の司令塔にも一発うけて艦長も負傷した。

根元近くの命中弾で大きな穴があいた前部マストは折れる寸前となり、その下にあった無線室も破片をうけて使えなくなっていた。破損箇所は数十カ所にのぼる。

「海の上じゃあ隠れるものもない。そこで大砲を撃ち合うんだからな、そりゃ無線だってやられるさ」

艦体の補修そのものは、徹夜連続の突貫工事によって、ひと月でかなりの進捗をみていた。そこで無線の改良に手をつけたのだ。

旗艦の無線が使えなくなっては、艦隊の指揮が困難になる。この機会に無線室をふたつにすることにした。前部マスト下の従来の無線室を復旧した上で、後部マストの下に新たに無線室を設けるのだ。

アンテナもふた組張るし、受信機も各室に二台ずつ、送信機のインダクションコイルも二台分ずつ、つまり四つずつおいておく。旗艦が通信できなくなる状況は、これでかなり減るだろう。

駿吉は台湾から横須賀にもどったあと、また呉に出張し、この改良工事を指揮した。

「別の駆逐艦乗りに聞いたんですけど、そいつの艦が大破してドック入りしたときなんか、大変だったそうですよ。もう入渠前から職工たちが鈴なりになっていて、艦がドックに入るのをいまや遅しと待ち構えてたって言うんですからね。艦がドックに固定されると、みながわっと飛びかかるようにして修理をはじめたとか」

下士官が言う。それほど海軍に対する国民の期待は大きい。

アンテナからの架線の引き方を指示し終えた駿吉は、上甲板に出た。風に吹かれながら、周囲を見まわした。

ドックのある工廠は新しく広大で、後方の山際にある町並みを圧倒している。横須賀の工廠より大きく、海軍の工廠の中では最大とされている。

うしろに山地を背負い、前方に江田島をかかえる呉の港は、内海である瀬戸内の中でも奥座敷のような位置にあるし、江田島には海軍兵学校もある。

ここは連合艦隊をはぐくむ大きなゆりかごなのだ。

「それにしても、ちゃんと戦艦の修理ができるんだから、たいしたもんだな」

駿吉が感心したように言うと、

「ええ。イギリスで戦艦を建造するたびに人を出して、作り方を学んできましたからね。修理くらいはできます。いまは修理だけですけど、いずれはここで大戦艦が建造されるでしょう」

下士官が答える。ちげえねえ、と駿吉はつぶやいた。

「でもまあ、修理が間に合ってよかった。バルチック艦隊は、まだアフリカにいるっていうじゃねえか」

「遅いですな。まあ、ヨーロッパは遠いから無理もありませんが」

「日本は助かっているな」

「おかげさんで」

ここまでの戦況は、海でも陸でも日本の連戦連勝といえる。国民は沸き返っている。

「でも、バルチック艦隊はわからねえ。強敵だろうなあ」

「なあに、これまでどおり、やっつけてやりますよ」

下士官は勇ましいが、果たしてそううまくゆくか、と駿吉は不安を抱いていた。

ひとつには、ヨーロッパ列強の科学技術水準の高さを知っているせいだろう。

日本も三笠の修理はできるが、いまだ戦艦はおろか、二等巡洋艦も建造できない。できるのは三千トン程度の三等巡洋艦までだ。それも昨年、最初の一隻がようやく竣工したのである。

しかしロシアはヨーロッパ列強国の一角であるだけに、戦艦もその手で建造できる。長年にわたる技術の蓄積がちがうのだ。

そんなヨーロッパから回航されてくるバルチック艦隊こそ、ロシア海軍の精鋭であり、旅順にあった太平洋艦隊とはおそらく装備も兵員も質がちがうだろう。これまでとおなじ考えで当たると、一撃で粉砕されるかもしれない。

「ま、こと無線に関しちゃあ五分五分だろうがな」

駿吉はひとりごちた。

これまでの海戦を見ても、無線の技術や無線を使った戦術で日本が劣っていたことはない。むしろ五分以上に戦っている、と自負していた。

そして日本周辺を隙間なく結ぶ電信網も、ほぼできあがりつつある。

海を見張る地に望楼をもうけ、そこに有線と無線の通信機を備えていったおかげで、いまでは日本周辺の海域ならば艦隊がどこにいようと東京から連絡・指示できるし、また敵艦隊の発見も容易だ。

しかし、バルチック艦隊は油断ならない。

ヨーロッパのいくつかの大使館からは、バルチック艦隊の無線はドイツのテレフンケン社製だとの情報が寄せられていた。

テレフンケン社はドイツのジーメンス社とAEGが無線機製造のために立ち上げた合弁会社で、電磁気学の分野では当代一流の学者を擁し、技術力ではマルコーニ社と競っている。

テレフンケン社製の無線機が、どんな力を秘めているか……。

少し前には、ロシアは仮装巡洋艦に通信距離が七百五十海里にもおよぶ無線機を搭載した、との情報も入ってきていた。話半分に聞いていたのだが、事実であればゆゆしきことだ。

「いやいや、油断大敵、火がぼうぼう」

「何かおっしゃいましたか」

「いや何でもない。そろそろ横須賀に帰らにゃ。あっちでも仕事がたんまり溜まっている」

そう言うと、思わずため息が出た。

横須賀工廠で無線機製造の責任者となって以来、製造ラインの監督、上部組織やほかの部署との折衝、人事管理など、慣れぬ仕事をこなしてきた。学者の本分である研究や教育とはかけ離れた世界だ。正直、うんざりしている。

だがいま手を引くわけにはいかない。自分がやらねば、日本は無線技術でロシアと差をつけられてしまう。それは敗戦に直結する。

——もうすぐだ。もうすぐ科学者の仕事にもどれる。戦争が終わるまでの辛抱だ。

自分にそう言い聞かせた。

「ご苦労様であります」

下士官は駿吉に向かい、きっちりと敬礼をした。

横須賀へもどった駿吉を待っていたのは、さらなる無線機の増産と、国内各地の離島への望楼設置を調査せよとの命令だった。無線機をつけるべき艦船と望楼は、まだまだ多いのである。

工廠で増産のために奔走する駿吉の許に、二月半ばにポート・サイードの外波大佐——中佐から昇進していた——から一通の報告書が届いた。

それを読んだ駿吉は、頭から血が引いてゆく思いを味わった。

——やはりか。やはり強力なのか。

報告書の中には、スエズ運河を通過したロシアの軍艦を見て、そのアンテナの形状をスケッチしたものが入っていた。

それは前部マストから後部マストへ水平に張った上に、垂直線を何本も垂らしたもので、単純な一本線のアンテナと比べてかなり工夫の跡が見られるものだった。

加えて外波は当地の評判として、ロシア軍が使用しているテレフンケン社製無線機の性能も伝えてきた。それによるとマルコーニ社のものよりさらに強力で、ひとたび電波を送ると、他の通信の妨害をしつつ、自分の通信を全うすることができるほどだという。

「大変だ。かなわねえじゃねえか」

駿吉はため息をついた。

日本海軍は哨戒艦をあちこちに浮かべてバルチック艦隊を見張り、発見しだい無線で連絡をとり、連合艦隊を迎撃にむかわせる算段をしている。

そこにバルチック艦隊が、強力な妨害電波を発しつつ航行してきたらどうなるか。

一昨年、逓信省がおこなった長崎と台湾の基隆とのあいだの無線通信実験が脳裏によみがえる。

あのときのように強力な電波を四六時中流されたら、こちらの通信網は機能しなくなってしまう。

哨戒艦が発見しても、無線の急報は妨害されて発信できない。連絡がなくて連合艦隊が動けないうちに、バルチック艦隊は悠々と日本海をすすみ、ウラジオストックに入港してしまうだろう。

そうなったら日本海軍は制海権を失う。輸送船は頻々と襲われ、大陸への輸送が途絶える。日本陸軍は大陸で孤立し、戦況は逆転する。日本の敗戦が見えてくる。

考えているうちに気分が暗くなってきた。

努力の末にようやく実戦で使える三六式無線機ができたのに、肝心なときに役に立たない可能性が出てきたのだ。

そもそも大砲であれ無線機であれ、敵より性能が劣る兵器を使っていたのでは、勝てるはずがない。

――しかし、これから改良するといっても……。

送信機も受信機も、性能向上のために改良をかさねてきた。いまではもう工夫するところが思いつかないほどだ。そして改良しても製造と据付にかかる時間を考えると、いますぐに取りかかっても、きたるべきバルチック艦隊との決戦に間に合うとは思えない。

対抗する手立てがないではないか。

報告書を前に、しばらく呆然としていた。

腹を切るか、と考えた。死んでお詫びをする。自分のなすべきこととして、それしか思い浮かばなかった。

どれほどそうしていたか。

「やあ、まだいらしたのですか」

駿吉の部屋に入ってきたのは、立石兵曹長だった。

気がつけば外は暗くなっている。

「今日はこれで失礼いたします。博士もそろそろお帰りになったらいかがですか。このところ、遅い日が多いようですから」

と言って敬礼し、去っていった。

これ以上考えていても仕方がない。駿吉は大きくため息をつくと、席を立った。


その夜は悶々(もんもん)として寝つけず、夜明け前にようやくまどろんだ駿吉は、それでもいつものように朝八時には出勤していた。

眠い目で内航船から下り、工廠の門を入ったところでふと目をあげると、吾妻山の上に立つ櫓が見えた。櫓の頂上からアンテナの四条線がななめに垂れ下がっている。

不意に思いついた。

——おお、そうだ。

アンテナだけは別だ。

アンテナはまだわからないことが多い。工夫の余地がある。それに銅線を張るだけだから、その改良に手間はかからない。

いまから研究し、改良しても間に合うのではないか。

送受信とも、アンテナが重要な機能を果たしていることを思えば、試す価値はある。

「よし、やるしかねえな」

無線機製造のあいまに、駿吉はアンテナ改良の実験にかかった。

まずは張り方である。

吾妻山のアンテナを変えてみた。外波から送られたスケッチをもとに、水平に高く銅線を張り、その中間から銅線を垂らして無線室に引き込む丁字型をためしてみたのである。垂らす本数も一本から二本、三本と変えてみる。

これで焼津や千葉の大山の試験所と交信した。すると単純に上から下へ垂らすだけより、いくらか明瞭に受信できるようだった。

「まだまだ。もっとよくなるはずだ」

水平に張った銅線の中央ではなく、端から引き込み線を垂らす方式もやってみた。逆L字型である。これも成績は悪くない。

「しかし、艦上でやるとどうかな」

駿吉は考え込んだ。

戦艦や巡洋艦なら高いマストが前後にあるから、そのあいだに張ればよい。しかしそこは艦の中央部にあたるから、ステーやリギンとよばれる鋼線もたくさん張りめぐらされている。電波の邪魔にならないか。

実際に戦艦や巡洋艦でためしてみればいいのだが、いまはみな日本海側へ出ている。横須賀に残っているのは古くて小さな軍艦ばかりで、実験もできない。

「もう少し実験をして、確信がもてたら一発勝負で変えるしかないか」

駿吉は無線機製造に奔走するあいだに、さまざまな形に張ったアンテナで実験をくりかえしてデータをあつめ、最善といえる形をもとめていった。

二月、三月を無線機の実験に費やしたが、工場長としては実験ばかりしてはいられない。三月下旬に駿吉は伊豆大島に出張した。軍令部から至急、伊豆七島に望楼を整備せよと命じられたからだ。

「いや、最後に三十七台の製作命令が出ましたからね。あれがきつかった」

同行した立石兵曹長が、波浮港の桟橋を歩きながら、首と肩を回して言う。工廠での激務から解放されて、ほっとしているようだ。

実際、初期の調査委員会のころから参画し、無線機に精通している立石兵曹長は工廠にいると頼りにされ、トラブルの解決や工程管理で引っ張りだこで、席の暖まる暇もないほどだった。

「ああ、ご苦労。しかしさすがにもう終わりだろう。三六式、海軍のフネにはもうほとんど取り付けたからな。あとは望楼をいくつ作るかだ」

　横須賀工廠の無線機工場は、開戦前からずっとフル稼働の状態だった。これまでに製造した無線機は二百五十台以上にのぼる。その間、立石兵曹長はじめ技術者は製造だけでなく、軍艦や望楼に据え付けるために、できあがった機器をもって国内の各地へ東奔西走、休む間もなくはたらいてきた。

「駆逐艦もみな付けましたし、機雷敷設艦まで付けましたから。残るは水雷艇くらいでしょう。そうそう、仮装巡洋艦ってのにも付けましたからね」

「佐渡丸（さどまる）、信濃丸（しなのまる）、備後丸あたりだな。備後丸には乗ったことがある。英国から帰るときだったか。きれいな客船だった。あんな客船にまで大砲をのっけて軍艦にするなんて、日本は大丈夫かねと思ったが、まあ、勝つためには何でもしなきゃあな」

　仮装巡洋艦への改装が終わった信濃丸が、対馬海域の哨戒のため呉を出航したのは、この少しあとのこととなる。

「しかし、バルチック艦隊がこっちの太平洋側へ来ますかね」

　立石兵曹長が首をひねる。

「さあ、どうだか。可能性はあると思うが。ウラジオ艦隊が三隻だか四隻だかで堂々とこのへんへ来たくらいだから、来たけりゃ来るだろう」

　陸軍が奉天（ほうてん）の会戦に勝ったので、いま国民の関心はバルチック艦隊の動向にあつまっていた。新聞も、どこの船がどこでバルチック艦隊を見たとか、バルチック艦隊来航にそなえて台湾の澎湖島に戒厳令が出た、婦人たちは混乱を避けて台湾本島へ避難した、といった記事を毎日のように載せていた。

日本に迫りつつあるバルチック艦隊がどのような戦術をとるかについては、日本の中でも意見が分かれている。

台湾あたりに根拠地を作り、日本周辺に来航してはウラジオ艦隊のような破壊活動をする、という意見もあれば、まずはまっすぐウラジオストック入港を目指すはず、という人もいた。その際にも、東シナ海から対馬海峡を通って日本海へ入るのか、太平洋へまわって津軽海峡か宗谷海峡をとおるのか、航路は大きくふた通り考えられる。

「どうやら上の方でも意見が割れているそうですよ。それまでは対馬へ来るって思ってたのに、なかなか来ないもんだから迷っちまって、これは太平洋をとおって津軽海峡へ来るんじゃないかとなって、それで急いでこのへんにも望楼を作れとなったとか」

「まあ、そういううわさもあるな。なんだか泥縄だよな」

「こっちへ来て、ご挨拶ってんで東京湾へ入って砲撃なんてされた日にゃ、目もあてられませんからね」

「うーん、そうなったら海軍は無能呼ばわりされて、国民から剣突をくらわされるな。霞ケ関の海軍省に暴徒が押し寄せるぞ」

「でもわが艦隊は対馬あたりにいるのでしょう。大丈夫ですかねえ」

「もうひと組、連合艦隊がほしいねえ」

「それなら安心ですが、すると無線機も二倍作らなきゃならんでしょう。ちょっと勘弁ですなあ」

「はは、実感がこもっているな」

結局、駿吉たちは波浮港の周辺を調査し、望楼をおく場所を見極めて横須賀へもどった。調査報告書を書き上げて提出したのは、四月初めである。

駿吉はまたアンテナの研究にもどった。

しばらくすると、バルチック艦隊がマラッカ海峡を通過したという報道があった。すると日本へ到着するのは、あと十日から二週間後ということになる。駿吉はあせり、寝る間を惜しんで研究に打ち込んだ。

そのころ、ひとつの論文が送られてきた。題名は、

「第二艦隊ニ於(オケ)ル無線電信ニ関スル研究」

山本大尉が、巡洋艦出雲の無線を使って各艦と交信した記録を検討したものだった。主として艦の位置と通信距離の関係をさぐっており、夜間には時におどろくほど長距離の通信ができた、などと試験所では得られない発見が盛り込まれている。

中には艦首の向きと通信距離の関係を追ったものもあった。これはアンテナの方向が

通信距離とどう関わるかを調べたものだ。

一見して、新鮮な感じがした。実地での使い方にしぼった研究はこれまで例がないし、その考察もなかなか鋭い。

そしていまある三六式無線機をどう使いこなすか、さまざまな知見を海軍中に教えるものでもある。軍艦に乗り組んでいる無線担当の将校たちには役に立つだろう。

——こっちも負けていられねえ。

山本大尉の丸顔を思い浮かべながら、駿吉は思った。

アンテナの張り方を変えつつ実験をくりかえしているうちに、これは、というかたちに行き着いた。

それはアンテナの二重化である。

マストのてっぺんから艦首か艦尾へ張り渡している四条線をふたつにすると、アンテナに流れる電流がふえることを確かめた。電流がふえれば、それだけ強力な電波が出るはずだ。バルチック艦隊の強力な電波に対抗できそうだ。

少々むずかしいのは、完全に平行に張らないと、互いに干渉するのか性能が落ちる点だった。

「しかし、いまはこれが最善の改良だ」

決断すると駿吉は、ロシア側の強力な妨害電波に対処するためにアンテナを二重化し、また一字連送暗号を積極的に使うようにと提言する文書を軍令部長に送った。

この提言はただちに採用され、連合艦隊司令長官名で各艦にアンテナを二重化するよう、通達が出た。二重化に要する資材も、すぐに手配された。銅線を張るだけだから、現場で改良できるのだ。

これでやるべきことはやり尽くした、と駿吉は思った。

三

四月の末、山本大尉は朝鮮半島の南部、釜山のほど近くにある鎮海湾にいた。

ここには二月の半ばより、連合艦隊の諸艦艇が蝟集している。山本大尉の乗艦、出雲も、第二艦隊の巡洋艦群とともに投錨していた。

「しかしまた、面倒な話がもちあがりましたね」

出雲の士官食堂で昼食をとりながら、山本大尉は首席参謀の佐藤中佐に語りかけた。

「艦政本部も、けちけちせずに許せばいいのに」

「軍のしみったれは、いまに始まったことじゃないからな」

佐藤中佐も苦笑いをうかべている。

「それより、兵の士気が心配だ。弾が当たらねえと思い込んだら、怯えが出るからな。

ろくなことにならん。いくさは、わっと気合いを発してやらにゃ」

「たしかに気がかりですなあ」

バルチック艦隊の来航を間近にひかえたこのとき、連合艦隊の戦艦、巡洋艦乗組員のあいだには、一種のパニックともいえる空気が生じていた。連日の射撃訓練によって、

――わが砲弾が当たらない。

という事実を目にし、恐怖にも似た思いが広がっていたのだ。

艦隊の頭脳である参謀としては、その悪い空気を一掃する必要があった。だが、うまくいっていない。

「待ち時間が長いってのも、善し悪しだな」

佐藤中佐は、そう言ってナプキンで口をぬぐった。

ここ鎮海湾に連合艦隊があつまったのは、バルチック艦隊が対馬海峡をとおると考えられたからだ。しかし四月初めにも来ると予想していたのに、月末になっても姿を見せない。

どうやら仏領インドシナのカムラン湾というところで一服しているらしい。後続の第三艦隊を待っている、という見方が有力だった。

対馬付近でバルチック艦隊を待っているあいだに、使い勝手のよい巡洋艦主体の第二戦隊には、いろいろな仕事が命じられた。

陸軍の兵員をのせた輸送船団を護衛したり、いまだ巡洋艦二隻と水雷艇などが生き残っているウラジオ艦隊を牽制するため、北方の海へ行ったりと、いそがしく過ごしてきた。もちろんその合間には、艦砲射撃の訓練も怠りなく行っている。

一方、主力である三笠など第一戦隊の戦艦群は、湾内や周辺海域にあって、もっぱら射撃訓練をしていた。

三月から四月にかけて、艦によってはほぼ連日、多いときは一日に二回も射撃訓練があった。

訓練の多くは、内膅砲射撃という形式だった。砲身の内部に内膅砲という小銃ほどの口径の砲を挿入し、これを射撃して行う訓練である。

もちろん口径が小さいだけに、弾丸は遠くへは飛ばない。実際の砲の射程が数千から一万メートルなのに対して、内膅砲は数百メートルである。しかし実際の砲と射線軸をいっしょにしておき、照準器を調整すれば、実弾射撃とおなじ手順を踏んで発砲し、その着弾を観測できることになり、立派に射撃訓練になるのである。

最初は百メートルほど離れた静止した的に当てる訓練からはじめ、しだいに距離を伸ばし、最後は数百メートル離れた動く的に当てる。

なぜ実弾を撃たず、わざわざそんな特殊な機器を使って訓練するのかというと、砲には命数と呼ばれる寿命があり、撃てる弾数が決まっているからだ。

たとえば三十センチ砲の命数は百五十発程度で、それ以上は撃てない。三笠をはじめとする戦艦の主砲は、いずれもすでに五、六十発は使用しており、いまから訓練で何十発も撃つわけにはいかないのだ。

そもそも艦載砲というものは、かなり複雑な手順をへて発射される。戦艦や巡洋艦を相手の海戦となると、数千メートルへだてた地点の、縦横百メートルほどの場所に砲弾を送り込まねば、命中とはならない。しかも多くの場合、こちらも敵艦も高速で移動している。それでも砲弾をあてるには、工夫が必要となる。

以下は前年の黄海海戦の経験から当時の三笠の加藤砲術長が提案し、日本海海戦で初めて試みられた方式である。

まず艦橋にいる艦長が狙う敵艦を定め、自艦の速度と方向を決める。すると砲術長が測距儀で目標とする敵艦との距離をはかり、自艦と敵艦の速度、風向と風力など、射撃に必要なデータをそろえ、射表という換算表を用いて前後左右の調整値を算出する。砲弾はそれ自体が回転して飛行するので横にぶれるし、風や自艦の進行方向によっても着弾地点は前後左右にずれるので、発射前にその分を見込んで狙いをつけなければならないのである（ただし日本海海戦当時の安保砲術長は「自分の頭でだいたいこれくらいだという総合率をきめた」と証言しているので、このとき射表は使われなかったかもしれないが）

これによって得た射距離と、左右の調整値（苗頭という）を試射する砲台へ通知する。試射が終わり、結果が良好ならば、砲術長はこの値を基準値として艦内の各砲台へ伝える。「射距離五二（五千二百メートル）、苗頭は右二ミリ（千分の二度）」といった具合である。この連絡は距離は電気式の通報機により、その他は伝声管や伝令兵によってもたらされる。

これを受けとる砲台長は、砲術専攻の士官である。基準値に対して各砲固有の調整を加えてから、各砲の砲塔長に伝える。

砲塔長は准士官か下士官の先任者で、射手を兼ねている。砲台長から射距離と苗頭をうけとると、各砲についている照準器をこの値に合わせて調定する。それから砲身を上下左右に微調整し、照準器の真ん中に目標の艦影をとらえたところで引き金を引く。

いかにうまく照準を合わせて引き金を引くか。

その巧拙が最終的に命中率を決めることになる。

これは熟練を要する手技で、砲塔長の中には磨き上げた腕前によって、神様と称される名人芸の持ち主もいた。

こうした作業すべてを正確かつ迅速にこなさないと、砲弾は標的には当たらない。

だから敵艦を砲弾で打ちのめして勝とうと思えば、徹底した訓練が必要になる。それは士官から兵までみなわかっていた。

三月、四月と訓練を重ねるうちに、内膅砲射撃の命中率はあがってきた。

内膅砲射撃訓練の仕上げは、艦同士の対抗戦である。二艦がペアを組み、互いに艦のうしろに標的を曳(ひ)いて航行しつつ、相手の標的を狙い撃つ。そして命中率を競うのだ。

三月中旬から対抗戦がはじまると、東郷司令長官はしきりにこれを視察したので、各艦は名誉を賭け、闘志むき出しで競い合った。

そんな光景が鎮海湾の上で、四月いっぱいまで繰りひろげられ、命中率は着実にあがってゆく。

三月二十八日に三笠と朝日が行った対抗射撃では、両艦ともに二十パーセント程度の命中率だったのが、四月七日の対抗戦では三笠は千七百三発を放って八百九十四発が命中。命中率は五十二パーセント強に達した。

対抗艦の敷島はさらにその上をゆき、千六百七十二発中の千八十五発命中で、約六十五パーセントもの命中率となった。

対抗戦のあと、勝った敷島の艦長は乗組員たちの健闘をたたえる訓示をし、負けた三笠の艦長は、乗組員たちが落胆しないよう言葉を選びつつ、叱咤激励の訓示をしたのだった。

三笠など戦艦では通常、年間の内膅砲射撃用として弾薬三万発が計上されていた。それも年度末には使い切れず、三、四割を翌年度に繰り越していたものだが、このときは三万発を十日で使い尽くしてしまい、おおわらわで補充する、というありさまだった。

それほどの艦も、明けても暮れても射撃訓練に没頭したのである。

こうして十分に内膅砲射撃訓練をして腕を磨き、乗組員たちの自信が高まったところで、実弾射撃訓練にうつった。

各砲一、二発の実射を試みて、どの艦もおよそ五十パーセント程度の命中率となった。

ここまではよかった。

しかしこのあと最後の仕上げとして、さらに実戦に近い減装薬戦闘射撃訓練——発射のための火薬を減らした砲弾をもちいて、実戦同様の短時間のうちに標的を撃つ訓練——になったところで、異変がおきた。

命中率が、がくんと下がったのだ。

それまでは五十パーセント程度を保っていたのに、どの艦もおしなべて二十～三十パーセント程度にまで落ちてしまった。中でも副砲の十五センチ砲がひどく、十数パーセントにまで下がった艦もあった。

この結果を見て、大袈裟にいえば艦隊全体が意気消沈したのである。

とくに十五センチ砲の命中率低下は、大きな問題だった。

バルチック艦隊の全容は、昨年五月以来、世界各地に忍ばせた海軍将校や、各国の大使館員などを使って軍令部が必死に探ってきた。得た情報は「大海情（大本営海軍幕僚情報)」というガリ版刷りの情報誌で海軍内に逐一知らせていた。

そればかりか、敵艦の艦影の一覧表をつくり、新聞にも掲載して、国民に情報をもとめることとすらしていた。

鎮海湾での猛訓練の合間には、艦内のいたるところに一覧表を貼り、水兵の末端にいたるまで、艦影と艦名を暗記させてもいる。

そのため隻数から艦名、各艦の武装状況まで、一兵卒といえどほぼ正確につかんでいた。

そうして連合艦隊とバルチック艦隊をくらべると、三十センチ砲の砲数では十六門対二十六門で、バルチック艦隊の砲数は連合艦隊のほぼ一・六倍に達していた。連合艦隊の戦艦が四隻なのに、バルチック艦隊は倍の八隻を擁するためである。

しかし巡洋艦の数は逆に連合艦隊のほうが二倍以上なので、その分、十五センチ砲は多い。だから連合艦隊首脳は、数で勝る十五センチ砲で勝負しようと考えていたのだった。

なのに、その十五センチ砲が頼りにならないとあっては一大事だ。

参謀長以下の連合艦隊司令部はあわてた。命中率の向上と乗組員の士気向上というふたつの難題を、いきなり突きつけられたのである。しかもバルチック艦隊は、もうそこまで来ている。

そこで東京の海軍省に、乗組員の士気向上のため、実弾射撃をもう一度やらせてほしいと打電した。砲の命数を縮める実弾射撃は厳密に管理されていて、予定外の射撃には海軍大臣の許可が必要なのだ。

しかし実情が伝わっていない東京では何が何やらわからないらしく、詳細を説明せよと返信してきた。なんとももどかしいことだ。

いま山本大尉が聞いているのは、そこまでである。三笠の司令部は東京側を納得させようと知恵を絞っている。

——これじゃあ、勝てないぞ。

昨年の蔚山沖海戦の勝敗が、十六門対六門という主砲の数の優劣で決した経験から考えると、バルチック艦隊の戦艦群がもつ主砲の数は脅威である。

いくら射手が訓練を積んだとて砲数で劣る連合艦隊は、バルチック艦隊の圧倒的な砲火をあびて、つぎつぎと艦が炎上してゆくのではないか、と思えてしまう。

山本大尉は、暗い予感に苛(さいな)まれていた。

四

明治三十八年五月二十二日、午前十時。

沖縄の那覇港を本拠とする宮城丸は、ふたつの白い蛇腹型の帆を蝶の羽のように広げ、いくらか靄のかかった海原を宮古島にむかっていた。

沖縄の那覇から宮古島までは三百キロ近くあるが、米や灯油、石炭などの雑貨を積んで沖縄の港を出たのが今月の三日だから、本来ならとうに宮古島に着いているはずだった。

しかし途中で海が荒れて、那覇の西の沖合にある慶良間列島の港に避難していたので、こんなに日にちがかかってしまったのだ。

といっても宮城丸は中国のジャンク船を模した山原船という帆船で、もともと風まかせの航海だから、あせりはない。

今日は天気もよく、順風をえていい調子で波間を走っていた。

「あれ、煙が見える」

と言い出したのは、六名の乗組員のうちだれだったかわからない。ちょうど慶良間と宮古島の中間にきていた。

船頭の奥浜牛は、当初、気にとめなかった。この航路で汽船の煤煙を見るのは、珍しいことではないからだ。

しかしそのうちに乗組員たちがさわぎだした。煤煙が幾本も見えるという。

なにやら違和感をおぼえた。

煤煙の数は汽船の数だが、ふつう汽船は単独で航行する。何隻もの汽船がいっしょに進む姿など、見たことがない。

　そのうちに船の姿が見えてきた。

　その姿は異様だった。

　船首部から船腹にかけて、細長い筒がいくつも突き出ている。鋭い牙か角をそなえた猛獣のような禍々（まがまが）しい外見だった。マストも艦橋も高い。全体が黒っぽい灰色で煙突が黄色という色合いも、見たことがない。

　細長い筒は大砲だから、船は軍艦だ、と気づいた。

「もしかして、あれがバルチック艦隊か」

　奥浜牛は、那覇を出るときに読んだ、警察から出ていた注意書を思い出した。

　ひとつは水雷に注意せよ、箱形の浮いているものを見たら近づくな、というものだった。これは言われずともわかっている。数日前に慶良間で、波間に浮いていた金属製の箱を港にもちかえった鰹船（かつおぶね）の船員たちが、箱を開けようと石で叩いたところ、爆発して一瞬で数名が吹き飛んだという恐ろしい事故を聞いていたからだ。

　もうひとつは目下、ロシアの艦隊が本邦へ近づいているから、航行中に軍艦を見たなら警察へ届け出よ、というものだった。

　まさにあれがロシアの艦隊ではないのか。

みなが呆然としているうちに、艦隊はぐんぐん近づいてきた。宮城丸も順風で前進しているから、その距離はたちまち縮まってゆく。

「おい、近づくな。離れろ」

奥浜牛はあわてて舵を操作するが、風はむしろ艦隊に鉢合わせするように吹いている。避けられない。

とうとう、乗っている者の顔が見えるほど近くまできてしまった。

先導するのは二隻の小さな軍艦だったが、そのうしろにはとても大きな軍艦が、二列につらなって波を蹴立てていた。

その大きさたるや、宮城丸の帆柱の先端が、軍艦の甲板にもとどかないほどだ。あれほど大きなフネは、生まれてからいままで見たことがない。

軍艦は甲板上の砲塔ばかりでなく、舷側からも多くの砲身を突き出していた。ロシアと日本は戦争中だから、あの砲でこちらを撃ってくるかもしれない。撃たれなくとも、内火艇をおろして臨検にくるかもしれない。

ぞっとした。敵国の水兵に捕まったら、なにをされるかわからない。

恐ろしい艦隊から離れようとあせるが、そのときなぜか風がぱたりと止み、帆が垂れて船は動かなくなってしまった。

とうとう艦隊が間近に迫ってきた。

宮城丸は、どうすることもできない。奥浜牛は、のどがからからに渇くのを感じた。だが艦隊は宮城丸には興味がないようだった。甲板上からこちらを見ている水兵の姿は見えたが、砲を向けられることもなく、信号で停船を命じられもしなかった。

もしかすると、清国の船だと見ているのかもしれないと思った。

山原船の見かけはジャンク船そっくりだし、船尾には龍のような絵を描いた旗をたてている。清国の船なら相手にするまでもないと思っているのだろう。

奥浜牛が祈るような気持ちでいるうちに、いくつもの角を突き出した巨大な黒い猛獣のような軍艦の列は、宮城丸の右舷数百メートルのところを悠々と通りすぎてゆく。

おどろいたのは、船が大きいことばかりではなかった。その数の多いこと、多いこと。いったい何隻あるのか。

近くにきてから三十分がすぎても、まだ軍艦の列はつづいている。それはどこまでもつづくかと思われた。

結局、鋼鉄の猛獣の行列は、宮城丸の横を通り抜けるのに一時間近くを要した。そしてようやく後方の視界の外へ去っていった。

「四十二隻だ」

「いや四十三隻だ」

乗組員たちが言い合う。たしかにそれくらいはあった、と奥浜牛も思う。とにかくたいへんな数だった。

「警察に届けなきゃ」

だが風は止まっている。なのに南の空には黒雲がわいていた。これから天気が悪くなるきざしだ。

いつになったら宮古島に着くのか、わからなかった。

翌二十三日の午前八時五十五分。

「大尉、タです。タがきました！」

鎮海湾に停泊している出雲の士官室にいた山本大尉に、緊張した顔の無線担当の下士官が電文を見せながら告げた。

「タ」は無線で使う一字暗号で、先月に更改されたばかりの暗号簿によれば、「敵の第二艦隊を見ゆ」を意味する。第二艦隊とはロシアの太平洋第二艦隊、すなわちバルチック艦隊である。

「なに、本当か！」

山本大尉は渡された電文を見た。

すでに暗号は解読されており、紙の上には「敵の第二艦隊見ゆ　地点一八三　佐渡丸中継　橋立」

と書かれてあった。旗艦の三笠あての電文だが、出雲でも傍受したのである。

山本大尉はすぐに海図を出した。

バルチック艦隊の来航にそなえて、対馬海峡には哨戒艦が多数でている。そして無線で伝えやすいように、周辺の海域を碁盤の目のように区切って、そのひとつひとつのマス目に番号がつけられていた。

二〇三は五島列島と済州島の中間、やや西寄りのところだ。

そのあたりを哨戒していた仮装巡洋艦の佐渡丸が発見して無線を発信し、それをやや北方にいた第三艦隊の巡洋艦橋立が受信した。そして鎮海湾にいる連合艦隊主力には、二〇三からは遠すぎて無線が届いていないと判断して中継することにし、転電してきたのだ。それはいいが……。

「ついに来ましたね!」

下士官は興奮しているが、山本大尉は首をひねっていた。

「ちょっと早すぎないか」

「早すぎ、でありますか」

下士官はおどろいた顔をする。

「ああ。おかしいぞ」

じつは二日前に、

「五月十九日、バルチック艦隊がバシー海峡を渡るのを目撃した」

との一報がきていた。上海の三井物産支店からだから、十分に信頼できる情報だった。

四月はじめにマラッカ海峡を通過したバルチック艦隊は、四月半ばに仏領インドシナのカムラン湾付近につき、そこにしばらく逗留（とうりゅう）していた。後続の第三艦隊を待っていたのだ。

これを知った日本はフランスに対して、バルチック艦隊に港湾施設を提供するのは中立協定違反であると猛烈に抗議した。それは新聞にも大きくのったから、国民に知れ渡っている。

日本の抗議は効かなかった。バルチック艦隊は第三艦隊が合流するまでカムラン湾付近にとどまっていた。

第三艦隊とともに動き出したのが五月半ばで、南シナ海に出たあとの行方は杳（よう）として知れなかった。だからバシー海峡通過の一報は価値があった。

バシー海峡は台湾とフィリピンのあいだにある。そこを十九日に通過したのなら、毎時八ノットで北上しているとしても、まだ沖縄あたりを航行しているはずだ。

なのにもう対馬海峡にあらわれたのか？　数日早いのではないか。

違和感の大きい通報だった。

だが通報は通報である。果たして、旗艦三笠から至急出港準備の命令があった。

兵たちは色めき立ったが、将校たちは淡々と準備をこなした。

命令から一時間ほどして出港。

山本大尉の乗る出雲は先頭をゆく第一戦隊の戦艦群につづき、第二戦隊の巡洋艦群をひきいて、鎮海湾から東へとむかう。

しかし案の定、ほどなく佐渡丸から、先の通報取り消しの電文がきた。どうやら付近を哨戒していた味方の巡洋艦隊を敵艦隊と見まちがえたらしい。

それでも艦隊は一列縦陣で東にむかっている。三笠の参謀たちは誤報の確認に手間取っているらしい。

一時間近く航行したのちにやっと通報を誤りとみとめ、帰港する旨の旗が三笠のマスト上にあがった。

「やれやれ、くたびれもうけか」

「あのへん、何隻も出ているからな」

将校たちは苦笑いで緊張をといた。

だが山本大尉は手応えを感じていた。

今回はまちがいだったが、これまで築きあげてきた無線の連絡網が、見事に機能したのである。それを確認できただけでも収穫があったと思った。

奥浜牛の宮城丸は、五月二十五日の午前九時に宮古島の港にはいった。バルチック艦隊と出会ってから宮古島に着くのに三日もかかったのは、荒天のせいだった。低気圧が北上していったのである。宮城丸は波にもまれ、帆をおろして沈まないようにするのが精一杯だった。

「おっと、警察にとどけなきゃ」

宮城丸を岸壁につないでほっとする間もなく、奥浜牛は荷下ろしを他の者にまかせて、島の駐在所に出頭した。

バルチック艦隊を見たとの報告は、駐在所から島庁につたわり、ただちに島司(とうし)をはじめ主だった者たちが会議を開く騒ぎとなった。

その場で島司たちは頭を抱えた。

発見報告があったからには、これを東京へ伝えなければならない。そのように命令されているのである。だがどうやって伝えるのかが問題だった。

宮古島には電信局がない。

皮肉なことに海底ケーブルは、すぐそばを通っていた。八年前に、鹿児島から沖縄本島を経由して台湾へいたる電信線が整備されたのである。その際に奄美(あまみ)大島や石垣(いしがき)島にも電信局ができたが、なぜか宮古島には作られなかった。素通りされてしまった理由はよくわからないが、とにかく宮古島では電信は打てない。

もっとも近い電信局は、石垣島の八重山にある。

バルチック艦隊目撃を報告するのなら、いそいで石垣島まで船を出さねばならない。だが近いといっても石垣島は六十海里（約百十キロメートル）以上はなれたところにある。しかもいま、宮古島に汽船はない。

おまけに海は荒れている。五月のこの時期、突風が吹いて海上に三角波がたつことも多い。手許にある小さな舟で百十キロもの大海原を渡るのは、あまりに危険な行為だ。

「それでも、だれかに行ってもらわねば」

島司は危険な役目をつとめてくれる者をつのった。だが若い男たちはみな早朝から漁に出ている。疲れて帰ってきたばかりの男たちは、当然ながら行くのを渋った。

白羽の矢が立ったのは、そのとき漁港近くの集落の長をつとめていた垣花善という若者である。

善は島司に説得されて、この危険な航海を承知した。親戚によびかけて四人の同行者をえて、翌二十六日の早朝、島司の書いた報告文のはいった箱を抱え、サバニ（丸太を刳りぬいた小舟）一艘で石垣島めがけてひっそりと――秘密を守るため、見送りも禁じられた――出港していった。

善らは六十海里もの荒れた海原を漕ぎに漕ぎ、その日の夜になって石垣島に着いた。

だがそこは島の東側で、八重山電信局は反対側の島の西にある。

やむなく善らは島の道を走った。その距離、約三十キロ。

八重山電信局に着いたのは、五月二十七日の午前四時ごろだった。宿直の職員を善らがたたき起こし、発見の一報はようやく東京の軍令部にむけて発信されることになった。

宮城丸がバルチック艦隊と遭遇してから五日目だった。

五

明治三十八年五月二十七日、午前三時四十五分。ちょうど垣花善らが八重山電信局にむけて山道を走っているころ。

半年前に候補生から少尉に任官したばかりの角少尉は、東シナ海の哨戒線上を遊弋する仮装巡洋艦、信濃丸の自室——信濃丸はもと客船だけに居住設備がよく、若い士官でも個室が割り当てられている——で、身仕度をととのえていた。それが終わると制帽をかぶり、ブリッジへのぼった。

午前四時からの当直にそなえて、前任の山田中尉から申し継ぎをうけるためである。

夜のうちに低気圧が通り過ぎたため、海面には大きな波が立ち、艦も落差の大きなピッチングを繰り返している。今夜は下弦の月で、東の空の雲間から遠慮がちに黄色い光を落としていた。

「おう、ご苦労」

眠そうな目の山田中尉は、別に異常はない、と言った。それを聞いて角少尉はほっとした。じつは当直は荷が重いと感じていたのだ。艦長に代わって艦を操縦する重大な役目なので、それなりの技術と経験がなければ危険なのだ。

信濃丸は六千トンを超える大型艦である。たとえば他の船をよけるために舵を切るにしても、どの方角へどの程度切り、そして何秒、何十秒後にもどすのか、操舵員に的確に指示できなければ、たちまち衝突の憂き目にあう。そうした操艦のコツは、実地に経験しないと体得できないものだ。

規則どおりならば、当直将校は大尉以上か、中尉なら分隊長をつとめるベテランでなければならない。少尉ならば当直を補佐する副直将校が、本来の役目である。

今回の当直も、実際は航海長の少佐の番だった。だがこの船、信濃丸は急造の仮装巡洋艦だけに、もともと配属された士官が少ない。その上に四月からの二カ月近く、バルチック艦隊を発見するための哨戒活動にかかりきりで、ほとんど寄港せずに海の上にいた。

そのぶん航海長は激務となり、疲労も重なっていたので、もっとも辛い夜明けの当直が、士官としてまだ駆け出しの角少尉にまわってきていたのだ。もちろん規則違反だが、どこの船でもしていることだった。

兵学校を出て一年半しかたっていない二十歳そこそこの身では、操艦すら無事にできるかどうか自信がなく、その上に重大な事件が起きては手にあまる。だから異常がないと言われてほっとしたのだが、そこで山田中尉は気になることを付け加えた。

「左舷中央に汽船が見える」

と言って指をさした。角少尉は目を細めてそちらを見たが、よく見えない。兵学校受験のために勉強に精を出した結果、いくらか近視になっているのだ。

「外国船だろうから、近づいたら停船して臨検することになる」

いつ来るかわからないバルチック艦隊を捕えるために、海軍は対馬海峡に第一から第六までの警戒線を敷いていた。その最前線である第一警戒線を三つに割ったうちの真ん中の海域が、仮装巡洋艦となった信濃丸の担当区域だった。左右の海域には備後丸と佐渡丸が、おなじように哨戒にあたっている。

こうして哨戒している以上、出会った船は無害かどうか確認し、とくに外国船は臨検しなければならない。これまでの二カ月間でも六隻を臨検している。

角少尉は、胃に重いものがはいったように感じた。

「停船信号は信号兵に言って用意させてあるから、そのときになったら命じてくれ」

そう言って山田中尉は自室へ下りていった。

角少尉は望遠鏡で汽船を見てみたが、闇の中に上下ふたつの灯火が見えるだけで、何もわからない。

――ま、日本の船だろうな。

なんとなくそう思った。日本船なら臨検はせずにすむ。面倒なことはしたくなかった。ところが灯火が近づくと、向こうから電気手旗――両手に電灯をもってする手旗信号――を送ってきた。闇の中だけに、向こうもこちらを怪しいと思ったのだろう。

送られた以上、返答をしなければならない。

そこで信号兵に読み取らせた。だが信号兵は困った顔をしている。読めない、と言うのだ。そこでこちらも電気手旗を送ってみた。ところがこれにも反応しないと言う。

「だめです。信号が読めません」

と信号兵は首をふる。

「読めないとはどういうことだ。貴様、それでも信号兵か、馬鹿者め！」

手旗信号が読めないはずはない。こちらが若いと思ってなめているのか、と疑って、角少尉は年上の信号兵を怒鳴りつけた。士官は兵になめられたら終わりだ。

怒鳴られた信号兵は、懸命に信号を送りつづけるが、どうしても通じない。向こうもあきらめたのか、信号を送ってこなくなった。

「やめるくらいなら、緊急信号ではないな」

と角少尉は思い、信号兵を解放してやった。

そんなことをしているうちに、東の空がうっすらと紫色に透けてきた。どうやら雲も薄れているようだ。

あらためて汽船を見ると、三本煙突である。

「ありゃオランダかスペインの船だな」

角少尉はひとりごちた。何となくそう思っただけで、根拠はないのだが。しかし外国船とすると、臨検しなければならない。面倒なことだと憂鬱になった。もう少し近づいたら、停船信号を出さねば。

信号兵を呼びもどして命令しようと思っているところに、ブリッジの右舷側で見張りにあたっていた水兵が飛んできた。

「前方に煙がいっぱい見えます！」

と強ばった顔で言うではないか。

海上の煙とはすなわち、汽船の煙突から出る煤煙である。

それがいっぱいとはどういうことだ。

角少尉はあわてて望遠鏡をとりだし、前方を見た。

見えない。空は明るくなりつつあるが、水平線上はまだ暗い上に、海上には濛気があるようだ。

煙などあがっていない。それとも近視のこの目では見えないのか。

「見えんぞ。雲の見間違いではないか。よく見ろ」

こいつも俺をなめているのかと、語気が荒くなる。だが見張り員は真剣な顔で言い張る。

「いえ、見えます。空一面の煙です」

そして右舷前方を指さした。そちらに望遠鏡を向けて目をこらしていると、ほかの見張り担当水兵たちも報告にきた。

「煙が見えます。五隻や十隻ではありません。これはもう……」

とあつまって言いつのるので、ちょっとした騒ぎになった。そのころになって初めて、角少尉の目にも立ちのぼる十いくつもの煙の筋が見えてきた。

この船は何のためにここで哨戒しているのか。それを考えれば、あの大量の煙の正体は明白だ。

「か、艦隊だ、敵艦隊だ！」

バルチック艦隊だ。ついに来たのだ。

急に心臓が躍り出し、汗が出てきた。

「すぐにもどる！」

そう言って角少尉はブリッジを下りて駆けだした。当直将校がブリッジを下りるなどあってはならぬことだが、とてもじっとしてはいられなかった。

船体後部の艦長室に走ると、ノックしてドア越しに「たくさんの煙が見えます」と事実を報告し、早くブリッジに来てくれと告げた。寝ていた艦長は不機嫌そうな声で応じた。

大急ぎでブリッジにもどると、「敵艦隊らしき煙が見える」と艦内に伝えて回るよう、伝令兵に命じた。あわせて無線担当兵にも、

「おい、司令部あてに打電だ。敵らしき煙が見えると打て」

と命じた。兵は即座に応じる。

「『敵艦隊らしき煤煙見ゆ』、ネでよろしいですね」

「ああ、ネ、ネだ」

このときのために決められていた一字連送暗号を思い出し、角少尉はうなずいた。

そうしているうちにさすがにあせったのか、本来の当直将校である航海長が、軍服のボタンをかけながら一番にやってきた。ついで副長、機関長が駆けつけ、ブリッジは大にぎわいとなった。

時刻は午前五時に近づいている。薄明かりの中、敵艦隊は二列縦陣で北へ向かっていた。右舷に見えるその数は、ぱっと見ただけでも十を超えている。味方以外にはこれほどの艦隊は見たこともなかった。ベテランの航海長も圧倒されたのか、声もない。

しかし艦長はまだ来ない。

——ええい、この大事になんだ。

角少尉はもう一度艦長室に走った。ノックしてドアを開けると、背を向けていた艦長が振りかえった。

口に歯ブラシをくわえていた。

歯を磨いていたのだ。

思わず、

「早く来てください。みな待ってます。一大事です！」

と、新任の少尉としては出過ぎともいえる激しい言葉で催促をしてしまった。しまった、上司の心証を害したと思ったが後の祭りだ。ままよとブリッジにもどる。

しばらくしてやってきた艦長は、ブリッジの外の光景を見て「うわ」と声を発した。そのころにはもう、艦影が見分けられるほど明るくなっていた。しかも敵艦の一隻は、思ったより近くに迫っていた。

互いに十ノット程度で近づいていると、二十分もあれば十キロ以上の距離が縮むのだから無理もない。いまやその距離、わずか千二百メートル。濛気をとおし、甲板上で動く水兵の姿が見分けられるほどだ。

「何をしているんだ。面舵いっぱい！　機関、最大戦速！」

艦長は叫んだ。指令が復唱され、操舵員が舵輪をまわす。

信濃丸は右に急旋回をはじめた。まずは敵艦隊から遠ざからねばならない。しかし信濃丸の最大速度は十五ノット。現実には十三ノットがせいぜいである。夜間航行で八ノットだったから、すぐに蒸気があがるわけでもなく、なかなか速度が出ない。

——もしバルチック艦隊が襲ってきたら……。

そう考えて角少尉はぞっとした。信濃丸は軍艦に改装されたといっても、武装は前部甲板上に十五センチ砲一門、ほかに左右両舷と後部甲板に十二ポンド砲がそれぞれ一門の、計四門だけである。もちろん装甲もない。バルチック艦隊から巡洋艦の一隻でも向かってきて砲撃されたら、反撃もままならず、たちまち蜂の巣にされてしまう。

敵艦隊の視線を感じながら、信濃丸は必死でこの死地からの脱出をはかった。

「おい、発見の打電はしたか」

落ち着きをとりもどした艦長に問われて、角少尉は答えた。

「敵艦隊の煤煙らしきもの見ゆ、とは打ってあります」

「馬鹿者、すぐに敵艦隊を発見したと打て」

「はっ」

自分は寝ていたくせに馬鹿者はないだろうと思いつつ、角少尉は無線担当兵に命じた。

「敵艦隊発見と打て。ええと、例のやつだ」

「はっ。タ、でありますね」

「そうだ、タだ。タを連打せよ。位置は……、二〇三だ。すぐに打て」

敵の第二艦隊見ゆ、の一字暗号はタ、信濃丸の符号はＹＲである。

信濃丸の三六式無線機が、火花を発した。

タタタタタ二〇三ＹＲセ

暗号文は断続する電波となり、対馬南方の海上から夜明けの空に、目には見えない波紋をひろげていった。

六

巡洋艦出雲に乗り込んでいた山本大尉は、いつものように午前五時の起床ラッパで目を覚ました。

軍服に着替えていると、激しくドアを叩く音がする。入れ、というと乱暴にドアが開き、

「タ、タです。タが来ました！」

と当番兵が大声をあげた。山本大尉は軍服のボタンをかけながら、

「今度はまちがいじゃないだろうな」

と落ち着いて問い返す。

「わかりません。でも来ました」

真面目な返事に、うむ、とうなずき、山本大尉は差し出された電信用箋を手にした。

そして佐藤中佐の部屋へ急いだ。

飛び込んできた無線の一報は、対馬にいる厳島から三笠あてだった。対馬南方海域を哨戒している信濃丸からの転電である。

信濃丸の位置から三笠は八十海里以上はなれているので、無線でも直接はとどかない。それで厳島が中継したのだ。多くの無線機をつないだ電信網が、また機能したのである。

「どこで見たのかがわからんな」

用箋を見た佐藤中佐の最初のひと声だった。本来、発見位置が電文の最後にあるはずだが、転電の過程で失われたのか、ついていなかった。

「ちょっと距離があるようですね」

「ま、今度はまちがいなかろう。すぐに出航準備だ。遅れるな」

いま連合艦隊の主力は、鎮海湾から外洋への出入り口である加徳(かとく)水道に仮泊している。旗艦で東郷司令長官が座乗する三笠だけは、東京との海底ケーブルによる電信の都合上、

鎮海湾の奥に留まっていた。

「おお、来たんだって」

「まあ、そろそろ来るわな」

艦内に伝令兵を走らせていると、どこで聞いたのか、仲間の将校たちが声をかけてくる。おめでとう、と言う者もいる。

「出航用意、総汽缶に点火せよ」

ほどなく、三笠のマスト上に信号旗があがった。第二艦隊の旗艦である出雲も、おなじ旗をあげる。どの艦も煙突からさかんに煙を吐き出しはじめた。

そのあいだ、山本大尉は無線室からつぎつぎとくる電信用箋を読んでいた。

まず三笠から厳島あてに「位置知らせ」とあり、しばらくおいて厳島から、「敵は午前五時、位置二〇三にあり、東水道を通過するものの如し」との返信があった。

これでバルチック艦隊の動きがはっきりした。

——無線を積んだ効果が出たな。

無線がなければ、いまごろどうなっていたか。

頭の中で計算してみた。

目撃した信濃丸が伝令として鎮海湾に来ようとしたとしても、八十海里以上離れている三笠へたどり着くまでに七、八時間はかかり、そのあいだにバルチック艦隊は堂々と日本海へ突入してくるだろう。

信濃丸がもよりの港へ急ぎ、そこから海底ケーブルを使って電報を打ったとしても二、三時間はかかる。どちらにせよ、そのあいだはバルチック艦隊の行方を追う者はいなくなり、連絡がついたとしても、その時にどこにバルチック艦隊がいるのかもわからない。

そう考えると、無線機のかけがえのなさがよくわかる。

無線が連合艦隊の全艦に行きわたったのは、ほんの二、三カ月前と聞いている。信濃丸などは最後に取り付けられたクチだろう。まさにぎりぎりで間に合ったのだ。

六時五分、三笠のマスト上に「序列にしたがい出港せよ」の信号旗があがる。

第一戦隊の二番艦、敷島を先頭にして五隻の戦艦・巡洋艦群が南東にむけて波を蹴り、ついで出雲を先頭にして第二戦隊の巡洋艦群がつづく。

第二戦隊は第一戦隊の殿艦の、「右舷二百メートル、千メートル後方」につくことになっている。

山本大尉は前甲板に出た。

太陽は顔を出しているが風が強く、前部マストにかかる鋼索がうなっていた。白い雲が流れてゆくのがわかる。

海上にはうねりがあり、白い兎がおどっている。昨日までの荒天の影響が残っているのだ。靄もかかっていて、見渡せるのはせいぜい五海里（約九キロメートル）ほどか。

この荒れた海面は、敵艦隊にも影響するだろう。どちらがうまく利用できるだろうか。前後に目をやれば、千メートルの間隔をおいて濃灰色の巨艦が整然と列をなして航行している。そのあとにも第四戦隊の小型巡洋艦群、そして駆逐艦隊と水雷艇隊がつづく。合わせて四十隻近い大艦隊である。

日清戦争後の三国干渉によって、力こそ正義と思い知らされた日本国民が、十年にわたり臥薪嘗胆して営々として築きあげてきた海軍の兵力の、ほとんどがここにある。

――これだけの装備で、さて、勝てるのか。

装備は、資金さえあればそろえられる。とすればロシアの資金力は日本以上だ。そのロシアの精鋭艦隊が、いま目の前にあらわれようとしている。

――いい勝負になるのだろうな。

そんなことを思っていると、鎮海湾を出た三笠が、戦艦三、巡洋艦八の単縦陣の先頭にたとうとして速力をあげ、波を割って山本大尉の目の前を通りすぎていった。

水道を出てからも、無線報告がいくつも入ってくる。

心配していた敵の妨害電波は、いまのところないようだった。

――あの心配性の大法螺吹きめ。

テレフンケン社の無線機におびえて、最後までアンテナの張り方にこだわっていた木村博士の顔を、山本大尉はほっとしながら思い出していた。

「なんだか無線が上官みたいだな」

佐藤中佐があきれたように言う。山本大尉は微笑みながら答えた。

「上官どころか、神様だという者さえいる、と聞いております」

ある駆逐艦では夜間航行のときに、無線で明日の天気予報が伝えられた。それを聞かされた古株の艦長が、

「まるで神様のようじゃのう」

と呆れたという。天からお告げが降りてきたように思えたらしい。

山本大尉は傍受した無線の報告を丹念に読んでいる。どうやら信濃丸は一度、敵艦隊を見失ったようだ。しかしすぐあとから巡洋艦和泉が見つけ、以後、敵艦隊にぴったりと張りついて無線で報告を送りはじめた。さらに第五戦隊の厳島、第三戦隊の笠置も報告を送ってきた。


敵艦隊がとおると見られる対馬東水道は、加徳水道からの距離がおよそ六、七十海里。十四、五ノットで急いでも四、五時間かかる。そのあいだ多くの乗組員は手待ちとなる。

艦隊が巡航にはいると、山本大尉はまず朝食をすませ、下着から軍服まで真新しいものに着替えた。

そのあいだも、無線は艦の口と耳でありつづけた。敵艦隊の位置やようすが、絶えず連絡されてくる。出雲の無線機はそれをみな傍受した。

三笠より、水雷艇隊は三浦湾にて波浪を避けよ、と信号があった。どうやら波が高すぎて、昼間の戦闘に小さな水雷艇は使えないようだ。日本の戦力は落ちるが、天候には逆らえない。

九時四十四分、三笠は「戦闘部署につき要具をそなえ、すべて整備せばそのまま解散して休憩せよ」との旗信号をかかげた。

会敵の時刻に合わせ、早い昼食となった。

士官室でテーブルにつくと、中には俳句をひねる者もいる。冗談が飛び交っている。みな自信があるのか、それとも捨て鉢になっているのか、山本大尉自身にもわからない。

正午、出雲をふくむ第一、第二戦隊は沖ノ島の北四分の三西、十七海里半のところにあった。

敵艦隊と接触をたもっている和泉や第三戦隊、第五戦隊の巡洋艦などより、刻々と無線で敵艦隊の位置が報告されてくる。

「これはたいしたもんだな」

佐藤中佐が感心して言う。

「無線がなきゃ、連合艦隊をもうひとつ造って、日本海の北と南にひとつずつ張りつけておかにゃならんところだ。そう考えると無線は連合艦隊ひとつ分の価値があるな」

という声にも、十分にうなずける。

しかし、感心ばかりしているわけにもいかなかった。

「おい、どれが正しいんだ。それともバルチック艦隊は三つあるのか」

作戦室となった艦長公室で、佐藤中佐は声をあげた。無線で報告されてくる敵艦隊の航跡を海図に書き込んでみると、見事に三つの線があらわれたからだ。

和泉、そして第五戦隊の厳島、第三戦隊の笠置と、それぞれ報告してくる位置がちがうのだ。もっとも北側にあるのが和泉の報告、その五海里ほど南に厳島の線があり、もっとも南が笠置の報告する位置である。

「嵐がつづきましたからね」

山本大尉も首をかしげた。

海の上で艦艇がおのれの位置を知るには、移動した方向と時間を計算して海図に書き込んでゆくのだが、それを補正するために朝、昼、夕方に天測をして緯度を確定する。

しかしここ二、三日は悪天候のため星も太陽も見えず、天測ができなかったはずだ。だから自艦の位置が不正確で、そのために報告する艦によって敵艦の位置もずれてしまうのである。

「無線が便利なのも善し悪しだな。報告が多すぎて、どれが正しいのだかわからん」

おまけに濛気が深く、海上の見通しは相変わらず五海里ほどしかきかない。なかなか敵艦隊を見つけられない。

連合艦隊は当初、東にすすんでいた。報告された敵艦隊の位置と速度が正しければ、もう出会わなければいけない。なのに敵艦隊が見つからない。これ以上東にゆけば本土の陸地に近くなりすぎる。まさかバルチック艦隊は沖ノ島より本土寄りの航路は通るまい。

やむなく西に転舵した。

先頭をゆく三笠の司令部は当初、三本の線の真ん中、厳島の報告を正としていた。そのために行き過ぎたのである。実際はもっとも北寄りの和泉の報告が正しかったのだ。和泉は昨日までの嵐を対馬の港で避けており、今朝、そこから出航したので自艦の位置は正確だった。

出雲の第二戦隊も第一戦隊のあとをついてゆくが、司令部には焦りがひろがっている。

「この期におよんでなにをしているんだ。敵さんを逃してしまうじゃないか」

参謀の誰かがいらついたように言う。

「敵は霧、ですか」

霧が深くてウラジオ艦隊を逃しつづけた昨年のことが、つい脳裏をかすめる。あれからもう一年になる。

しかし和泉や厳島が敵艦隊に張りついていて無線を送りつづけている以上、見失うことはない。敵とまみえるのは時間の問題だった。

午後一時十五分、南西方向に艦影を発見。すわとブリッジ上は色めきたったが、これは味方の第三戦隊だとわかった。

騒ぎは静まった。第三戦隊は敵を追尾してきたのだから、つまり敵は近くにいるのだ。一時二十八分には西の方に第五、第六戦隊を見た。ここからゆるやかに南南西に進路を変えた。

午後一時四十分、南西の方角についに煤煙を発見した。と思う間もなく、艦影が見えた。

「近い！」

思わず叫んでしまった。靄の中からあらわれた敵艦隊は、もう一万三千メートルまで迫っていた。すぐにも射撃が始まりそうな距離である。

「さあ、どうするつもりだ」

前をゆく三笠を見ていると、三笠はぐいと艦首を北西に曲げた。敵艦隊から離れる動きである。三笠の航跡を、二番艦の敷島、三番艦の富士がそのまま追う。一時五十分、速度を十五ノットに上げよとの信号があった。

「一度、距離をとろうというのかな」

艦隊同士が正面からぶつかる形では、砲戦がやりにくいのだ。

そのあいだも敵艦隊は北進をやめない。彼我の距離がひらいてゆく。

「敵さん、二列になっているな。あんな陣形、あるのか」

「さあ、聞いたことありませんね」

敵艦隊を見ていた佐藤中佐の問いに、山本大尉も首をかしげた。敵艦隊は単縦陣ではなく、こちらから見て左側が先に出たいびつな二列縦陣になって向かってきている。

「先頭、スワロフと思われます」

「左側の先頭だな。右側は、ありゃオスラービアか」

それぞれの陣列には艦影が数隻ずつ見える。和泉から無線で敵の隊形は知らされていたし、艦影は頭にたたき込まれているので、識別は容易だった。

「陣形を変えている最中なのでは」

行軍隊形から戦闘隊形に変わろうとしているのだろう。

「かもしれんな。だとすれば千載一遇の機会だな」

「でも、やりますかね。ちょっと出会い方が悪いようですが」

一時五十五分、三笠のマスト上に特徴的な旗があがった。対角線で分割された四つの区画が、それぞれちがう色に塗られている。

「おう、Z旗だ」

「本当だ。あがりましたか」

「みなに知らせろ。Z旗の意味を。初めてだから知らぬやつらばかりだ」

佐藤中佐に言われて、山本大尉は伝令を艦内各所に走らせた。


皇国の興廃この一戦にあり、各員一層奮励努力せよ

艦内の各所で、将校たちが配下の兵卒にその意味を説明している。しかし「コーコクノコーハイ」などと言われても、むずかしくてわからないと、首をかしげる兵卒たちが多かった。

出雲のコンパス・ブリッジ上では日射しと風をあびながら、上村司令長官をはじめ参謀たちが、三笠の動きをじっと見つめていた。

「丁字をかけるには、近すぎる」

佐藤中佐がつぶやいたが、それは多くの参謀たちの共通の思いだった。

丁字戦法に出て敵艦隊の頭を押さえようとすれば、もう左に転回していなければいけないのに、三笠はまっすぐにすすんでゆく。いまから取り舵をとると、敵艦隊の横腹に突っ込む形になる。

「反航戦をやるのか」

「間に合わないからいちど反航戦をして、つぎの機会を狙うのでは」

それが合理的だと山本大尉は思った。この距離から左に曲がって敵に向かってゆくのでは、丁字戦法を仕掛けるどころか、逆にわざわざ丁字戦法をかけられにゆくようなものだ。一隻ずつ敵艦隊に近づくたびに集中砲火をあびてしまう。あまりに危険だ。

「しかし、それじゃあ敵を逃がすぞ」

佐藤中佐はうめくように言った。

艦隊が互いに反対の方角にすすみ、すれちがいざまに砲戦をおこなう反航戦は、おなじ方向にならんですすみながら砲戦をする同航戦にくらべ、艦砲の命中率が大きく落ちる。鎮海湾の内膅砲対抗射撃でも、同航戦の命中率が五十パーセントを超えたのに、反航戦では十パーセント程度にしかならなかったのだ。

やきもきしながら見ていると、三笠は発砲もしない。高速で南下をつづけている。

このとき三笠のブリッジ上では、参謀や艦長が反航戦にするのか、それとも無理にでも丁字をかけるのか、論争を繰り広げていた。結論が出ないあいだ、三笠は直進せざるを得なかったのだ。

ただ東郷長官だけは議論に加わらず、双眼鏡を手にじっと敵艦隊を見つめていた。敵との間合いをはかっていた、と戦後に東郷長官は述懐している。

ブリッジ上での論争に加わらずにいた安保砲術長は、敵の旗艦、スワロフとの距離をはかるよう命じられた。測距儀で計測した砲術長は、

「もはや八千になりました」

と怒鳴り、ついで、

「どちらの側でいくさをなさるのですか」

と大声でつぶやいた。

左右どちらの舷の砲を使うのかわからなくては、砲撃の準備ができないと訴えたのだ。

以下、安保砲術長の証言にしたがって描写すると、次のような順序で物事は進行した。

砲術長がつぶやいた直後、東郷長官の右手がさっとあがったと見えるや、左に振られた。そして加藤参謀長とひと言二言、言葉をかわした。すると、

「艦長、取り舵いっぱいに」

と加藤参謀長が告げた。

「えっ、取り舵になさるのですか」

意外な言葉に、艦長は問い返した。

それでは敵艦隊の横腹に頭から突っ込んでゆくことになる。撃ってくれ、というようなものだ。敵艦から何十何百という巨弾が、いっせいに三笠めがけて飛んでくるだろう。

それでも加藤参謀長はうなずき、

「さよう、取り舵だ」

と返答した。となれば拒むわけにもいかない。艦長は操舵員に「取り舵いっぱい」と指示を出した。

「おお、曲がった」

「ほう、仕掛けなさったか」

出雲のブリッジにいた参謀たちが、おどろきの声をあげた。

三笠が左に急角度で転回し、艦首を敵艦隊に向けたのだ。単縦陣の七番目をすすんでいた出雲から、三笠のずんぐりした左舷シルエットがはっきり見えた。

「敵艦隊にまっすぐ斬り込んで行きなさった。すごい度胸だな」

「肉を切らせて骨を断つ、か」

「逃がさんという気迫だな」

「これは愉快、愉快」

ブリッジ上の参謀たちは喝采した。

だがこれは危険な戦術である。しばらくのあいだ、三笠は一隻で敵の全艦隊を相手にしなければならない。

山本大尉は役目上、じっと三笠のマストに掲げられる信号旗を見ていた。我に後続せよ、という信号は変わらない。

そののち三笠は円を描くように艦首をまわすと、敵艦隊とおなじく北を向き、やや敵艦隊寄りの針路をとって同航をはじめた。

「しかし敵弾をあびるぞ。それ来た」

参謀の言葉が終わらないうちに、敵艦隊の先頭をゆく巨艦の舷側がきらきらと光った。同時に艦をおおうほどの黒煙があがる。つづいてその後方の二番艦、さらに三番艦からもつぎつぎに閃光と黒煙があがった。

数秒間はなにも起こらなかった。聞こえるのは風の音ばかりだった。

やがて三笠の前の海面に、高い水柱が立った。さらに後方、左右にも水柱はつぎつぎに立ち、一時は三笠の姿が見えなくなるほどだった。

参謀たちは声もなくこの光景を見つめていたが、水柱の林から三笠が姿をあらわすと、いくつかのため息がもれた。

「当たっておらん」

「ああ、あれじゃあな」

ろくに試射もせず、やたら砲弾をあびせた敵艦隊の技量に、軽い嘲笑と安堵の声がもれる。

しかし砲弾は三笠に降りそそぎつづけ、水柱が絶え間なくあがる。しかも水柱は、しだいに三笠に近づいてくる。

すでに三笠の前後の主砲塔は旋回しており、長い砲身は右舷に向けられているが、まだ一発も撃っていない。

そのころになって、どろどろと遠雷のような響きが出雲のブリッジにとどいた。ロシア艦隊の砲声である。

と、三笠の艦首近くで閃光があがった。

「試射したな」

佐藤中佐の声に、砲術長がうなずく。

試射の方法は射距離によってちがう。前砲塔の主砲を発射することもあれば、前部十五センチ副砲三門をいっせいに撃ち出すやり方もある。このとき三笠は十五センチ砲を使った。

数秒後、三笠の近くにいた敵艦、スワロフの前方海面に赤黒い炎と黒煙が生じ、ついで高々と水柱があがった。

「近弾だ。よし。これは調子がいい」

そのあいだも三笠の周囲には、さかんに水柱があがっている。中にはとんでもない後方に落ちる弾もある。たいしたことはない、と思った直後、三笠の中央部付近で爆炎があがった。一弾が命中したのだ。

「十五センチ砲弾だろうが、あのへんならかすり傷だな」

佐藤中佐は言う。山本大尉はうなずいたが、

「でもあのあたりは無線がありますからね。無事ならいいのですが」

と心配でもあった。

見ているうちに、三笠の右舷の砲門がつぎつぎと閃光と黒煙をはなった。しばらくすると、敵艦隊の先頭をゆくスワロフの前後に水柱が立った。三笠は全弾をスワロフに送ったようだ。つぎつぎに水柱があがり、そのうちに艦体の上で大きな爆炎があがった。

「初弾、命中！」

ブリッジ上が沸いた。一弾だけではない。少し遅れて、また赤黒い炎とともに煙があがった。煙突からの黒煙、砲口から発する黒煙に着弾による爆炎が加わり、スワロフは一時、黒い煙につつまれて艦体が見えなくなった。

「こちらもやられているぞ」

佐藤中佐に注意されるまでもなく、三笠でも後部煙突下の砲廓あたりから炎があがっていた。やられた、と思っていると、ひと呼吸おいてさらに大きな爆発が起きた。おそらく砲廓内の砲弾が誘爆したのだろう。あれでは多くの戦死者が出たはずだ。

三笠のまわりには、水柱も続々と立っている。いまやロシアのすべての艦が三笠に砲口を向けているようだ。一対七、八の戦闘になっている。

だが三笠は発砲をやめない。十五ノットで前進して敵艦隊と併走しつつ、全砲火をスワロフに注ぎこんでいる。

スワロフだけでなく、左列先頭のオスラービアからも爆炎と煙があがった。三笠につづいて旋回を終えた二番艦の敷島が、オスラービアにその全砲口を向けたのだ。

三番艦富士も一、二分後には変針を終えて砲門を開いた。狙うのはやはりオスラービアである。オスラービアは絶えず水柱に囲まれ、その中でときどき命中弾が爆炎をあげる。

ほどなくオスラービアは火災を起こし、前甲板が炎と黒煙につつまれた。前部マストも命中弾をうけたのか、横倒しに倒れていった。

第一戦隊の諸艦はつぎつぎに左回頭してゆく。四番艦、五番艦とつづき、六番艦の日進が転回し終わった。

つぎは第二戦隊の先頭艦、出雲の番だ。

「取り舵、いっぱい」

伊地知艦長が伝声管にむかって怒鳴る。

いまから出雲も砲弾の雨の中へ突っ込んでゆくのだ。

「オスラービア、狙いますか」

「よかろう」

佐藤中佐と上村長官のあいだでそんな会話がかわされた。オスラービアはもっとも近い上に、三本煙突なので識別しやすい。

「距離、八千！」

砲術長が測距儀をのぞきながら言う。

「目標、オスラービア。試射はじめ！」

艦長の号令が復唱され、右舷艦首の十五センチ砲が火を噴いた。飛んでいった砲弾があげた水柱を見た砲術長が即座に照準諸元を定め、各砲台に伝達する。あとは各砲手たちの腕の見せ所だ。

出雲はオスラービアを砲撃しつつ、第一戦隊のあとを追って東北東へすすむ。

いざ砲戦が始まってみると、彼我の射撃精度のちがいがはっきりした。

敵艦隊との距離が縮んでゆくにしたがい、こちらの撃つ弾がどんどん敵艦に吸い込まれてゆくのに、敵の撃つ弾はむなしく海面に水柱を立てるばかりだった。いまのところ出雲は一発も被弾していない。

——あの話は本当だったか。

山本大尉は感心していた。

今月のはじめ、内膅砲射撃では高かった命中率が、減装薬でひどく下がった件は、その後、必死に原因の究明がおこなわれた。結果、減装薬の威力がばらばらであったことが判明した。

本来、飛ぶべき距離に達しない製品が多かったのだ。

これを機に、通常の装薬の砲弾もしらべられ、必ずしも規定どおりの飛び方でないことがわかった。装薬の種類によって、飛びすぎたり飛ばなかったりするのだ。

これではいくら精密に照準を合わせても、当たらないはずだった。

しかし、原因がわかれば対処のしようもある。砲術長や砲台長らによって調整の仕方が研究され、問題は解決をみた。これで連合艦隊の射手は自信をとりもどし、海戦にのぞむことができた。

水雷屋で砲術にさほどくわしくない山本大尉は、その話を半信半疑で聞いていたのだが、どうやら本当だったらしい。味方の放つ砲弾の命中率は、ロシア側の比ではない。

――装備だけでは、勝てないのだな。

使いこなす努力が必要なのだ。それも懸命の努力が。

砲撃開始から十分ほどたったころだった。風を切り裂く不気味な擦過音が近づいてきたと思うや、破裂音がして艦体が揺れた。悲鳴も聞こえてきた。

「右舷中央に被弾！」

「被害を報告せよ！」

ブリッジ上で声が飛び、伝令兵が駆け下りてゆく。やがて伝令兵が復命した。

「五番砲台付近に、十五センチ砲と思われる敵弾命中。五番砲台の八名はみな倒れております！」

「負傷者を救護室へ運べ」

伊地知艦長は冷静に指示を飛ばし、なおも敵艦を見ている。

日本側の集中砲火を浴びたオスラービアは火災を起こし、赤い炎がメインマストの高さまであがるのが見えた。艦体は猛煙につつまれて、こちらからの照準さえつけがたいほどになっている。

砲撃開始二十分ほどで、出雲は敵艦隊の先頭をゆくスワロフとならんだ。先頭の三笠はすでにスワロフを追い越している。第一、第二戦隊が十五ノットで航行しているのに、敵艦隊は十ノット程度しか出ていないためである。

目標をスワロフに変更し、砲弾を浴びせる。やはりよく命中し、スワロフも火災を起こして艦全体が黒煙につつまれてしまった。

照準をつけがたいので、目標を二番艦のアレクサンドル三世に変えた。

アレクサンドル三世も命中弾を多数うけて、黒煙をあげながら航行している。

山本大尉は、ふと気になって前後の味方を見渡してみた。そして唖然（あぜん）としてつぶやいた。

——これは、まことか……。

一列になって航行する日本の艦隊は、一隻も火災を起こしていない。三笠はかなり敵弾をうけて後部マストが折れているが、見るところ、ほかのどの艦もほとんど損傷すら受けていないようだ。

多くの艦が傷つき燃え上がっているロシア艦隊とは、信じられぬほど大きな差がついている。

「丁字をかけようとしておるな」

「ええ、丁字ですね」

佐藤中佐と上村長官がそんな話をしている。見れば、先頭をゆく三笠が右に進路を変えていた。敵の前面を圧迫し、先頭艦に砲火を集中する。まさに丁字戦法である。

最初に同航戦でいためつけておいて、さらに丁字戦法でとどめを刺そうというのか。

砲戦はつづいている。ロシア艦隊は多くの艦が火災の煙をあげていた。いまアレクサンドル三世が右によろめき、戦列から出ようとしている。オスラービアもマストが折れ、煙突も吹き飛んだ上に、艦体は前に沈み左に傾いている。

対して日本の連合艦隊は、どの艦も軽微な損害ですんでいた。

開戦三十分で、ほぼ勝敗は決していた。

だがまだ油断はならない。火災は消し止められるし、マストが折れても戦闘には支障はない。事実、まだロシアの戦艦群はさかんに発砲しつつ北へ向かっている。

この戦艦や巡洋艦の何隻かがウラジオストックの港に逃げ込めば、またウラジオ艦隊が復活してしまい、日本軍は安心して日本海を渡れなくなる。日本海軍としては、敵の戦艦と巡洋艦をすべて沈めなければ勝利したとはいえないから、厄介だ。

丁字をかけた三笠ら第一戦隊の諸艦が、敵の先頭をゆくスワロフに砲弾を浴びせかける。何発かの砲弾がスワロフの甲板上で破裂し、赤黒い炎をあげた。

と、スワロフが急に右に旋回しはじめた。

「舵機をやられたか」

「そうでしょうね」

佐藤中佐と上村長官の会話を聞いて、信号旗の変更もなく、突然に急角度で進路を変じたのだから、敵の旗艦はなにか重大な損害をうけたにちがいないと、山本大尉も思った。

だが三笠のブリッジ上の首脳たちは、そうは思わなかったらしい。山本大尉は三笠のマストにあがった信号旗を見て叫んだ。

「左八点一斉回頭の旗があがっています!」

せっかく丁字をかけたのに、一列縦陣のまま左に回頭するという。それでは敵艦隊から離れてしまう。

「ははあ、敵さんがこちらの後ろにまわると見なさったな」

「丁字戦法にはこれがあるからな。後ろに抜けられるともう攻撃できない。黄海海戦のとき、やられたそうですから。二度とその手はくわない、というのでしょう」

「しかし、あのスワロフはちがう。ただ舵機が故障してのたうち回っているだけだ」

「ええ、ちがいますね。このまま前進でいいでしょう」

佐藤中佐と上村長官は、信号旗を無視すると決めたようだ。

しかし、それならそれでこちらから旗信号を出さないと、と山本大尉は思った。すでに出雲のマストには、気を利かせた信号兵によって三笠とおなじ左八点一斉回頭の信号旗があがっている。このままだと第二戦隊の巡洋艦がみな左回頭をしてしまう。

「佐藤中佐、信号旗を下ろしてようございますか」

とたずねた。

「旗？」

佐藤中佐はメインマストを見上げた。そこにあがっている信号を見て、おどろいている。

「いけない、いけない」

佐藤中佐はそんなことを言う。これでは旗は下ろせない。そのうちに掲げた信号と実際の行動がちがう、という困ったことになってしまう。下村少佐も言う。

「このままでは第一艦隊も、第二艦隊は『八の斉動』をやると思うでしょう」

しかし佐藤中佐は意地になったようで、

「われに後続せよという運動旗を掲げれば、そのままでよいではないか。第一艦隊などかまうものか」

と言う。結局、旗はそのままで右回頭し、敵の頭を押さえることになった。

すでに敵の旗艦は重大な損傷をうけて指揮不能になっている。敵艦隊は戦列を乱し、四分五裂というありさまだ。

海戦には勝った。

しかしここで気持ちをゆるめるわけにはいかない。一隻たりともウラジオストックにたどり着かれては困るのだ。散り散りになった敵艦をさがし、とどめを刺さねばならない。

いわば落ち武者狩りだが、それは主力同士の決戦とはまたちがったむずかしさがある。

「見ろ、オスラービアが沈むぞ！」

その声に、山本大尉は右舷を見た。

左に傾いていたオスラービアは、左舷側に横倒しになりつつあった。そして赤い腹を見せたかと思うと艦尾を高々とあげ、そののちゆっくりと沈んでいった。まだスクリューが空回りしており、付近の海面には胡麻をまき散らしたように水兵たちが浮かんでいる。

七

横須賀の工廠でも五月二十七日の夕には、バルチック艦隊が対馬沖にあらわれたというわさが流れていた。

そして翌二十八日の新聞には、バルチック艦隊を上海沖で見たという外国船船長の話とともに、

「昨朝対州付近に敵艦隊現れ、我艦隊これを発見せりとの報告あり」

との短い記事がのった。

「発見したのなら、戦いになったんでしょう。どうなったんでしょうかねえ」

トーストしたパンを駿吉の皿におきながら、香芽子は心配そうな声を出す。

「たぶん今日中にはわかるだろう。といっても、われわれにはどうしようもないが」

紅茶を飲みながら、駿吉は応える。

「こっちが半分やられて、敵さんも半分やられる。まあそんなところだろうな」

った。

天気はいいが風が強い。これじゃあフネは海の上で難儀しただろうな、とちらりと思った。

トーストと目玉焼きの朝食を平らげてから、駿吉はいつものように工廠へ出かけた。

「一回じゃあ勝負はつかんだろう。なにしろ、何十隻という軍艦同士の大勝負だ」

「それじゃ引き分けですか」

波止場で汽船を待っていると、おなじく工廠へ向かう人々のあいだから、「勝ったさ」
「いや、今度はむずかしいらしいよ」という声が聞こえる。
その声に耳をふさぐようにして、駿吉は無言で船に乗った。
その日も無線機工場は、いつものとおり操業する予定だった。軍艦には行きわたった
ものの、まだまだ望楼におくものや、修理交換用の無線機が必要とされており、生産を
止めるわけにはいかない。
工場内の光景は、ふだんとは少しちがった。職工たちが五人、十人と、そこここにあ
つまって話をしている。いつもは始業前にだいたい自分の持ち場についているものだっ
た。やはりバルチック艦隊が気になるらしい。
それを横目に、駿吉は工場長室にはいると、まず昨日の各部の作業報告書に目をとお
し、認め印を捺した。とくに支障なく生産はすすんでいるようなので、ほっとする。そ
れから山と積まれている支払伝票に、

「なんでこんなに判子が必要なんだ」

とぶつぶついいながら、さっさと認め印を捺してゆく。軍はまたお役所でもあり、印鑑を捺す作業がじつに多い。

事務作業を終えると、つぎには無線機に関する欧米の最新論文について、軍内に紹介する報告書の執筆にかかった。工場長の仕事が忙しい中でも、駿吉は怠りなく学会論文に目を光らせていた。

しかし、どうも筆がすすまない。落ち着かないのだ。いまごろ対馬の沖合ではバルチック艦隊が荒れ狂って、日本の軍艦を片っ端から撃ち沈めているのではないか。そんなことを考えてしまう。

そして工場のほうもようすがおかしい。時折、どっと歓声がわくのだ。そして拍手も聞こえる。

「しょうがねえなあ」

工場長としては捨てておけない。ちゃんと仕事をしろとひと言、注意しようかと思っているところに、ドアがノックされた。

「工場長、バルチック艦隊のこと、何か聞いておられますか」

入ってきたのは立石兵曹長だった。

「いや、べつに何も聞いておらん」

「そうですか。どうも勝ったようなんですが、はっきりとしたことがわからなくて」

勝ったと聞いて、駿吉は胸の鼓動が高鳴るのを感じた。首から上が熱くなるようでもあった。

「あまり浮き足立つのもみっともないぞ」

「はっ、しかし、みなも仕事が手につかないようで」

駿吉は顔をしかめてみせたが、

「吾妻山の無線機に、何か入電しませんかね」

と言われて、それが狙いかと悟った。駿吉の許可をもらいにきたのだ。

「仕事でもないのに無線を使うのは、御法度じゃねえかな」

「しかし、はっきりしないとみな仕事ができませんよ。みなを落ち着かせるには、ちゃんと教えてやらないと。これはこれでご奉公の一環ですよ」

うまいこと言うなあと呆れながら、

「無線じゃはいってないだろう。鎮守府本部へ行ってこい。吉報を待ってるぞ」

と許可してしまった。立石兵曹長は飛んでいった。

それからは、何も手につかない。机に向かっても、頭は海戦のことでいっぱいだ。もし負けていたらどうしよう。無線が故障して、艦同士の連絡がうまくゆかずに負けていたら、本当に切腹ものだ。逆に、無線連絡がうまくいって勝ったとしたら……。

いやいや、無駄なことは考えまい。

しかし、どうしても気になる。

胸の高ぶりに気づき、駿吉はあきらめてペンをおいた。無理もないことだと思う。今度の海戦の勝敗は、自分への審判でもある。ここまでやってきたことの是非が、判定されるのだ。

——もう五年も前になるのか、二高をやめてこっちに来たのは。

学界で出世してゆく道もあった。いや、あるどころか大きく開けていたのに、捨ててしまった。研究そのものは好きだったが、閉鎖的な学者の世界に飽き飽きしてもいたのだ。

無線の研究は、想像以上にむずかしかった。

原理もはっきりせず、資材もない。ただがむしゃらに実験をくりかえし、わからないところを埋めていった。そのうちに原理の探究よりも、いかに実用的な無線機を造るかに時間と労力をとられ、研究ができないと不満も抱いた。

それでも、なんとかやり遂げた。日本のもつすべての軍艦に、無線機を積むところまでやった。

この五年の日々が、脳裏によみがえってくる。無理もしたし、はらはらしたこともあった。だがやるだけのことはやったと胸を張って言える。いまの気持ちはどうだ、責任は果たしたか、満足かと問われれば、ほぼ満足だと答えるべきだろう。

だが、肝心な一点が欠けている。なんのために無線を開発したのかといえば、海戦に勝つためだ。いくらすべての軍艦に無線を装備しても、戦って負けたのでは意味がない。勝ってくれよと、祈る思いになっている自分に気づき、いかんなあと自嘲に似た思いを抱いた。

そのうちに息苦しさをおぼえ、ふらりと部屋を出て生産ラインのほうへ足を向けた。

「あっ、工場長、勝ったんでしょ。勝ちましたよね」

職工たちが駿吉の顔を見て寄ってくる。駿吉なら何か情報をもっていると思っているのだろう。

「いや、わからん。まだ何も聞いておらん」

職工たちはがっかりした顔を見せた。

「みんな、勝ったみたいだと言うのに、本当かと突っ込むと、いやみんなそう言っているからって、だれもたしかなことを知らないんでさ。工場長ならご存じかって思ったんですがね」

「わかった。仕事をしろ。ラインにもどれ。ちょっと聞いてきてやるから」

やはりだれもが海戦の結果を聞くまでは落ち着かないようだ。やむなく上長である種子島(たねがしま)造兵部長の部屋へ行ってみた。

だが留守。秘書に海戦の結果を知っているかと聞いてみたが、確としたことは……と頼りにならない。

ほかの知り合いにもたずねてみたが、だれも確かなことは知らず、むしろ「無線で聞けませんか」と問い返される始末だった。

すごすごと工場にもどると、万歳、の声が炸裂していた。思わず声の方角に目をやると、職工たちがあつまり、その中心に立石兵曹長がいる。

「工場長！」

駿吉を見つけた立石兵曹長が手をあげる。

「勝った、勝ちましたよ！」

立石兵曹長の手には一枚の海軍用箋がにぎられている。

「昨晩、三笠から軍令部あてに電信が入ってきたそうです。いいですか、読みますよ」

連合艦隊は本日沖ノ島付近において敵艦隊を迎撃し、おおいにこれを破り、敵艦少なくとも四隻を撃沈し、その他にも多大の損害を与えたり。わが艦隊は損害少し。駆逐隊、水雷艇隊は夕刻より襲撃を決行せり。

連合艦隊司令長官

それを聞いた途端、駿吉は思わず床にひざまずいていた。膝の力がぬけて、立っていられないのだ。

最後の懸念が、これ以上ない形で解けた。五年間の努力が報われたのだ。

歓喜と安堵で胸の中がいっぱいになり、人の声も聞こえない。ただ体が浮遊するような感覚をおぼえて、自然と言葉が口をついた。

「ありがたい……、ありがたい」

何がありがたいのか、だれに感謝しているのかもわからず、目を閉じ、合掌して「ありがたい」とくりかえした。

そんな駿吉をよそに、工場の中は万歳、万歳と歓呼の声で沸き返っていた。

第八章　その後の世界

明治三十八年五月二十七日の昼すぎに始まった日本海海戦は、二十八日の夜に終わった。

このあいだにロシア側の艦船は大小二十一隻が沈没、六隻が拿捕され、戦死者は五千人近くに達した。司令官のロジェストウェンスキー中将までが捕虜となったのに対し、日本側は荒天により水雷艇三隻が沈没しただけで戦艦、巡洋艦など主力艦の沈没はなく、戦死者も百人あまりにとどまった。日本連合艦隊の完勝だった。

この海戦の結果を見て、六月にはいると米国が日露両国に対して講和勧告を行う。これを受諾した両国によって和平交渉が行われ、九月にポーツマス条約によって講和し、日露戦争が終わった。日本は南樺太の割譲や遼東半島の租借権などを得たが、賠償金がとれなかったことで民衆が怒り出し、日比谷焼き討ち事件が起きたりした。

海戦中は結局、ロシア側による無線の妨害はなかった。それどころか艦隊内でも無線連絡などしていないようだった。

その理由を、駿吉は戦後に捕獲したロシア艦の受信機を調査して知った。それは化粧塗りした木台の上に体裁よくリレーその他を配置したものだったが、すでに壊れており、また近くの送信機による電流誘導にすら何の配慮もされていなかった。

長途旅順までの航海をするに際し、兵器として造られたわけでもない無線機を急ぎ購入して備えたもので、それを容赦なく軍用に使ったものだから、航海半ばにして修理もできぬまでに破損してしまったのだろう、と察せられた。

また戦後にドイツ側から出た話によると、バルチック艦隊にはテレフンケン社の技師が乗り組んで通信実務にあたっていたが、このドイツ人技師は航海中、艦隊の軍紀の頽廃を見て愛想を尽かし、いっしょに海の藻屑になるのはごめんだと、マダガスカル島で逃げ出してしまったという。

とはいえバルチック艦隊がまったく無線を使わなかったわけではなく、日本側の通信を傍受して、ある程度は連合艦隊の動きを把握していたという。また仮装巡洋艦ウラルには通信距離七百五十海里という強力な無線機を備えており、これで妨害電波を出すことをウラルの艦長が進言してきたが、なぜかロジェストウェンスキー提督は許可しなかったとも伝わる。

つまり最新鋭の無線機を装備したものの、機器の信頼性や操作員に問題があり、司令官の認識も浅くて、組織的な使用ができない状態になっていたのである。

宮古島の垣花善らが八重山電信局から発したバルチック艦隊見ゆの電報は、結局、海戦に影響を与えることはなかった。東京の軍令部にいつ届いたのかさえ、今でははっきりしない。

善らもこのことは口をつぐんでいたため、以後十数年のあいだは何も起こらなかった。しかしこの話を漏れ聞いて感銘をうけた沖縄師範学校付属小学校の教諭が、「遅かりし一時間」という短編に仕立てて発表した。善らの電報は、信濃丸の第一報に一時間遅れて届いた、というやや脚色された内容である。

それがのちに中学校の国語教科書に掲載されたことによって、善らは全国的に有名になってゆく。

日本海海戦二十五周年となる昭和五年には「久松五勇士（ひさまつごゆうし）」として——善らは宮古島の久松地区の出身だった——県会議事堂で表彰された。そして全国紙に記事が掲載され、果ては映画や芝居になり、「久松五勇士の歌」というレコードが出るほどになった。

現在では宮古島と石垣島の上陸地点にそれぞれ記念碑が建っている。

日本海海戦に連合艦隊旗艦として参加した三笠は、現在、横須賀港の片隅で記念艦として公開されている。その中には無線室もあり、三六式無線機のレプリカが置かれていて、間近に見ることができる。

また「タ」を発信した信濃丸は、日露戦争終結後は民間船にもどり、香港から日本を経由してのシアトル航路についた。その後、日本と台湾を往復するようになり、さらに老朽化にともない北洋漁業の補給船、沖取工船に改造されたりもした。このとき船中のサロンの欄間に、東郷司令長官からの感状が額に入れて飾ってあったという。

第二次大戦終了後には引き揚げ船となり、南洋方面からの兵員の引き揚げに活躍、作家の大岡昇平（おおおかしょうへい）氏らが信濃丸で引き揚げてきたことも知られている。朝鮮戦争では米軍を釜山に輸送もした。最後は昭和二十七年に川崎にて解体され、スクラップとなって五十年以上にわたる長い生涯を終えた。

三六式無線機は単純火花方式の送信機と、コヒーラ検波器の受信機から成っていたが、そののち送信方式は瞬滅火花方式からアーク方式、高周波発電機式をへて真空管発振器へと進化していった。

一方で受信機のほうは、検波器がコヒーラ管から鉱石検波器へ変わり、そして大正年間に入るとより感度の高い三極真空管、電子真空管を使うように改良されていった。真空管に進化はまだつづき、昭和二十二年のトランジスタの発明を契機として、真空管に代わって半導体が使われはじめた。

さらに近年、集積回路、超大規模集積回路が使用されて送信機、受信機とも小型化、高性能化が進み、今日にいたっては掌におさまる小さなスマホで、だれもがどこでも気軽に送受信できるようになっている。

通信距離も大きく伸びた。

横須賀・大洗間の八十海里、つまり約百四十キロメートルの通信に苦労していたその能力は、いまや日本どころか地球上におさまらず、太陽系の果てを飛ぶボイジャー1号とのあいだ、およそ二百億キロメートルの距離でも交信できるようになっている。もっともその通信機のパラボラアンテナは、直径七十メートルにも達するが。

登場人物のその後も、少々記述しておきたい。

外波大佐は日露戦争終結後に明石、高千穂などの艦長を歴任。少将となってのち大正二年に予備役に編入されるという、平凡な海軍将校の経歴をまっとうした。昭和十二年三月に七十三歳で没。

山本大尉はドイツ駐在武官、海軍航空本部長、連合艦隊司令長官を歴任、海軍大将まで昇進し、将来の首相候補とも言われたが、二・二六事件後の昭和十一年に予備役編入。昭和三十七年七月、八十六歳で亡くなった。

夜間に思いもかけぬ遠距離まで無線が届く現象を最初に指摘したため、海軍ではこれを山本現象と呼んでいた。

遠距離まで届くのは、電波が上空の電離層と地表とのあいだで反射しつつ進行してゆくせいだが、研究熱心な山本もそこまでは気がつかなかったようである。

電離層は日露戦争以前から存在が指摘されていたが、実証されたのは大正十四年に英国の物理学者アップルトンによってだった。

駿吉は、日露戦争後に三六式無線機をさらに改良して四三式無線機を作製した。

このとき山本大尉は同調式の採用を進言し、同調式にするよりも送信の勢力増大を図ったほうがよいとする駿吉と対立した。

この議論は長くつづいたが、駿吉も実験により同調式の有利さを知り、四三式には送信電力の増強を図るとともに、同調方式を採用した。

大正四年に海軍を免官となる。その後、日本無線電信電話会社を設立、取締役となり、さらに特許弁理士としても活躍した。昭和十三年十月、七十一歳で没。


さて、駿吉は明治三十八年に『世界之無線電信：戦役紀念』という本を出しているが、そこに連合艦隊の参謀であった秋山真之からの手紙を載せている。この達意の文章が、日本海海戦で無線が果たした役割を端的に物語っていると思われるので、以下に紹介してこの長い駄文を終わることとしたい（なお手紙の文章には筆者が句読点、ふりがな等を補い、行替えも行った）。

拝呈

日本海之大勝、真に御同慶至極。今次の決戦固より皇軍の必勝は期居候ものの斯迄とは乍我予想不仕。是れ一つには天佑神助の然らしむる次第とは存候得共、我無心なる兵器の効能も亦頗る著敷。就中無線電信機の武功抜群なりしに就ては小生等の深く貴下に感謝する所に御座候。

由来戦略的兵器として無線電信機の効力偉大なるは皆人の認知せる処、旅順の難鎖之が為に遂行被致、対州海峡の哨戒之ありてこそ成立致したる次第にて、彼の五月二十七日朝敵艦隊見ゆとの信濃丸の電信を感受したる我々の歓喜譬ふるに物無く。即ち此警報の達したる午前五時は、皇軍大勝の決定したる千金の一刻とも可申。爾後彼我合戦の結果は自然の兵理に基ける当然の成敗にて、左程珍奇のものにも無之乎と愚考致候。開戦以来砲熕水雷の如き腕力的武器の効力も亦卓絶致居たるには相違無之候得共、適当の時期に適当の地点に之を指導するを得たるもの全く無線電信の機能と称するの外無之、如何なる堅艦速艇にても聾唖にては何の働も出来申間敷、若し夫れ司令部員が此海戦に於て奉公の応分を尽くし得たりとせば、其の用ひし武器は無線電信機と鉛筆と二脚機にて、是れ特に貴下に対し茲に深厚の謝意を表する所以に御座候。乍然武器の能力に対する我々活用者の欲望は中々に際限無御座、無線電信機にも未

だ改良進歩の余地多々在之様相覚、尚貴下の御工夫を煩度点も不少に付、他日得拝眉、縷々要望可申述、今日は唯々今日迄之謝辞呈上仕度、不取敢匆々一筆如此候。　敬具

六月十日　　於旗艦三笠

秋山真之

木村駿吉様

虎皮下

解説

細谷正充

近代、それは歴史時代小説のフロンティアである。かつて山田風太郎は、明治を舞台にした『警視庁草紙』を書き終えた後に発表したエッセイ「『警視庁草紙』について」（「新刊ニュース」一九七五・四）で、

「『開化物と切支丹物は大衆小説の鬼門だ』といわれたのはたしか吉川英治氏だったと思うが、もうそろそろこのあたりでこの鬼門を解いてもらいたい、というのが作者の祈りである」

と述べた。それまでにも明治時代を扱った歴史時代小説がなかったわけではない。しかし散発的であり、歴史時代小説のフィールドだと考える人は、作家も読者も少なかったようだ。明治以後は、現代と近すぎるという意識が強かったのであろう。そのような状況は、『警視庁草紙』から始まる、一連の明治物によって、徐々に変わっていく。司

馬遼太郎の『翔ぶが如く』『坂の上の雲』が果たした役割も大きい。

とはいえ、それで一気に明治を舞台にした歴史時代小説が増えたわけではない。ようやく近年になって、明治から大正、戦前の昭和あたりまでを扱った歴史時代小説が、盛んに書かれるようになってきた。満洲を舞台にした伊吹亜門の『幻月と探偵』など、ミステリー作家が積極的にアプローチしていることも、注目すべきポイントだ。いうまでもなく、もう令和である。近代のある程度の時期までは、すでに歴史だという認識を、多くの人が意識的・無意識的を問わず、持つようになっているのであろう。いい時代になったものである。

だが、手つかずの期間が長かったため、まだまだ掘り起こされていない人物や事件が大量にある。まさに近代は、エンターテインメント作家にとってのフロンティアなのだ。その近代に、ベテラン作家の岩井三四二が挑んだ。もっとも作者の名を知れば、驚くことはない。それほど作品が幅広いのだ。

岩井三四二は、一九五八年、岐阜県に生まれる。一橋大学卒業後、電機メーカーに勤務する。一九九六年、戦国小説「一所懸命」で第六十四回小説現代新人賞を受賞。一九九八年には、斎藤道三を主人公にした『簒奪者』で、第五回歴史群像大賞を受賞（加筆や改稿を経て、現在は『天を食む者 斎藤道三』）。二〇〇三年、隣村との土地争いの公事（裁判）に奔走する村を舞台にして、中世を活写した『月ノ浦惣庄公事置書』で、

第十回松本清張賞を受賞。以後、本格的な作家活動に入った。

岩井作品は膨大だが、中心になっているのは戦国小説である。ただ先に書いたように、扱う時代も題材も幅広い。それを象徴しているのが、『サムライ千年やりました』だ。現代から平安までの千年を、八つの作品で描いた短篇集である。この作品を読んで、作者はどの時代でも書ける作家だと、あらためて思ったものだ。

さらに本書の主人公が、木村駿吉であることも、実に作者らしい。無線機の開発に尽力し、日露戦争の海戦の、陰の立役者となった人物である。といっても日露戦争に詳しい人を除けば、知る人も少ないだろう。このような歴史の中のマイナーな人物を取り上げるのは、作者の得意とするところだ。歴史を動かした有名人に翻弄されたり、時代のスポットの当たらないところにいる人間。駿吉も、そのような存在といっていい。

なお、浩吉・駿吉兄弟の父親は、元幕臣の木村摂津守である。そう、咸臨丸がアメリカに行ったときに、司令官を務めた人物だ。この父親の方が有名人であり、その意味でも駿吉は、岩井作品の主人公に相応しい。

本書『「タ」は夜明けの空を飛んだ』は、二〇二一年から二二年にかけて、ｗｅｂ集英社文庫で連載。今回、「いきなり文庫！」（文庫オリジナル）で刊行された。物語の開始時点、木村駿吉は二十七歳だ。ハーバード大学の大学院で、物理学と応用数学の研究を進めている。帝国大学を卒業した後、教職に就きながら、大学院に属し、研究生活を続けていた駿吉。物理学の教科書を刊行し、結婚して子供もできるなど、公私共に充実していた。だが、教師として同僚だった内村鑑三の不敬事件で、彼を庇ったために駿吉も罪に問われる。これに嫌気がさし、米国留学をしたのだ。

そんな駿吉のもとに、日清戦争が始まったとのニュースが飛び込んでくる。駿吉の兄の浩吉は、連合艦隊の旗艦となっている巡洋艦・松島で水雷長の任にある。駿吉にとって他人事ではないが、「まあ戦争は兄貴にまかせて、こっちは研究をすすめなきゃ」と思うのだ。ああ、かなり癖のある人物なんだなと読者に思わせたところで、舞台は日清戦争の海戦に移る。清国に比べて軍事力で劣る日本海軍の奮戦が、冷静な筆致で描かれる。これが凄い迫力だ。しかし物語が本格的に動き出すのは、日清戦争の勝利の五年後である。

イタリアの農家の次男坊のグリエルモは、原理も分からないまま無線機を開発してしまった。戦争における無線機の有用性は、いうまでもない。日本の軍部も無線の必要性を感じたが、独自に開発することを決定。特に無線を活用するであろう、海軍にまかされる。そこに兄を通じて引っ張り込まれたのが、アメリカ帰りの駿吉だ。軍属となった駿吉は、上司の外波中佐や、逓信省から駆り出された松代技師と共に、手に入れた無線機を参考にして、性能を伸ばそうと改良を進める。だが無線機の原理自体に謎が多く、さらに日本で作る部品の性能も低い。日露戦争の機運が高まる中、軍部にせっつかれながら、駿吉たちは必死に無線機の性能を伸ばしていく。

木村駿吉は、学者・技術者だ。しかもかなりのオタク気質である。無線機は彼にとって、新しい玩具であり、研究するのが楽しくてならない。ひとつのことに飽きずに取り組み、嬉々として困難と向き合うのは、オタク気質の美点だ。〝そもそもアンテナが電波を出す原理がよくわかっていないのだ。仮定に仮定を積み重ねて推論するしかないのだが……〟という状況で、心が折れることなく地道な実験や検証を続けられたのは、駿吉だったからだろう。また外波中佐が、彼のオタク気質を理解してくれていたことは幸運なことであった。

一方で駿吉は、自分の興味のないことには、極度に関心が薄くなる。これもまたオタク気質だが、日本とロシアの間で緊張が高まっていることを、妻の香芽子に言われるまで気づかないのは、さすがにどうかと思う。また、他人の気持ちを忖度することも苦手で、それにより嫌われることもある。後半になると人柄のいい松代技師が逓信省に戻り、若手士官の山本英輔中尉が加わるのだが、最初は駿吉を強く嫌っている。

それでも駿吉には、妙な愛嬌と、飄々とした図太さがある。実は本書、主人公に関しては、劇的なエピソードがない。最大の冒険といえば、外波中佐と一緒に海外に無線機関係の視察に行ったとき、船の機関が故障し、一ヶ月にわたり漂流状態になったことだ。といっても駿吉は、酒を飲んでいただけだが。まあ、こんな有様だから、今まで小説の主人公にならなかったことも納得である。

それなのに本書は面白い。ひたすら無線機と取り組む駿吉の魅力が、じわじわと高まっていくのだ。他人に関心がない分、他人の功績を妬むこともない。山本中尉の発見も喜び、すぐに取り入れる。一直線な姿勢だけは、山本中尉も認めざるを得なくなるのだ。いささか古い例えになるが、無線機を改良していく過程は、「プロジェクトX」的な楽しさに満ちている。だから、前向きに突き進む駿吉のことを、好きになってしまうのである。

それにしても駿吉たちの無線機開発は、ギリギリであった。軍艦に設置された三四式無線機を、性能の上がった三六式無線機に大急ぎで替え、なんとかロシアとの戦争に間に合う。司馬遼太郎は『坂の上の雲』の「あとがき」で、

「日本政府がやった対露戦の戦略計画は、ちょうど綱渡りをするような、つまりこの計画という一本のロープを踏みはずしては勝つ方法がないというものであった」

と書いている。海軍の無線機に関しても、この言葉が当てはまるだろう。きっと、さまざまなところで、ギリギリの努力が続けられ、それが集まることで日本はロシアに勝てたのではないか。ロシアのバルチック艦隊発見を、いち早く連絡するなど、無線機の

力を見せながら、海戦の様子を克明に活写する。戦争の是非はさて措き、クライマックスの戦いを読んでいて胸が熱くなるのは、その努力を重ねる近代日本の姿が、くっきりと浮かび上がってくるからなのだ。

タイトルが出たので触れておくが、私は本書のページを捲っていて、『坂の上の雲』を連想した。『坂の上の雲』の主人公は、陸軍軍人の秋山好古と、弟で海軍軍人の真之、それに正岡子規の三人だ。駿吉は軍属であり軍人ではないが、木村兄弟に秋山兄弟を重ねたくなる。しかも、どちらの作品もクライマックスが日露戦争だ。おそらく作者は『坂の上の雲』を、意識していたのだろう。その証拠が本書のラストといっていい。

とはいえ作品の手触りは、『坂の上の雲』と違う部分も多い。昭和の作品と令和の作品で、歴史や人物の捉え方が変化するのは当然のことだ。作者は近代史の中から木村駿吉を掘り出し、日清戦争から日露戦争に至る時代を、新たな歴史小説にしてのけた。岩井三四二だから書けた近代が、ここにある。

（ほそや・まさみつ　書評家）

本書は、「ｗｅｂ集英社文庫」で二〇二一年六月〜二〇二二年一月に
配信されたものを加筆・修正したオリジナル文庫です。

集英社文庫
岩井三四二の本

清佑（せいゆう）、ただいま在庄（ざいしょう）

時は室町。逆巻庄に赴任した新代官の清佑と、したたかな村人たちとの駆け引きを小気味よい筆致で描いた連作時代小説。第十四回中山義秀文学賞受賞作。

集英社文庫
岩井三四二の本

むつかしきこと承り候
公事指南控帳

江戸の薬屋、時次郎の裏稼業は訴訟の手助けをする出入師。非合法な手も用い依頼人の裁判を有利に運ばせる手腕は鮮やか。時代小説版・法廷ミステリー。

集英社文庫
岩井三四二の本

室町もののけ草紙

政治に倦んだ将軍に代わり実権を握った正室、日野富子を軸に、武将から庶民に至るまで、室町後期を生きた人々の心情をリアルに描いた連作歴史小説。

集英社文庫
岩井三四二の本

智に働けば
石田三成像に迫る
十の短編

「日本一の嫌われ者」はどんな人物だったのか。十人の実力派作家が三成を描いた作品を時系列に並べ歴史的評価の変遷を辿る、画期的なアンソロジー。

集英社文庫 目録（日本文学）

- 今邑彩　鬼
- 伊与原新　博物館のファントム 箕作博士の事件簿
- 岩井志麻子　邪悪な花鳥風月
- 岩井志麻子　瞽女の啼く家
- 岩井三四二　清佑、ただいま在庄
- 岩井三四二　むつかしきこと承り候 公事指南控帳
- 岩井三四二　室町もののけ草紙
- 岩井三四二　「タ」は夜明けの空を飛んだ
- 岩城けい　Masato
- 宇江佐真理　深川恋物語
- 宇江佐真理　斬られ権佐
- 宇江佐真理　聞き屋与平 江戸夜咄草
- 宇江佐真理　なでしこ御用帖
- 宇江佐真理　糸車
- 植田いつ子　布・ひと・出逢い 美智子皇后のデザイナー 植田いつ子
- 上田秀人　辻番奮闘記 危急
- 上田秀人　辻番奮闘記 二 御成
- 上田秀人　辻番奮闘記 三 鎖国
- 上田秀人　辻番奮闘記 四 渦中
- 植西聰　人に好かれる100の方法
- 植西聰　自信が持てない自分を変える本
- 植西聰　運がよくなる100の法則
- 上野千鶴子　〈おんな〉の思想 私たちは、あなたを忘れない
- 上畠菜緒　しゃもぬまの島
- 植松三十里　お江流浪の姫
- 植松三十里　大奥延命院醜聞 美僧の寺
- 植松三十里　大奥秘聞 綱吉おとし胤
- 植松三十里　リタとマッサン
- 植松三十里　家康の母お大
- 植松三十里　ひとり白虎 会津から長州へ
- 植松三十里　会津の義 幕末の藩主松平容保
- 植松三十里　レイモンさん 函館ソーセージマイスター
- 植松三十里　徳川最後の将軍 慶喜の本心
- 内田康夫　浅見光彦豪華客船「飛鳥」の名推理
- 内田康夫　軽井沢殺人事件
- 内田康夫　北国街道殺人事件
- 内田康夫　浅見光彦 四つの事件 名探偵と巡る旅
- 内田康夫　名探偵浅見光彦のニッポン不思議紀行
- 内田洋子　カテリーナの旅支度 イタリア 二十の追想
- 内田洋子　どうしようもないのに、好き イタリア15の恋愛物語
- 内田洋子　イタリアのしっぽ
- 内田洋子　対岸のヴェネツィア
- 宇野千代　生きていく願望
- 宇野千代　普段着の生きて行く私
- 宇野千代　行動することが生きることである
- 宇野千代　恋愛作法
- 宇野千代　私の作ったお惣菜
- 宇野千代　私の幸福論

集英社文庫

「夕」は夜明けの空を飛んだ

2022年2月25日　第1刷　　定価はカバーに表示してあります。

著　者　岩井三四二

発行者　徳永　真

発行所　株式会社 集英社
東京都千代田区一ツ橋2-5-10　〒101-8050
電話　【編集部】03-3230-6095
　　　【読者係】03-3230-6080
　　　【販売部】03-3230-6393（書店専用）

印　刷　大日本印刷株式会社

製　本　大日本印刷株式会社

フォーマットデザイン　アリヤマデザインストア　　マークデザイン　居山浩二

ISBN978-4-08-744357-8 C0193